善意と悪意の英文学史

語り手は読者をどのように愛してきたか

阿部公彦

東京大学出版会

Kind and Wicked:
How the Narrator Treats His/Her Audience
ABE Masahiko
University of Tokyo Press, 2015
ISBN 978-4-13-080106-5

はじめに

愛は人類最大のテーマである。とくに近代は、愛を語ることばにあふれてきた。愛の過剰を語るにせよ、欠如を語るにせよ、あるいは愛とは逆の憎悪を語るにせよ、何らかの形で愛について触れずには、おそらく近代の歴史を語ることは難しいだろう。

愛と言っても、性愛とは限らない。より広く、他者や世界に対するほのかな好感、興味、ときにはふとした視線や気安いちょっかいなどを含めた心の矢印のようなもの。これらはみな、「愛」という言葉の周辺にある。もちろん、こうした心的傾向はしばしば明確な形を持たない気分やきざしとして終わることも多い。相手や状況がよきものであるように、楽しい、心地よいものであるようにと願う心情である点でこれらは共通するが、それを名指す言葉は、愛、愛情、思いやり、気持ち、親切……などとその深さや強度に応じ、また文脈に合わせて使い分けられてきた。

本書では、このような態度をニュートラルかつ包括的に実際の行為とからめてとらえるのに、「善意」という語を中心に立てる。人々はしばしば善意を共有することで事を起こしてきた。近代の歴史を振り返れば、奴隷解放にしても、フランス革命やアメリカ独立戦争にしても、女性解放運動にしても、動物愛護運動にしても、あるいは近年の環境保護運動にしても、少なくとも表向きは、何らかの形で「善意の論理」が看板となってきたのである。多くの法や団体やシステムが「よかれ……」との願いを実現するために作られてきた。

　だから、ほんとうはもっとうまくいくはずだった。

　しかし、善意ほどその運用が難しいものはない。そもそも善意とはどこから始まり、どこで終わるのだろう。幸あれ、と願う気持ちそのものを指すのが本来の意味だとしても、実際には善意は——あるいは気持ちにしても、思いやりにしても、愛にしても——はっきりした形を与えられ、物質や制度となり、富や身分や国家とかかわりながら何らかの結果を生んではじめて認知される。つまり、心の奥底にあるだけでは不十分。何らかの表現を与えられてはじめて善意は善意となる。

　ただ、ここには微妙に矛盾がある。善を願う気持ちは、心の奥に秘匿されて保持されるべきものだという考え方もある。穏やかに、静かに、でも、しっかりと隠し持たれるのが正しい善意だという見方である。私たちはそうした善意に安心するし、それが適切な姿だと信じている。ことさらに掲げられた善意はどうも信用できない。いかがわしい。何か裏がありそうな気がする。大音量で熱弁を奮う政治家の言葉はたしかに善意を表明しているが、そのやり方があまりに宣伝的かつ要求的で（「あなたの一票を！」）、ほんとうはこちらの利益よりもあちらの利益が優先されているのではないかと思わせる。激しい押しつけがましい口調のせいで、まるで初めから信用されることなど期待していないかのようでもある。

　困ったことである。たしかに隠し持たれただけの善意では意味がないと私たちはわかっている。何らかの形でその在処を知らされたい。恩恵に浴したい。実益が欲しい。ところが厄介なことに、あまりに明瞭に示された善意には鼻白む。何だか胡散臭い。あやしい。嘘じゃないか、と思う。人の心は実にややこしい。

＊

善意をめぐるこうした機微にもっとも敏感だったのが、近代のイギリスだった。一七世紀から一九世紀にかけてのイギリスでは、善意がデリケートな貨幣のようにやり取りされた。善意をいかに示すかで人の「品性」が露わになり、ときには善意の授受が政治的な権力とも結びついた。だから新興中産階級は、封建的な制度の中で成り上がるために必死に善意の扱い方を勉強したのである。

おもしろいのは、この時代、言葉もまた貨幣のように流通し始めていたということである。英語は一五世紀から一六世紀にかけて多くの外来語を取り入れ、語彙を豊かにしたが、まだまだ文法などの規範は確立していなかった。それがようやく落ち着いたのが一八世紀の半ば、ジョンソンの『英語辞書』（一七五五）が出版された頃である。スペリングと意味との関係は格段に安定した。人々は言葉の「字義」というものを信用するようになったのである。ちょうど、貨幣の額面を信用するのと同じように。

このような英語の安定化と、善意のやり取りをめぐる規範の確立とは時期を同じくして起きた。「よかれ……」という気持ちの表明は、当然ながら、言語表現と密接なつながりを持つ。人々は相手を心地よくさせるような言葉をどうすれば使いこなせるかあれこれ考え、意見を表明し、「洗練された英語」（polite English）という理念も生まれた。そこで拠り所となったのは、どのように言葉を使うのがふさわしいかを判断するための「適切さ」（propriety）の尺度だった。

立ち振る舞いにおいては、場と状況をわきまえることが大事になる。どのように言葉を使うか、状況を読むことが求められる。そこで適切な振る舞いを指し示すのに頻繁に使われたのが、「丁寧な」「上品な」（polite）という語だった。後にも触れるように、ポライトネスという概念は、日本的な丁寧や作法の伝統と重なるところがある。たとえば地位の高い人を立てる、プライベートなことは表に出さないといった人間関係上のルールは、日本的な視点からも理解しやすい部分だろう。

　しかし、ここには軋みも生まれていた。すでに触れたように、善意には元々あいまいで扱いの難しいところがある。表に出されすぎてもいけないし、かといって隠されていては意味がない。塩梅が大事となる。よりよくあれ、幸あれ、と願うのだから、いいことばかりと思いたいところだが、現実はむしろ逆で、善意が盛んにやり取りされればされるほど、謀略や悪意もまた蔓延し、幸福どころかイライラや嫌悪感、さらには怨恨、憎悪、裏切りなどが頻繁に発生する。

　善意はきわめて言葉的に表現される。それだけに、いざこざも言葉の細部をめぐって起きることが多い。ちょっとした言葉のニュアンスが誤解を生んだり、恨みを買ったり、それに対して言葉による反撃、攻撃が続いたり。まさに言葉の戦争である。もちろんそれが言葉を超えた身体的な暴力や、ほんものの戦争につながることもある。危険きわまりない。だから、善意をどのように扱うかをめぐってさまざまな見解も表明された。近代の文学で、善意の表出をめぐるさまざまな悲劇や喜劇が描き出された背景にはこのような事情があった。

　もちろん近代以前も善意は表出されてきた。友好や服従の意思が、善意という形をとることで相手に伝えられることもあった。武力や領土、農作物の寄贈など財のやり取りを通して相手に心地良さを生み出すということもよく行われた。しかし、近代から現代にかけては財の指標が変化した。かつてのような重厚長大な財よりも、より微妙で心理的な心地良さに重きが置かれるようになる。文学作品にもそうした変化は反映された。怒濤のような言葉の横溢よりも、微妙な語りの温度、些細な言い回しなどによって善意が伝えられるのである。

おもしろいのは、さらに時代が進むと、善意よりも悪意に近いとさえ思えるような表現が語りの中で威力を発揮するようになるということである。鋭利に切り裂く否定。逆説。冷たい沈黙。一見、とても善意とは結びつかないような表現が、回り道した形で善意の流通に寄与する。善意をめぐり、「意味」と「形」の乖離が起きたわけである。これは近代文化のあり方を考える上でも誠に興味深いことだ。むろん、そうした乖離は、言葉の意味と形とが必ずしも一対一で対応するわけではないという問題とも深いところでつながっている。

＊

本書では、近代から現代にかけてのイギリス、アメリカ、アイルランドといった英語圏の国々で、善意がどのように表現され流通してきたかを、それぞれの時代を代表する文学作品を読むことを通して考察する。善意に注目し、その表象を追うことで一種の「文学史」が立ち現れればと願っている。

第1章では「英会話の起源」と題して、英語の歴史、作法の洗練、小説の隆盛などが同時に進行する中、当時流行した作法書なるものがいったいどのようなことをどのように語っていたのかを具体的に確認する。第2章ではそれにつづけて英国的作法の転換期に著され、一種のスキャンダルをよんだ『チェスターフィールド卿の手紙』をとりあげる。たしかに読むと居心地に悪くなる本である。善意の表現がなかなか簡単にはいかないこと、ときには悪意の混淆さえ必要となることも見えてくる。しかし、女性嫌い《ミソジニー》の傾向が見える著者の繊細さには、ある意味で彼の忌み嫌った「女性性」がほの見えるし、彼の体現した「善意の政治性《ポリティックス》」がその後いよいよ洗練されていったことはまちがいない。

　こうして作法は一八世紀に転換期を迎えた。それ以降、とくに文学作品の中では善意の扱いはつねに微妙なものとならざるを得ない。そのもっとも痛烈な表現を果たした作家の一人が、第3章で扱うジェーン・オースティンである。一見、取り澄まして品の良い人ばかりのいるオースティン小説の世界も、一皮めくれば悪意や謀略が横行する。とりわけ行間から読み取れるのは作家オースティン自身のイライラである。社会に依然しなければ生きていけないことがわかっていながら、その社会に強烈な悪意を抱いてもいたのかもしれないオースティンが、言葉を通していったいどのような攻撃を仕掛け、その攻撃の中に愛をも潜ませたのか、大いに興味が湧くところである。

　こうしたイライラは一見、児童文学的な無菌世界を描いたかのような『不思議の国のアリス』にも読み取れる。著者のルイス・キャロルが変わり者だったことはよく知られているが、彼自身の「作法」に対する執着的なこだわりをも考え合わせると、アリスの冒険を単に珍奇なものとの出会いとして読むだけでは収まらなくなってくる。第4章ではそのあたりを、作法による束縛と、作法による解放という相反する二つの視点をまじえながら考えていく。

　第5章から第7章では相手に対する「愛の表明」に焦点をあてる。俎上に載せるのは、シェイクスピアの『ソネット集』、ナサニエル・ホーソーンの『七破風の屋敷』、ジョージ・エリオットの『サイラス・マーナー』である。『ソネット集』は特定の相手に「愛」を表明し、徹底的に相手を褒め、説得し、いわば口説こうとする。ホーソーンやエリオットでも、語り手と登場人物との間にはやや湿潤と言ってもいいような感情的な接近が読み取れる。重要なのは、こうした「愛の語り」が決して共同体的な約束事と無関係でないことである。愛の表明が濃厚になればなるほど、制度による拘束の果たす役割も大きくなる。ホーソーンやエリオットのように時代が下っても、礼節の伝統は語りの中に生き、それが『七破風の屋敷』のように語り手が登場人物に遠慮したり、その前で失語症的になるという形で表現されることもあるし、『サイラス・マーナー』のように語り手が急に厳しく断罪的になることで示されることもある。いずれにしても登場人物に対する語り手の妙に愛情に満ちた、しかし、あくまで作法に忠実にもなろうとするような振る舞いが、作品世界に複雑な奥行きを与えるのである。

二〇世紀になると、文学作品の語りと礼節の関係はさらなる転換点を迎えることになる。第8章から第11章で扱う作家や詩人たちに共通して言えるのは、一九世紀以前とは善意や愛の表明がかなり異なっているということである。それまではイライラや不機嫌に犯されているとはいえ、少なくとも表向きは善意の構えをとることがある程度約束としてあった。ところがある時期から文学作品の語り手たちは、読者に対して積極的に不作法になったり無愛想になったり、ときには「読むな」と言わんばかりの態度をとることが増えてきた。D・H・ロレンスの『チャタレー夫人の恋人』にしても、ウィリアム・フォークナー『アブサロム、アブサロム！』にしても、読者を遠ざけようとするかのような姿勢が読み取れる。

しかし、これらが果たして「愛の語り」と無縁かというとそんなことはない。むしろ、爛熟した善意の文化の中で、愛の表現は洗練の度を高めていった。すでに一八世紀から意識されていたように、善意や愛の表現には悪意やときには憎悪が混入することがある。二〇世紀の語りが自覚的に挑戦したのは、むしろ愛とは正反対のベクトルを持つかのような嫌悪や距離感を通してこその、より奥行きのある愛の語りの成就だった。ロレンスにしてもフォークナーにしても、土地の匂いの漂う中で人間の濃密な絡み合いに表現を与えようと試みているが、そこには同時に、きわめて新しい語り手・読者関係が生まれつつあった。

第10章で扱うのは、フランク・オコナーとウィリアム・トレヴァーの〝冠婚葬祭小説〟である。この章では二人の語り手が一人の対象を語るときに、その三角関係の中でどのような作法が働くかという問題について考えてみたい。冠婚葬祭の場では作法の縛りがきついが、その縛りを逆に生かした語りがありうるのである。しかも、そうした冠婚葬祭的拘束は、あらゆる語りの原点にあるものなのかもしれない。

最終章のウォレス・スティーブンズは私生活でも不機嫌と不作法で知られた人だった。保険会社の副社長でありながら、社交は下手で人ともほとんど交わらない。奥さんともうまくいっていなかった。そのスティーブンズの詩は、案の定、にこやかに社交的なものではない。読者をよせつけないその詩の中には、与え、増やし、豊かにするという伝統的な詩学とは正反対の原理が読み取れる。与えるのではなく、奪う。増やすのではなく減らす。豊かにするのではなく、貧しくするのである。しかし、その原理を確認した上であらためてスティーブンズの作品を読み直してみると、奪われ、減らされ、貧しくされているにもかかわらず、不思議な詩的邂逅の瞬間が用意されていることも見えてくる。

スティーブンズの詩でもっとも印象的なのは、これまで知っていたはずの言葉とまったく新しい出会い方ができるということである。近代文化の最大の急所であり、従ってさまざまな文学作品がもっとも力を注いできたのも、新しいもの、見知らぬものといかに出遭うか、いかにそこに愛を注ぐかということだった。スティーブンズの作品は、まさにそのヒントを与えてくれるように思う。

なお、イギリス、アメリカ、アイルランドなど英語圏の作品を中心に本書では見ていくが、「インタールード1」と「インタールード2」ではそれぞれ江戸川乱歩と宮沢賢治をとりあげ、日本語における礼節や丁寧と愛の表現の問題を考える。とくに注目するのはですます調の使い方である。たとえば江戸川乱歩の『怪人二十面相』中にみられる語り手や怪人二十面相、明智探偵らの過剰に丁寧なですます調には、さまざまなニュアンスが読み取れる。読み手としての児童を意識したやわらかさや安心感だけではなく、語り一般にも共通する、愛する者としての語り手の姿勢がそこには見えるのである。同じようなことは宮沢賢治の、宗教性すら感じさせるですます調にも言える。同じく児童を読み手として想定している『銀河鉄道の夜』の文体には、不明なもの、わからないものを語ることを通して、畏怖の念のようなものを醸成しようとする姿勢が見てとれる。ただ、そこに宗教にしばしばつきまとう「裏切り」のファクターがあることも見逃せない。乱歩や賢治のですます調に注目することでそうした問題を考える端緒がつかめればと思う。

礼節そのものについても近年興味深い研究がなされている。とくにブラウンとレヴィンソンによって提示された「ポライトネス」概念に触発された考察は本書のテーマともつながるので、「あとがき」で触れる。興味のある方はあらかじめそちらにも目を通していただければと思う。

善意と悪意の英文学史——目次

I ―「善意」の文化―

一六―一九世紀の英国

第1章——英会話の起源——デラ・キャーサ『ギャラティーオ』(一五五八)、クルタン『礼節の決まり』(一六七〇)

善意の作法

善意というと私たちはつい形のないものを思い浮かべる。肝心なのは真心なのだから、よけいな意図や計算とは無縁。純粋で、あふれる感情に突き動かされるところに善意の本質があるのではないか。しかし、反対の見方もある。善意といえどもルールがあるのだ。形があるのだ。相手の気持ちに対する配慮のない善意は、かえって迷惑である。まさに「善女のパン」だ。だからこそ、善意の実践にはさまざまな操作がからむし、それらが念入りに仕組まれたものであれば得られる効果も大きくなる。慣習や決まり事も最大限に利用されねばならない。

ヨーロッパの初期近代は、後者の見方が優勢になった時代だった。善意をめぐる「作法」が大いに注目を浴びる。シェイクスピアの『ソネット集』を扱うときにも触れるが、当時、階級的な上昇志向の強い人々の間では作法や振る舞いについての関心が高まり、礼節のノウハウを教える指南書に対する需要が増していた。善意をいかに相手に——とくに権力者に対して——示すか、どのような表現方法がふさわしいのか、人々は神経をすり減らして考えていたのである。印刷文化初期の人気商品となったのも、このような時代の関心を反映した書物だった。いわゆる礼節書や作法書である。ただ、イギリスは礼節や宮廷文化ということになるとまだまだ後進国だったため、まず出回ったのは主に大陸のものを基にした翻訳ものだった。こうした輸入物の中のいくつかが古典として広く一般に知られるようになり、後に国産の作法書が登場するときにもその下敷きとなる。

この章ではこうした大陸由来の作法書を見ながら、善意なるものがどのように英語圏で流通し受け取られたかを確認したいと思う。併せて、言葉と善意の関係がどのようなものだったのか、また、たとえば善意の形式に対する人々の態度が、小説というジャンルの隆盛とどうかかわっていたかも考えたい。

「英会話」の歴史

まず「英会話」という概念を取っ掛かりにしてみよう。ある時期、大手の英会話学校が倒産したりして英会話産業も曲がり角に来たようなことが言われたが、実際のところ、大学を含めた英語教育の世界では「読解よりも会話」という方針がその後も既定のものとなっている。しかし、実はこれは表向き考えられているほど新しいことではない。いわゆるオーラル・イングリッシュが流行になる前から、英語をはじめて学ぶ生徒がまず会話から入るという習慣はあった。

筆者が中学生のとき使っていた三省堂の『ニュークラウン』という教科書でも――今から三〇年以上前ということになるが――ケン・オカという日本人風の少年が英語で会話をしている場面が冒頭にあって、駐在員の一家という設定だったと思うが、中学一年生ぐらいのこのケン・オカがアメリカ人の友人と、例の How are you? I'm fine, thank you. とか Is this a pen? といった構文を使って会話を繰り広げ、それを通して英語の初歩の初歩を学ぶという仕組みになっていた。
　このような教授法をさかのぼると、日本で初めて英語が教えられた頃はより「会話色」が濃厚だったことが見えてくる。明治三年に英語版を基に翻刻された『ピネオ英文典』は、その名のとおり、英文法を教えるテキストとして慶應義塾で用いられたものである。当時の慶應義塾ではまず英文法をしっかり教えてから読本に移るという方針がとられていたので、このような文法重視の教科書が採用されていたわけだが、この『ピネオ英文典』は我々の持つ文法書のイメージとは少し違う体裁をとっていた。冒頭部分は以下のように「名詞」の説明だが、地の文による詳しい解説があるわけではない。

What does the word noun mean?
The word *noun* means *name.*
Since the word noun *means name, what is a noun?*
A NOUN is the name of anything; as Henry, boy, Ohio, book, truth.(1)

　見ての通り、「名詞」についての説明が問答形式になっている。問答形式ということは、それが問う者と答える者との間の会話として設定されているということである。つまり、文法の教科書なのに、基礎を教える段階から会話体になっている。語学の入門がまず会話からはじまるという方法に我々はあまりに慣れてしまっているので何の疑念も抱かないかもしれないが、よく考えてみると、これは決して当たり前のことではないのかもしれない。単に物事を解説するだけなら、一方的なお説教調でもいいわけだし、あるいは純粋に箇条書き的な記述でもいい。むしろ一般的にはそのような事例が多くはないだろうか。なぜ、英語の教育ではこのような形になったのだろう。

ここには関連しそうな歴史的背景がいくつかある。ひとつは、問答形式で知識を伝授するという方式が活版印刷発明後間もない一六世紀の英国国教会の祈禱書で採用されており、それ以来ずっと、キリスト教の中で「カテキズム」（教理問答）と呼ばれる問答形式のテキストが教義の普及のために使われてきたということである。キリスト教会は長い間、ヨーロッパでは最先端の知を追究する場だったわけだから、そこで採用された知識伝授の方法が、狭い意味での宗教を越えた知の各領域に影響を及ぼしたとしても驚くべきことではない。加えて日本で英語の普及を担ったのが、しばしばキリスト教の宣教師だったという事実も見逃すことはできない。

しかし、そこにはもうひとつ重要な背景がある。それは会話というものをそれ自体価値のあるもの、一種の技術とみなす伝統がヨーロッパにあったということである。元々ヨーロッパでは、宮廷文化の中ではぐくまれた「礼節」の伝統があった。イギリスでも王権の強まった一六世紀あたりから、君主を頂点とする権力機構の中でどのように振る舞うべきか、といったことがコード化され、その決まりが書物として出版されたりしていた。そうした書物では、たとえば、自分より身分の高い人の家を訪問するときにはどうやってドアをノックしたらいいか、とか、ゲームに勝ったときにはどのように喜ぶべきか、といった、一見些末に思えるようなことについてまで細かい約束事が示されていたのだが、そうした「礼節」の文化の中でもとくに重要視されていたのが言葉の使い方だったのである。身分の高い人のサークルに加わるためには、それにふさわしい品を身につけなければならない。その「品」の判定材料となったのが相手といかに適切な会話を持てるかという能力だった。君主の個人的な寵愛を受けられるかどうかが大きな意味を持った宮廷文化において、会話術は人間関係の要になるものとして政治とも直結していたのである。

私たちが「英会話」として学んでいるものの背後には、今からは想像もできないような歴史的な背景があった。英語を学ぶことを通して我々日本人は否応なく「英会話」なるものに接するわけだが、その際どうしても、「英語を学んでいるのだ」という意識ばかりが強くなる。しかし、我々は「英会話」なるものを通して、「英語」以上に、英語文化の中に脈々と流れてきた「会話」の伝統に接している。あるいは本来はそうあるべきだということである。(2)

観察という文化

この先の章で触れるように、イギリス近代小説の大きな特徴となったのは、会話を生かした人物描写である。その原点には、人間というものをその立ち居振る舞いや行動パターンにおいて観察しようとする「目」があった。人間を倫理的に評価したり能力を見極めたりするための視点は文化によって異なるだろうが、そうした判断を行うにあたってふだんの些末とも思える振る舞いや言葉遣いに注目し、観察の結果を共有物として書き表したりコード化したりするあたりには独特な文化の傾向が感じられる。

その背後にあったのが作法書(conduct manuals)の伝統だった。一八世紀はイギリス近代小説が生まれた時代と言われているが、この当時、小説やエッセーや作法書といったジャンルは今のように截然と分かたれていたわけではない。一八世紀の半ば、サミュエル・リチャードソン(一六八九—一七六一)が『パミラ』を書き、これが近代小説のひとつの重要な基礎を築いたとされるわけだが、元々この作品は小説として書かれたものではなく、作者が日常に生ずるさまざまな問題を書簡体で書いていたものが評判を得てどんどん長くなり、小説という形をとったのである。この『パミラ』のパロディとして『シャミラ』を書いてリチャードソンを激怒させたヘンリー・フィールディング（一七〇七—一七五四）は、小説を書く傍ら作法書も出版している。このように、一八世紀の小説家がしばしば作法書の作者と区別をつけ難い位置にいたのは、勃興期の小説が作法書で伝えるべき内容をよりわかりやすく表現することを目的としていたためである。

作法書の前身としての礼節書がイギリスで出版されるようになったのは一六世紀のことである。はじめから英語で書かれたものはまだなく、大陸、とくに宮廷文化の先進地だったイタリアあたりで出版されたものの翻刻版が中心となった。礼節書は、本来、細々と日常生活の振る舞いを規定していたわけではない。読者として想定していたのは権力の周辺にいる人たちであり、地位にふさわしい振る舞いを身につけられるようにと精神主義的、理念的な要素に力点が置かれていた。ところが、イギリスで出された翻刻版ではそうした理念の部分が極力抑えられ、実践的な部分が強調される。

『ギャラティーオ』の教え

一六世紀のイギリスでもっとも普及したのは、カスティリヨーネ（一四七八—一五二九）、デラ・キャーサ（一五〇三—五六）、グアッツォ（一五三〇—九三）らによる礼節書である。(3) このうち、とくに人気があったのがデラ・キャーサによる『ギャラティーオ』（一五五八）で、一五七六年以来何種類もの翻訳が出されてきた。『ギャラティーオ』で一貫して説かれているのは、礼節の基本が相手に不快な思いをさせないこと、相手をなるべく心地良くさせることなどだった。そのためには、たとえば道ばたに臭いものが落ちていてもいちいち指さしてはいけないとか、鼻をかんだ後で、その鼻水を見つめてはいけない、といった具体的な指針が示されたりする。
この『ギャラティーオ』の多くの部分が、会話をいかに礼節とともに行うかの解説に割かれていることには注目してもいいだろう。そもそも人はなぜ会話をするのか。『ギャラティーオ』では次のように説かれている。

人の欲求はさまざまです。怒りを発散したがる人もいれば、食い意地、肉慾、物欲をはじめとする欲にとりつかれている人もいる。でも、人が人と交わるのはこのような欲求を満たすためではありません。このような欲求は礼儀作法に則った振る舞いや会話とはまったく縁がないものだからです。ということは人は何か別のものを求めて互いに交わっている。それはやさしさや、互いの尊重、気持ちのやすらぎといったものに他ならないのです。そういうわけなので、そこにいる人について嫌悪や失望を示すようなことを言ったりしたりすべきではありません。(31)

ずいぶん回りくどい言い方をしているのがわかる。人の欲望というのはいろいろで、こうすればさぞかし気持ちがいいだろうということも各人異なるが、人が集まったときには、お互いそういう個人的な思いをはらすことは二の次にするべきだ、といったところから話がはじまり、人が集まる以上、相手を尊重し親切にし楽しませねばならない、と説かれる。これは逆に言うと、人と一緒になると、自分の欲求不満を解消することを第一にして、その場にいる人に不快な思いをさせても何とも思わない人がいることを念頭においているということだろう。
では、礼節を守るには会話の中にどのようなルールを設定すればいいのだろう。『ギャラティーオ』

には、以下のような例があげられている（31-32）。

人の話を聞いているときに居眠りしてはいけない。

他の人が椅子に座って話しているのに、一人だけ歩き回ってはいけない。

会話の途中で、懐から手紙を取り出して読んだりしてはいけない。

会話の途中で、はさみを取り出して爪を切ったりしてはいけない。

かなり具体的なので驚くかもしれない。そこまで言わなくとも「相手の話に注意を傾けなければいけません」と説くだけで十分では？ という気もするが、このような具体性こそが日常生活の細部に対する観察の視線をはぐくみ、やがては小説的想像力を養っていったともいえる。エリアスの言うように、中世と近代をわかつのはこのような自他に対する観察の恒常化なのである（79）。その底流には次のような思想があったと言えるだろう、すなわち、人間の行動のひとつひとつは、その奥にある人格を表象する重要なサインなのであり、それをしっかりとチェックしておくことが相手をしっかり見極めることにつながる、と。また、理念は理念として、人間は具体的かつ個別的な状況の中で生きているのだから、そうした実際の行動こそが意味深いのだ、と。

倫理よりもマナー

このように人格というものが、些末とも思えるような細部にこそはっきり表れるという考え方は、フェティッシュなほどの「適切さ」（propriety）へのこだわりに結びつき、マナーとかスタイルといった観念をも生んだ。ここで言う適切さとは、原理的なものではなく個別的なものである。たとえば倫理というものは目には見えないけれど、しかし我々が直感的に「そこにある」と感覚してしまう善悪の観念に基づいている。表向きどのように偽装されてはいても、奥には揺るぎない本質が隠れている。もちろん個別の行動についてその善悪を問題にすることはできるが、その判断はあくまで奥にある原理に照らしてなされる。これに対しマナーは、元々は「相手を心地良くさせる」というような理念と無縁ではなかったとしても、実際には、いちいち個別の例ごとにその適否を判断せざるを得ないものである。マナーはコンテクストへの依存性が強く、何が相手を心地良くさせるかの基準も、敬意の表出であったり、身体性の抑圧であったり、朗らかさの誇示であったりとさまざまなのである。そういうこともあり、しばしばマナーは倫理の「奥」に対し「表」のものとしてとらえられがちである。

いちいちの例をあげてその適否を判断しなければならないとなると、どうしても具体的な例、とくに適切なものと適切でないものとの間の境界線を示す例に目がいく。しかもマナーというのは守っていて当然、外れた場合には罰せられるというふうに減点法でとらえられるものだから、何よりも規範から外れるような逸脱に我々は敏感にならざるを得ない。礼節書が実際には逸脱の例に満ちているのもそのためである。たとえば、『ギャラティーオ』では、人前では努めて明るく振る舞わなければならない、だから挨拶はちゃんとするべきだとか、話しかけられたら答えようとか、誰とでも仲良くしなければならないといった、まるで我々が小学校で習いそうなことが説かれているが、こうした当たり前のことをいちいち説いた後に、著者はそんな簡単なことのできない人の具体例を持ち出すのである。たとえば次のようなものだ。

だから私たちはいつも互いに挨拶をかわし、言葉のやり取りも親切にし、また、どんな人をも友人や隣人として扱うべきなのです。しかし、これがわからない人たちがいます。こういう人たちは相手に決して親切な応対をしない。何を言われても、いやだ、と言う。まるで変人か野蛮人のように、相手が親切にしてくれたり敬意を表したりしても受けつけません。誰かの訪問を受けたり、誰かと時を過ごしたりということがおよそできないのです。気の利いた洒落や冗談も愉快とは思わず、すべてを拒絶するのです。もし「某さんがよろしくと言ってましたよ」などと言おうものなら、そういう人たちは「よろしくなんて言われる謂われはないね」と応える。「お元気ですか？と某さんが言ってましたよ」と言えば、「それならここに来て脈でも測ればいいだろ」とこうです。こういう人に友達がいないのももっともです。(38)

上記のような例からもわかるように、こうした指南書がおもしろく読まれ人気を博したのは、ルールから逸脱する例が遊び心に満ちた具体性とともに書かれていたからである。

会話の内容についてもいくつかの指針が示される（40-42）。

どうでもいいようなつまらない話題を持ち出してはいけない。

あまりに微妙でわかりにくい話題はいけない。

その場にいる人に気まずい思いをさせることを言ってはいけない。

とくに食事時やパーティの最中に、悲しい話、苦しみや病気、死など、気持ちがふさぎこむような話題を持ち出してはいけない。

自分の子供や妻、守り役など、身内のことをやたらと話してはいけない。

ここでも著者が「〜はだめだ」と否定形で語るのが目につく。つまり、礼節が語られるとき、どうしても「〜はいい」という形ではなく、「〜はだめだ」という形になりやすいのである。

こうした箇所に、一七世紀の王政復古期に流行した風俗喜劇をはじめ、英文学を貫く柱となった諷刺的な視線が読み取れるのは言うまでもない。諷刺の視線とは細部への注意と相俟って、強烈な規範の意識があってはじめて実現するものである。だからこそ、規範の呪縛を笑ったり、逸脱にフォーカスをあてたりすることも可能になる。もともとは失敗例のはずだったものが、単なる指南という役割を超えて一種のエンターテインメントとして読まれるようになっていく、そのあたりに諷刺というジャンルの萌芽はあった。

「会話」の誕生

ここで礼節や会話といった概念の歴史を整理しておこう。礼節 civility（*civilitas*）という語は古典ラテン語では「政治」とか「行政術」といった意味を持っており、一六世紀に英語に入ってきたときもまずは「市民の道徳」とか「文化」といった意味で使われていた。次第にそれが「丁寧さ」とか「礼節」を表すようになるのだが、こうした語義の変化は礼節が政治や儀式から独立して、それ自体価値のあるものとして注目を浴びるようになるプロセスとパラレルになっている[(4)]。そして礼節の中でもとくに会話は、より大きな社会活動に従属するものではなく、独立した行為ととらえられるようになっていくのである。conversation という語に、「日常会話」（familiar discourse）という語義が加わったのもこの頃である。

英語圏で conversation という語がはじめて使われるようになったのは一四世紀のことである。当初は「会話」という意味ではなく、ある環境の中にいることを示唆する「存在」とか「関係」といった語義で使われていた。

天の国以外のどこに彼がいるというのか？
Where is his conversation but in the Empire of hevene?（1440 *Gesta Romanorum*, li 229）[(5)]

これと関連して「他人とのかかわり合い」とか、「行動様式」といった語義もあった。

人が人々とかかわり合いながら生きていくための自然に備わっている本能。
That natural instinct which man hath to live in conversation.（1594 Robert Parsons et al., *A Conference about the Next Succession*, ii 6）

ほんとうの敬虔さは知識や言葉にではなく、実際の行いや行動にこそある。
True pietie doth not consist in knowledge and talking, but in the action and conversation.（1581 J. Marbeck. *A Book of Notes*, 307）

これらの語義はだいたい一八世紀から一九世紀にかけて消滅し、現在ではこうした意味で conversation が使われることはない。「会話」という語義が conversation に加わった一六世紀は、ちょうど礼節においても会話が独立の価値を持つものとして注目を浴びはじめた時期と重なる。用例としては次のようなものがある。

彼女は、パミラとの楽しいおしゃべりで気持ちを明るくしようとひとりでその部屋に行った。
She went alone up to Pamela's chamber, meaning to ioy her thoughts with the sweet conuersation of her beloued sister.（a1586 Sir P. Sidney. *Arcadia* [1590], ii. v. sig. Q8）

こうした語義変化の過程は、会話という概念自体が一六世紀後半に新しい価値として誕生した状況を反映していると言えるだろう。

もちろん洒落た言葉を使いこなすという行為は新しいものではなかった。たとえば、身分の高い女性に騎士が忠誠を誓う宮廷風恋愛（courtly love）の設定はしばしば当時の文学作品に見られるものだが、そういう作品では当然ながら甘美な言葉で相手の美点を讃え褒めそやすような身振りが欠くことのできないレトリックの装置として用いられていた。洗練された言葉遣いの伝統はこうしてはぐくまれ、ルネサンスから近代にかけ宮廷文化が少しずつ通俗化すると、それとともに言葉遣いの伝統も一般に広まっていくことになる。一六世紀から一七世紀にかけてのイギリスではいわゆる礼節書もその対象を徐々に広げ、元々は宮廷のものとして示されていた礼節の決まりが、親との関係とか、より広い社交の場などを想定するようになる。そんな中で会話についての関心も、狭い上流階級の枠を越えより広く共有されるようになった。

一六五〇年から一八〇〇年の英国で会話を扱った礼儀の本は、二〇〇以上に及んだという調査がある（Carré, 82）。ヨーロッパの中でもフランスや英国のように中央集権化が比較的早く進んだ国では、特定の方言が「正しい言語」として政治権力を具現するようになった。フランスでは一六三〇年代にはアカデミー・フランセーズが樹立され、イギリスでも一八世紀の半ばには王立協会ができているが、いずれも権威による言葉の統制を象徴する機関だった。こうした国々では古典期からあった「雄弁」の思想が、支配者層の人々によって政治性を賦与され、言葉の使い方と社会的な身分とが密接に結びつくきっかけとなる。礼儀の本の中で会話のやり方がしきりに話題にされるのも、言語の運用と実益との関係に人々が敏感になっていたからだと言える。

会話を教える本

それでは、会話の本には具体的にどのようなものがあったのか。たとえばトマス・トワインの『食卓で学ぶ』（*The Schoolemaster, or Teacher of Table Philosophie*, 1576）は、いわゆる「食卓談義」（table talk）の集成で、食べ物についての蘊蓄やそれぞれの階級にふさわしい言葉遣いの用例、冗談や逸話などが収められている。W. B. と著者名のある『会話のヒント』（*A Help to Discourse*, 1618）は事典の体裁をとっていて、よく使われる決まり文句や古典からの引用、話題への手引きなどが記されている(6)。このような例からもわかるように、当時からすでに現代の受験参考書に類するような実用的な会話の指南書はあったわけだし、逆に言うと、我々の使っている会話の参考書は、五〇〇年近く前の書物のフォーマットにかなり依存しているということでもある。

そもそも一六世紀のイギリスではじめて「礼儀正しい会話」という概念を普及させることになったのは、先にもあげたグアッツォの『礼儀正しい会話』（*Civil Conversation*）の翻訳だった（Bryson, 154）。この本は、会話の内容についてだけでなく、それに伴う身のこなしも話題にしており、四つある章のうち、最後の章では会話の実例をあげている。パーティの席で六人の男性と四人の女性が、いかにもルネサンスらしい愛、幸福、社会的な徳といった話題をウィットとともに語る様子を描きながら、理想的な会話がいかに品のあるリラックスした和やかな雰囲気の中で行われるかを示している。

品のある会話とは

一七世紀のイギリスにおける礼節や丁寧さの大衆化をよく表すのは、「thou の消滅」と呼ばれる現象である。一七世紀以前は、英語の二人称代名詞「あなた」には you と thou というふたつの形態があった。ドイツ語やフランス語の Sie/du や vous/tu と同じように、you は丁寧な形、thou はくだけた形というように区別されて使われていたのである。ところが、丁寧であることの要請が社会的に強まるにつれて thou の方は使われなくなっていき、今のように you だけが残ることになった。

こうした風潮の中で、会話への意識は一層微にいり細を穿ったものになっていく。性や排泄など身体的な行為への言及が控えられねばならないことは『ギャラティーオ』でも触れられていたが、この傾向は一七世紀になるともっと強くなる。そのひとつの表れが「猥褻な」(obscene) という語の意味の変化である。obscene は広く嫌悪感を抱かせるものについて使われる語だったが、一七世紀末になってから「性的にあけすけな」という意味を持つようになり、現在に至る。つまり一七世紀あたりから身体に関わることや生理的なことに人前で言及してはいけないという了解ができあがり、合わせてそうしたタブーを示す言葉も生まれたのである。その他、自分の家族のことをやたらとしゃべるなとか、陰鬱な話題はよくない、といった会話内容についての縛りも、増えこそすれ減ることはなかった。(7)

また、「品性」(decency) への意識が強まり、丁寧であることを至上の価値とする態度が階級を超えて広まっていくと、会話のみならずそれに伴うさまざまな行動について、かなり細かい約束事が列挙されるようになる。そうして決まりが具体的になればなるほど、かつて礼節に備わっていた思想性は次第に影が薄くなり、作法 (conduct) やしきたり (etiquette) といった概念が礼節にとってかわるようになる。礼儀の本は、倫理的な領域に踏み込むよりも、細かい行儀作法についてあれこれ規定するのが本務となっていくのである。

もちろん依然として、礼儀の本を支えていたのは権威に対する敬いの念であり、社会的な序列の中でどのように振る舞うのが正しいかを規定するのがその中心的な目的だったことには変わりないが、一七世紀前半の内戦をへたイギリスでは貴族的なものに対する不信の念は深まっていた。その一方、経済の拡大に伴う身分の流動化の中で、ある種の「やり方」を身につけることで階級のステップを上がっていこうとする人々の数も増加していた。こうした状況の下で、礼儀の本は実際に役に立つ人生の指南書として読者層を広げていったわけである。

『礼節の決まり』の人気

以下の部分では、そういう状況の中で大いに人気を博したアントワーヌ・ド・クルタン（一六二二―八五）の『礼節の決まり』を実例としてとり上げる。この本は一六七〇年にフランス語で出版されたものだが、その一年後には早くも英訳が出ており、一六八五年までに少なくとも第五版まで出ている。あくまでフランスの読者を対象とした指南書の翻訳であるにもかかわらずイギリスで一世を風靡したことは、当時の「フランス的なもの」の浸透力を示すという意味でも興味深い。

一六七八年に刊行された増補版は総頁数三〇〇からなり、内容は二三の章に分かれていた。その章立ては次のとおりである。

第一章　本書の主題と礼儀の本分
第二章　礼儀の定義、状況、諸相
第三章　慣習にならった上品と下品の区別

第四章　身分の高い人の家に入るとき、門前で、また待合い室でいかに振る舞うか
第五章　人前での話し方の決まり
第六章　身分の高い人に会うときの身繕いの仕方
第七章　身分の高い人の悲喜に合わせること　適切な振る舞い一般について
第八章　たしなみについて
第九章　教会での振る舞いについて
第一〇章　身分の高い人とともに歩くときの振る舞い　挨拶の仕方
第一一章　食卓での決まり
第一二章　身分の高い人の訪問を受けたとき、身分の高い人が訪問をしてくれると言ったときの振る舞い
第一三章　ゲームに興ずるときの決まり
第一四章　舞踏会での決まり
第一五章　歌ったり、楽器を演奏したりしてもいいかどうかについて
第一六章　馬車や馬に乗って旅行するとき　戸外活動の際の振る舞いについて
第一七章　手紙を書くときの決まり　いくつかの指針
第一八章　身分の高い者の低い者に対する礼儀作法
第一九章　対等な身分の者同士の礼儀作法　戯れについて
第二〇章　敬意を表す方法
第二一章　相手を褒めるときに、礼儀の決まり事を正確に反映させるために

第二二章　行動に際して覚えておきたいこと一般
第二三章　結論

礼儀の本分を扱う冒頭の章で著者は、「身体の目を楽しませるだけではいけません、同時に我々は心の目を楽しませなければならないのです」と述べ、外見上の優美さだけではなく、内側にある「しっかりとした何か」を身につけなければならないとする。礼節とは、つましさ（modesty）と丁寧さ（courteous disposition）とがあらゆる行動に伴うことだと説くのである。これを大原則としたうえでさまざまな行動上の指針が立てられていく。礼節についてのこうした見解の背後には、キリスト教的な謙虚さ（humility）の理念があると言えるだろうが、つましさにしても丁寧さにしてもそれだけではかなり抽象的である。しかし、目次を見てもわかるように筆者の実際のアドバイスは驚くほど具体的である。

いかにドアをノックするのか

たとえば第四章には「身分の高い人の家に入るとき、門前で、また待合い室でいかに振る舞うか」という見出しがついている。君主の扉をどうノックするかについて、次のような実に細かいアドバイスがされるのである。

王子や君主、非常に身分の高い人の門前ではあまり大きい音でノックをしてはいけません。また何度もノックするのも失礼です。またその方のいる部屋や私室の場合はノックをすること自体が

失礼です。扉をこするだけにするべきです。(19–20)

こうした決まりの根本にあるのは、自分より身分の高い者に対し、出しゃばったり、自分を目立たせるような振る舞いをしたりしてはいけない、という考えである。だから、ノックしても誰も出てこないからといって、大声を出したり、うろついたり、あるいは中の様子をうかがったりしてもいけない。では、どうするか？　著者は次のような細かい指示を出す。

ノックしても、誰も中に招き入れてくれそうになければ、ドアに錠がかかっているか内側から閂がかけられているか確かめ、もしそうであれば、ノックせずに開けられるまでじっと我慢して待っていなければなりません。もしくはドアを引っ掻いてみてください。それでも誰も来なければ、さらに下がって待っていましょう。聞き耳を立てていたり、スパイしていると思われたりしてはたいへんです。身分の高い人に対してそのような振る舞いをするのは、もっとも失礼なことなのですから。(20–21)

じっと我慢する――これが多くの礼節の基本となる。自分を抑え、あくまで相手を立てるのである。こうした原則は日本的な敬語や丁寧さのしきたりとも共通点が多いが、ただ、こういう形で妙に具体的にそうした作法が記述され、一般の間にも書物として普及したというところはおもしろい。日本でも礼節に対するこだわりは強かったが、明文化されたマニュアルが何種類も出回るということは――少なくともかつては――考えられなかった。『礼節の決まり』をはじめとする作法の本に表れているのは、当時のヨーロッパで礼儀が身分の上昇とともに獲得されるべき財産のようなものととらえられたことである。

目立つな、の礼節

続く第五章は会話について扱った比較的長い章だが、ここでもやはり自分を抑え、相手を立てるという原理で礼儀の基本が説かれる。次の一節など、まるで芝居のひとコマのような描写である。

身分の高い人が話している部屋に図々しく入っていくと、何か用事があるとか、皆の目に触れないやり方ではできないというのでない限り、いかにも気が利かなくて、育ちが悪い証拠と見られてしまうでしょう。だから、部屋に入るや、よく知っている人に遠くから「どうも、ご主人さま、私です」とか「おはようございます、奥様」と呼びかけたりするのも失礼なことです（これを大声でやる人がいるのですよ）。そういうときはゆっくりとおごそかに歩いていき、近くまで来たところで、控えめに挨拶をするべきです。よけいな格好つけも必要ありません。(26)

大声で割り込んだりしてはいけないのは、自分が目立ってはいけないからである。目立つのはあくまで身分の高い者なのである。こうしたしきたりは日本の礼儀作法にも見られるもので、それが日本語の敬語システムと呼応しているのは間違いないが、『礼節の決まり』で描写されるような身分関係に伴う細かい約束事を見ると、日本でよく指摘される天皇を中心とした身分制の枠組みだけがそのようなシステムをつくるわけではないらしいこともわかってくる。身分制を越えた社会の規範として

「丁寧さ」（politeness）を通用させるような、何らかの力学が働いていることが想定される。

会話する身体についての決まり

会話の礼儀についての記述はまだ続くが、そうした中で目につくのは、会話と身体的な所作とのかかわりに約束事がいろいろとあること、また、そのほとんどがここでも、「べからず」の形をとっていることである。たとえば、偉い人にいかに用件を伝えるか。

身分の高い人と話そうとするときに、その人の上着を引っ張ってはいけません。いくら用事があったとしても、たまたま向こうから話しかけられるまで待つのです。もしその方が誰かとひそひそ声で話していたら、引き下がって、話が終わるまで離れた位置に立っていましょう。もしあなたの用件が重要なもので、あなたが話しかけようとする方にとってもそれが大事なものであるならば、ちょうどその方の目にとまるような位置に移動し、それから相手の注意に応ずる形で近づいていって、話を持ち出しましょう。場合によってはこっそりと耳打ちするということも必要かもしれません。(27)

相手に話しかけられるまで待つ、というのは自分を抑制し、我慢の果てにあくまで相手に主導権を握らせる、という先述の礼節の基本形を踏襲していると言える。用件を伝えるときの歩き方についても次のような指示がある。

自分の動作にも注意しなければなりません。どしんどしんと音を立てて歩いたり、足を引きずったりしてはいけません。舞踏で相手をリードするときの、行進するような歩き方もだめです。頭と手でリズミカルに拍子をとるのもいけません。とにかくしらっと、注意深く歩いてください。きょろきょろ回りを見回したりせずに。(27-28)

こうした動作の描写は、あくまで否定のために、つまり「こういうことをしてはいけない」ということを強調するためになされているのだが、読んでいると、かえってその否定された動作の方が生々しく目に浮かんでしまう。

こうした「べからず」の描写に、一八世紀の英国で流行することになる諷刺文学の萌芽が見えることは先にも触れた。『礼節の決まり』の著者は、望ましい礼儀作法について肯定的に語ることで礼節とは何かを説くよりも、むしろ逆方向から、つまり否定的な映像をこそ印象深く突きつけることで、礼節の輪郭を浮かび上がらせている。これはまさに諷刺文学の手法と共通するだろう。ある価値観を作品の中で扱うに際し、賛辞を送りながら肯定的に語るという方法も一方にはあるが、他方、あえてその価値とは相容れないものをたっぷり描出することで、陰画的に自分の訴えたいものを伝えることができるのである。

次の一節も典型的な喜劇風の描写である。

あなたが部屋に入っていって、皆が礼を尽くすべく席を立ったときには、絶対してはいけないことがあります。立った人の場所を横取りしてそこにあなた自身が座ってしまうことです。あなたはなるべく隅っこの方に、別の座る場所を探さなくてはいけません。身分の上の方が立ったままなのに、あなたがしっかり座っているなどということは避けなくてはなりません。(28)

著者が悪のりしていると見えるかもしれない。おそらく当時の読者も、こうした場面を刺激をうけながら読んだのだろう。つまり、いささかの皮肉な笑いと、「こんなことをしてはたいへんだ」という自戒の入り交じった気持ちで。

プライバシーの誕生

人前で自分のことや妻や子供を話題にすることにも慎重になれ、と著者は言う。一六世紀の礼節書にもあった指摘である。どうしても話題にするときにはあくまで控えめに。あまり長々と話してはいけない。ましてや妻を褒めそやしたり、称号で呼んだり、あるいは愛称で呼んだりするのもだめ。自分の妻への愛情を見せびらかすのもやめろ、という(35)。

プライバシーという概念は近代の産物だと言われているが、こうした忠告には「内」と「外」との境目に人々が敏感になっていた様子がうかがえるかもしれない。そこにあるのは、「内」について「外」としてのパブリックな場で語ることはしたない、という感覚であり、「自分をあまり前面に押し出してはいけない」という原則も、自分というものが「内」の中心にあるものだ、という意識があるからこそ重要になる。

また、「内」についてあまり話題にしてはいけないのは、自分の場合に限った話ではない。相手の奥さんについても、その人が病気でふせっているなどの事情がない限りは、あまり根ほり葉ほり訊くのは、はしたないとされる（36）。プライバシー一般については、次のような「べからず」の事例があげられている（49-50）。

誰かが手紙を読んだり、書いたりしているときに、肩越しにのぞいたりしてはいけません。

誰かがお金の話をしているときに、あんまり近くに寄ってはいけません。

誰かの貴重品の入っている引き出しなどにあまり近づいてはいけません。

身分の高い人の前で、その人に関係ない内容の自分宛の手紙を読み上げたりしてはいけません。

相手のプライバシーを尊重するだけでなく、自分のプライバシーを相手に押しつけない。そういう制約を意識するからこそ、次のような状況についても著者は注意を喚起する。

たまたま誰かの私室に招かれているときに、その人に用事ができていなくなったら、そこにひとりで残ってはいけません。その人と一緒に部屋から出て、彼が戻ってくるまではどこかよその場所にいるようにしましょう。

まさに礼節の手順と呼べるところだろう。くどいほどの「やり方」への意識。まるで日常生活までがマニュアル化していたかのように思える。

細やかな会話術のために

というわけで、主に会話の章を中心に『礼節の決まり』を読んでみたが、すでに指摘してきたように会話に関する決まりとはいえ、焦点は会話のなされる状況や会話に伴う身体的な行動にあてられていた。もちろん言葉遣いそのものや話す内容に関する指摘もあるが、あくまで視点は、いかに「権威」と正しく付き合うか、そのためにはどうやって自分を低めるか、というところにある。だから会話に関するアドバイスとはいえ、つねに身分の差が意識され、それが物理的な位置関係の意識にも反映されて、実際の身のこなしをどうするかにもつながってきた。

ただ、そうした強烈な権威や序列への意識の中にも、プライベートなものに関する感覚とか、相手の顔をいかに立てるかについての細かい配慮などを通して、より近代的な対人関係の芽は十分に見て取れる。会話の章の最後の部分では、「やたらと大声を出してはいけません」(42)とか「誰かがしゃべっているときに眠ったり、遠くに移動したり、ましてや咳をしたりあくびをしたりしてはいけません。どうしても我慢できないときは、こっそり、他の人に気づかれないようにやりましょう。また『今、何時ですか?』などと話をさえぎってもいけません」(43)というような指摘もある。これらは現代でいうところの「エチケット」に近いもので、身分云々よりも、とにかく周りにいる人に不快感を与えない、というところが重要なのである。「きちんとした人は、女性を乱暴に扱ったりしないものです。女性の首とかお腹に手を突っ込んだり、突然キスしたり、帽子をいきなり脱がせたり、ハンカチを奪い取ったり、リボンを外して自分の帽子に入れたり、手紙や本を取り去ったり(以下略)」

(44)。

一七世紀後半のイギリスで、こうした本が盛んに読まれたということは、かつては一部の特権階級の独占物だった礼節とか丁寧さといったものが、次第に通俗化したということを意味する。と同時に、礼節の内容自体も単なる身分関係を越えた人間関係一般に適用されるべきものとして変質し、これまでにはなかった配慮を含むようになっていった。そうした中で、今の我々にも意識されるような、自分と相手との関係の持ち方とか、相手のメンツの問題、プライバシーの扱い、女性への態度といった事柄が、近代的な礼節のポイントとして残ったのである。

ただ、礼節や作法の大本に権力といかに付き合うかという意識があったことはあらためて確認しておいてもいいだろう。善意は礼節という様式を通して表現されることで、権力が作用する場で大きな機能を果たしうる。権力そのものにはならないにせよ、権力に拮抗するようなエネルギーを内に秘めることもできる。武器にもなるし、その流通性を考えると、貨幣になぞらえることもできるかもしれない。別の言い方をすると、近代社会では善意や愛といった人間の心のあり方の表現が、さまざまな決まり事や了解を通して高度に様式化されることで、政治的な道具や貨幣と同じような戦略的な装置として機能するようになったということである。むろん、語りという行為がそうした流れと無縁であるわけはない。

第2章——女を嫌うという作法——『チェスタフィールド卿の手紙』（一七七四）

女と礼節

善意は適切に見せら
れる必要があった。前章の「英会話の起源」でも確認したように、善意を見せるための最大の道具となったのは言葉である。言葉を上手に使うことで善意はより効果的に表現され、ひいては政治的な力をも生み出す。

このように〝善意の言葉〟が権力と結びついていくというプロセスは一七世紀から一八世紀にとりわけ特徴的に見られた現象である。これに先立つ時代、一五世紀から一六世紀にかけて英語は未曾有の拡大期を迎えていたが、やがて言葉の規範を求める声が強まり文法意識も高まった。何より、長く続いた表音主義が、綴りの固定化という考えにとってかわられることで英語の規範化は格段に進む。言うまでもなく、このような規範化を象徴したのは一七五五年のサミュエル・ジョンソン（一七〇九―一七八四）による『英語辞典』（*A Dictionary of the English Language*）の刊行であった。適切な見かけをまとった「正しい英語」の重要性は、当時の有力な文人たち――ジョセフ・アディソン、ダニエル・デフォー、ジョナサン・スウィフト――によって推奨され、いわゆる polite English が王室を頂点に仰ぐ礼節の基軸としていよいよ重要な役割を担うようになっていった。

ところでこの一八世紀、言葉とならんでもうひとつ礼節の鍵となったものがある。「女」である。前章で見た『礼節の決まり』からの引用にもあったように、礼節の大きな部分は女性をめぐる決まり事としても組み立てられていた。もちろんその基盤にあるのは、「女性に対してどう振る舞うか」という男性の視点だが、これは「女性はどう振る舞うべきか」という問題とも無縁ではありえない。

実際、一八世紀以降の作法書は女性に対する指南書という側面を強めていくことになる。女性性が、言葉と同じく何らかの形でコントロールされるべきものとして、いわば規範化の対象となっていくのである。ただ、このような「女」の規範化は、男が女を型にはめて抑圧するという単純な図式としてだけ理解されるべきものではない。むしろ事態は逆かもしれないのである。規範へ向かおうとする態度の出発点には、「女とは何か?」という問いがある。男たちはこの問題と格闘しつつ、規範化＝女性化というプロセスを通して女性性を自らの内に取りこむことで答えを見つけようとしていたとも思われるのだ。

礼節と女性性との関係は、そう簡単には答えの出ないたいへん奥の深い問題であるだけに、この章ではまず考察の取っ掛かりを得るため、一八世紀の作法書の中でもややキワモノ扱いされてきた『チェスタフィールド卿の手紙』を取りあげてみたい。この書物は本人の許可なくして出版されたものだが、当初からその内容のスキャンダラスさに注目が集まり、作法書の負の面を代表するものと考えられてきた。そこで「女」がいったいどのように扱われているかを見てみよう。

ジョンソンの『英語辞典』

チェスタフィールド卿ことフィリップ・ドーマー・スタンホープ（一六九四―一七七三）は当時の政界の重要人物のひとりで、ハーグ駐在大使やアイルランド総監を務めるなど、とくに外交方面で活躍した。文学関係の知己も多く、アレクザンダー・ポウプ、ジョン・ゲイ、ヘンリー・フィールディング、トマス・ギボン、ヴォルテール、モンテスキュー、ジェイムズ・トムソンをはじめ、さまざまな文学者と交流があったことが知られている。ただ、ここでまず特筆すべきはサミュエル・ジョンソンとの関係である。

ジョンソンは一七四六年に『英語辞典』の出版に関して契約を交わすと、まず「新英語辞典編纂計画概略」（'A Short Scheme for Compiling a New Dictionary of the English Language', 1747）を公にし、これを改編して後の「序文」の基になる『計画書』（*Plan*）を書いた。ここにはジョンソンの言語観の基礎となる考えが記されているが、ジョンソンはこれを、政界の有力者でパトロンとして援助を期待できると思われたチェスタフィールド卿に捧げているのである。チェスタフィールド卿は、英語の乱れに大いに危機感を抱いており、権威と秩序の必要性を説いていたし、庶民の言葉は乱れているから、学者と宮廷の言葉を基準に「標準語を作るべきだ」としたり、また、綴りについては音に合わせるのではなく、語源や文法をこそ尊重するべきだとして、まさにジョンソン的な規範の精神とぴったり合う考えを持っていたのである。

ところが、このジョンソンの働きかけをチェスタフィールド卿は全く無視した。どうやらこれは意図的なものではなく、行き違いの結果らしいということが後の研究で明らかになっているが、ジョンソンはそんなこととは知らず大いに憤った。しかも、ジョンソンの『英語辞典』がついに刊行されるとチェスタフィールドはその偉業を讃える書評を発表したが、ジョンソンはこれがなおさら気に入らなかったようで、「今さら何を言うか」という主旨の言葉をチェスタフィールド卿本人に宛てた手紙に記したほどであった。[1] チェスタフィールド卿自身はジョンソンの態度については鷹揚に構え、ジョンソンからの手紙をおもしろがって知り合いに見せたりしており、またジョンソンの方も後に態度を軟化させたとも伝えられているが、この事件はジョンソンの性格をよく表すこともあって、『英語辞典』をめぐるもっとも有名なエピソードのひとつとして語り伝えられている。

チェスタフィールド卿のいわくつきの「手紙」

ところでこのチェスタフィールド卿は、単なるパトロンであっただけではなく、彼自身がある出版物の著者として名前を知られることになる。それが『チェスタフィールド卿の手紙』(一七七四)である。この書物が公になるまでにはちょっとしたいきさつがあった。チェスタフィールド卿には、フィリップという非嫡子がいた。この子をチェスタフィールド卿は大いにかわいがり、将来は自分と同じような外交官の道を歩ませようと小さい頃からさまざまな処世術を伝授するために彼に宛てて手紙を書き続けたのである。死後、この一連の手紙がフィリップの未亡人によって他の書簡とともに刊行され、広く世間に知られるようになった。

これだけ聞くとよくある話のようだが、この手紙にはさまざまな因縁がからんでいる。まずチェスタフィールド卿のフィリップへの愛情は、彼自身の父との不仲に由来していた。長男でありながら正当な財産を相続できなかったこともあり、チェスタフィールド卿の上昇志向や世間に対する警戒心はかなり強いものだった。若い頃は大いに女性と遊び、結婚したのはようやく三九歳になってからだったが、相手は政略結婚まがいに選んだ四〇歳の女性で、この人自身がジョージ一世の非嫡子だったとも言われている。こうしてさまざまな意味でねじれた親子関係のただ中にあったチェスタフィールド卿が、自分の非嫡子を相手に愛情をこめて手紙を書き続けたというわけである。しかし、不幸なことにフィリップは三九歳の若さで、父の夢を果たせぬまま他界してしまう。

因縁はこれにとどまらない。これだけ愛情を注いできた父には内緒で、実はフィリップは二〇代の若さでユージニア・ピータースというアイルランド貴族のこれまた非嫡子と秘密結婚をしていたのである。チェスタフィールド卿がこの女性の存在を知ることになったのはフィリップの死後というのが定説だが、ひょっとすると、これはユージニア自身がチェスタフィールド卿の手紙で自分が言及されている部分を削除したためかもしれない(2)。いずれにしても、チェスタフィールド卿とユージニアの間には信頼関係がなく、遺言状の中で彼は孫には遺産を残したものの、すでにその存在を知っていたユージニアには一銭の財産も残していない。

さて、このような目にあったフィリップの未亡人の手には、自分の夫に向けてチェスタフィールド卿がせっせと書き送った手紙が残されたわけである。ユージニアは器量はそれほどでもなかったと言われるが、非常に知的で聡明な女性だった。そこで彼女が考えたのが、チェスタフィールド卿の手紙の出版だった。政界の有力者であり、多くの著名人とも知り合いだったチェスタフィールド卿は、今で言えばたいへんなセレブであり、手紙の出版がかなりの利益をもたらすであろうことも予想できた。

しかし、問題は手紙の内容だった。チェスタフィールド卿の手紙には、物議を醸しそうな部分が含まれていたのである。ユージニアが騒ぎの発生を願って手紙の出版を思い立ったのかどうかはわからないが、編集を依頼されたホラス・ウォルポールやエドワード・ギボンが遺族の怒りを恐れて申し出を断ったり、出版差し止めを求める遺族の抵抗があったりしたことからもわかるように、すでに計画段階から『チェスタフィールド卿の手紙』の刊行は波乱含みだったのである。出版差し止め要請は結局、却下され、一七七四年、手紙はユージニア自身の編集により二巻の美装本として出版される。果たして、大物政治家のプライベートな手紙は大きな騒ぎを引き起こすことになった。(3)

女は信用できない

『チェスタフィールド卿の手紙』のうち、息子に宛てたものは、いかに世の中でうまく生きていくかをかなり具体的に説くものだった。父と子の間のひそひそ話のようにして語られているということもあり、そこには公には口にできないであろうような内容も含まれている。とくに女性に関する意見はかなり辛辣だった。

宮廷の陰謀となるとだいたい女たちがからむものだ。でも、女たちには注意しろ。信用してはならない。(4)(145)

女は信用できない、女に足下をすくわれるな、というのが、女性経験豊かだったチェスタフィールド卿の到達した境地だったらしく、父は息子に対し、繰り返し女性との付き合い方を指南しているのである。

だいたいの女はひとつしか興味の対象を持っていない。自分の美しさである。自分の美のこととなると、どんなに褒められても足りないのだ。どんなに醜い女でも、お世辞になびかない者はいない。とんでもない顔をしていてさすがにそれを意識せざるを得ないような人でも、自分ではスタイルや雰囲気のおかげで十分それをカバーできると思っていたりする。スタイルが悪くても、顔のおかげで救われていると自分では思っていたりする。どちらもダメでも、自分には気品があるから、などと考える。何とも言えない風情があって、美しさよりずっと魅惑的だなどと思っているのだ。（60–61）

まさに典型的なミソジニーである。見かけにとらわれ、うぬぼれゆえに実態を見誤っている女たちをあざ笑おうとする態度がありありである。

しかも、手紙の中には息子に対して露骨に情事を勧めるような一節もあった。チェスタフィールド卿はふたりの女性を実名で名指し、「愛情ならA子さんだね。単なる情事ならB子さんの方がいい」というようなことを言っているのである（231）。放蕩で知られた卿ならではの、女性を蔑視し軽んじようとするこのような態度は、当然ながら教会関係者を中心に保守派からの猛烈な反発を食うことにもなったわけである。

しかし、こうした毒舌めいた言い方の裏で、チェスタフィールド卿は「見かけ」や「表面」の持っている効果にもたいへん意識的だった。別の箇所ではチェスタフィールド卿は次のような助言を息子にしている。

女を心地良くしてあげ支配することが、先々君の役に立つかもしれない。女というものはしばしば他人を心地良い気分にして支配するのだ。(217)

ミソジニーの裏には、きわめて計算高い戦略家の姿が覗く。これは単なる女嫌いというよりは、より広く人間嫌いと言ってもいいような態度かもしれない。

注意の技術

女性に対してに限らず、「他人を信用するな」、「いつも用心深くあれ」、「自分の手の内は他人には見せるな」と猜疑心と計算に満ちた行動をとる、それがチェスタフィールド卿の手紙に一貫して見られる処世術の基本だった。そのキーワードになるのは、「注意」(attention)という語であった。

人間をちゃんと理解するには本を読むのと同じくらいの注意と熱心さが必要である。また賢さの見極めとなると、ひょっとすると、本を読むとき以上のものが必要となるかもしれない。私には今、多くの年配の知り合いがいる。彼らは一生を上流社会で過ごしてきても、たいへん軽率で不注意だったおかげで、一五歳のときと比べて何も学んでいない。だから、だらだらとくだらないおしゃべりにふけるだけで人間を理解できるなどとは、ゆめゆめ考えてはいけない。単に人を見るだけではなく、見抜かなければならないのだ。(43-44)

人間の振る舞いを指南する礼節書や作法書に通底するのは、人間の細かな振る舞いに注意深くなるよう促す観察者の精神である。(5) チェスタフィールド卿もまた、この点をしきりに強調するが、息子に向けた彼の指導は徹底的に冷徹なものだった。とりわけ、人間の「情」に対するチェスタフィールド卿の目は、過酷なほどドライである。

程度の差こそあれ、どんな人も生まれつきさまざまな感情を備えている。ただ、どの人もあるひとつの中心的な感情というものを持っていて、ほかの感情がその感情に呑まれることになる。大事なのは、まずその人の中でどの感情が支配的か見極めることだ。心の襞にわけいって、同じ感情でも人によってその働きがぜんぜん違うことを確かめるのだ。そして、もしある人にとって支配的な感情を見つけ出したなら、その感情が働いているときは決してその人を信用しないように気をつけるのだ。必要なら、その感情を助けにその人を説得するのもいいだろうが、彼が何か誓いを立てたとしてもくれぐれも用心するのだ。(44)

チェスタフィールド卿は人間のとりわけ感情的な部分をひどく警戒している。彼のミソジニーの根源にも、女性が見せる感情性への嫌悪がある。しかし、その一方で、人間が感情から自由ではないことも彼は知っている。だから、利用せよ、というのである。

また、相手には自分の視線を気取られてはいけないというのもチェスタフィールド卿の重要な教えである。相手に警戒させてしまったら、こちらが相手のことを観察できなくなってしまうからである。

腹黒くて何を考えているかわからない人物と見られないよう気をつけなければならない。そんなふうに見られたら、好ましくない人物と思われるだけでなく、何か悪いことを企んでいるととられるだろう。こちらが相手に何を考えているかわらかない人物と見られたら、相手もこちらに対して実際何を考えているかわからないような振る舞いにでるだろう。そうしたら、何も見抜けなくなる。（105）

このようにチェスタフィールド卿の視点からすると、あらゆる社交活動は、一時も心を休めることのできない、読むか読まれるかの緊張感に富んだ戦場ということになる。好意的に見ればいかにも外交官らしい考え方とも言えるが、こうした生き方を息子に教え諭すというあたりに、あまりに露骨な計算高さと、偽善的でモラルの欠如した人生観を見て辟易する人も多かった。つまり、チェスタフィールド卿の人生訓は、一方で息子に対する愛情を感じさせはしても、他者に対する悪意と警戒心に満ちており、いわゆる美徳とは縁のない、たいへん利己的な指南書と読める部分が多かったわけである。多くの文人とも交わり、政界の有力者として華やかな舞台にいた人物のこうした生々しい自説開陳は、読者にセレブの暗部を垣間見させるような気分を引き起こした。

徳はどこにあるか

ただ、チェスタフィールド卿にまったく「徳」の観念がなかったかというとそうでもない。むしろ逆で、『チェスタフィールド卿の手紙』を貫いているのは、「上品さ」（decency）とか「適切さ」（propriety）といった徳の意識だった。一六世紀以来、徐々に英国に浸透し、一七世紀から一八世紀にかけては一気に通俗化しつつあったマナーに対するこだわりが、politeness とか、to give pleasure といった言い回しを通して『チェスタフィールド卿の手紙』の中でも繰り返し説かれているのである。まだ幼少期にあったフィリップに対する手紙には次のような一節がある。

人生のもっとも重要な要素のひとつは品だ。それは場をわきまえた適切な振る舞いをするということだ。あるときある場所でふさわしいことが、別の状況ではまったく許されないということがよくある。たとえば遊んでもいい時間というものが一日のうちにはあるけれど、メテェールさんが来てくださっているときに、たこ揚げをしたり、九ピンゲームをしたりするのは、たいへん行儀が悪いことだと考えなければいけない。大いに踊るのも結構。だけど、踊ってもいいのは舞踏会や遊びのときだ。教会に行ったときやお葬式の最中に踊ったりしたら、バカだと思われる。
(12-13)

品とわきまえこそが人生の一大事だという。そこにあるのは、ふさわしいときにふさわしい行動をとるべきである、という、それ自体とりたてて異常とはいえない教えだった。しかし、それが極端な実例や細心の注意にからめて説かれると、過剰で上辺だけの繕いに見えてくる。たとえば「笑うことにはとりわけ注意しなさい。いつもにこにこしているのはとてもいいことだが、声をあげて笑っているのを聞かれたりしたらぜったいだめだ」(72)などという助言には驚く。『チェスタフィールド卿の手紙』の中でもあまりに胡散臭い部分としてしばしばあげつらわれたのは、肉の切り方(carving)についての次のような一節だった。

細かいことと言えば、他にも言っておくべきことがある。たいへん些細なことだけど、少なくとも一日一回はあることだから、注意が必要だ。それは肉の切り方のことだ。君は上手にそうっとやっているか？　いつまでも骨と格闘してはいないか？　周りの人にソースをはね飛ばしていないか？　グラスをひっくりかえして隣の人のポケットをびしょ濡れにしたりしてないか？　こういうことで不作法なのはたいへんみっともない。あまりしょっちゅう起きると、みんなの笑いものになる。ちょっと注意すれば避けられることなのだ。(6)（68）

たかがナイフとフォークの使い方についてこれだけもったいぶって語ったために、この一節自体が大いに諷刺の対象となったようだが、politenessという美徳をつねに頭に置きつつ、細かい作法に目配りするのが人間にとって大事なことなのだとする姿勢は、一七世紀から一八世紀にかけて英国を覆っていった規範への信奉と少なからず軸を一にするものである。

ある意味では一七七四年に出版された『チェスタフィールド卿の手紙』は、一六世紀以来の礼節書、作法書の普及がたどり着いたひとつの極点だったとも言えるだろう。会話術にしても、食卓でのマナーにしても、すでに詳しく見た『ギャラティーオ』や『礼節の決まり』以来、大陸から輸入されつづけてきた宮廷文化の伝統を汲んだものには違いないが、『チェスタフィールド卿の手紙』にはっきり表れているのは、そうしたものを技術として、上辺の見せかけとして身につけることができるのだ、そして非嫡子というハンデを背負った人間は出世するためにまさにそうしなければならないのだ、という考えでもあった。(7)

だから、会話におけるマナーを説くときにも、チェスタフィールド卿のアドバイスは、その出だしにおいては「いかに相手を心地良くさせるか」という徳から出発しつつ、最終的にはたいへん技術的になる。

相手を心地良くさせる技を身につけるのは大事なことだが、そう簡単に習得できるものではない。こうすればいいという規則があるわけではないのだ。私が教えることよりも、君自身の直観や観察が助けになる。自分がしてほしいと思うことをする、というのが相手を心地良くさせるためのもっとも確実な方法だ。相手がどんなことをしてくれたときに気持ちがいいかを注意深く観察するのだ。おそらく相手だって同じで、君がそうしたことをすれば気持ち良くなるはずだ。もし相手が君の気持ちや好みや趣味に好意を示してくれたり、尊重してくれたりしたときに君が良い気分がするなら、君が相手にそのようにしてあげたとき、相手も良い気分になるはずなのだ。その場の雰囲気に合わせるのだ。自分が雰囲気をつくろうとしてはいけない。とにかくその場の空気を読んで、ときにはまじめに、ときには陽気に、ときにははしゃいで見せる。こうやって全体に奉仕するのが、グループでいるときの個人の務めというものだ。(57)

会話をするときにも、いつも周囲の空気を読まなければならないという。こうして神経質なほどに「心地良くしろ」(to please)というジェスチャーにこだわるチェスタフィールド卿だが、その真意がいったいどこにあるのか、よく考えてみるとわからないところもある。彼は女性に対し露骨な蔑視を見せるが、実際には、心地良さの追求という点においては彼自身が女性の体現する価値に積極的に身を投じているとも見えるのである。彼は偽善的で「見かけ」にこだわる女性のイメージをつくりあげたうえでそれをあざ笑うが、実際には彼自身がもっともその女性のイメージと重なるような振る舞いを推奨しているのである。そこから透けて見えるのは、適切な振る舞いを出世のための重要な手段として息子に伝授しようとしつつも、そのような自分の方針にひそむ灰汁のようなものに鈍感ではいられない彼の独特な居心地の悪さのようなものかもしれない。

『チェスタフィールド卿の手紙』が示すのは、「心地良くさせる」ための礼節という社会的な装置が、単純な心地良さとはほど遠い深謀遠慮や警戒によってこそ保てるものだという考え方である。そういうことを人が意識するようになったのが一八世紀という時代だった。心地良さは心地良さによって生み出されるわけではない。むしろ逆かもしれないのである。心地良さとは正反対の、神経質で非寛容な猜疑心のようなものこそが、心地良さを生む。そうだとしたら、突き詰めて言えば善意の表出は悪意によってこそ完成するという話にもなってくる。実際、そのせいもあって一八世紀には、「丁寧」の影に禍々しいものが隠れているという見方が頻繁にされるようにもなった。「丁寧」と「偽善」との境目に人々が敏感になってきたわけである。臨機応変な言葉の使い方は「丁寧さ」にはつきものだが、それはひいては虚言に通ずるのではないか？ とか、女性に対する親切さも最終的には情事に向けた下心と無縁ではないのではないか？ といった不信感が生まれてきたのである。[8]

あるいは『チェスタフィールド卿の手紙』に充満する居心地の悪さは、そのあたりの問題とも関係するのかもしれない。一見礼節と対極に位置するかと見える機嫌の悪さや攻撃性が、広い意味での礼節という装置の中ではきわめて重要な意味を持ってくる、つまり、むしろ不機嫌を通して礼節を表現するといった考え方の萌芽もすでにこの頃から見られたのかもしれない。

いずれにしてもデイヴィッドソンも指摘するように（Davidson, 65）、『チェスタフィールド卿の手紙』の刊行とそれに続く騒動は、「丁寧」をめぐる大きな潮目の変化を示す出来事となった。本そのものは出版後たちまちベストセラーとなり、二〇を越える版に加えてさまざまなアダプテーションや抜き書きの類も出回ったが、刊行時にはそれほど大きな問題を引き起こすとは思われなかった著者の人生態度は、一七八〇年代から一七九〇年代にかけて進んだ英国の保守化の中で大いに問題視されるようになり、仏革命に伴う政治的な保守主義の台頭とも相まって悪評がすっかり定着することとなる。英国は一八世紀末から一九世紀初頭にかけて政治的にも激動の時代を迎えるわけだが、そうした中で「偽善」が問題視されるようになった背景には、「丁寧」を身にまとうことで成り上がろうとした新興中産階級と、旧来の秩序に拠ろうとした守旧派との対立という構図も見て取ることができる。と同時に、女性嫌悪という意味では共通点がある一九世紀初頭のダンディズムや、逆にそれと明確なコントラストをなすロマン主義精神など、『チェスタフィールド卿の手紙』に体現された「丁寧の文化」の歴史的な文脈については、まだまだ考察の余地がありそうだ(9)。

第3章——作家の不機嫌——ジェーン・オースティン『高慢と偏見』（一八一三）

善意のねじれ

一八世紀から一九世紀にかけ、英国の「礼節」は大きな転機を迎えることになった。前章で扱った『チェスタフィールド卿の手紙』（一七七四）に垣間見える〝ねじれ〟は、その兆しとみなすことができるだろう。作法の何たるかがわかればわかるほど、やさしい振る舞いにこめられた毒には無意識でいられなくなる。チェスタフィールド卿も一方で作法を指南し、細かい気遣いのポイントを説きながら、同時に、作法の裏を見透かすような懐疑的な視線を持っていた。「見かけ」へのこだわりの奥にあさましさや偽善性がひそんでいることを十分認識していたのである。

では、作法に根ざすこのような〝ねじれ〟はその後どうなっていくのか。この章では、続く時代に書かれたジェーン・オースティン（一七七五―一八一七）の代表作『高慢と偏見』（*Pride and Prejudice*）をとりあげ考察してみたい。『高慢と偏見』の刊行は一八一三年だが、その基になった「第一印象」（"First Impressions"）は一七九六年から一七九七年にかけて執筆されている。つまり、刊行時に物議を醸した『チェスタフィールド卿の手紙』がちょうど作法書として広く一般に出回っていた時期に構想されているのである。実際、『チェスタフィールド卿の手紙』には「高慢と偏見」(pride and prejudice)という表現が出てきており、それがこの作品のタイトルの由来だとする批評家もいるほどである(Tandon, 247)。いずれにしても『高慢と偏見』に限らず、一九世紀のはじめに相次いで刊行されたジェーン・オースティンの小説に、『チェスタフィールド卿の手紙』で言及されていたような作法の虜になった人々の振る舞いがふんだんに描き出されているのは間違いない。オースティンがチェスタフィールド卿をお手本にしたかどうかはともかく、両者は「善意」の表現について、その〝ねじれ〟の部分も含めてかなり意識を共有していたのである。

『高慢と偏見』を読むという苦行

『高慢と偏見』は一面的な読み方をされがちな作品である。その理由のひとつは、まるでチェスタフィールド卿の教えを実践に移そうとするかのように、この小説が徹底して些末な「表層」にこだわるからである。作品には人々の振る舞いの描写があふれ、頻繁に「丁重な」(civil)、「丁寧な」(polite)、「快い」(agreeable)といった言葉が使われる。人物たちはつねに礼節のコードに照らして「適切」(propriety)かどうか判定され続けているかのようなのだ。人物たちにしても語り手にしても、作法のコードから自由になれていないと思わせる。

たとえば作品の中心人物であるジェーンとエリザベスという姉妹が、初めてビングリーやダーシーと舞踏会で会ったときのこと。ジェーンはすっかりビングリーの虜になって、妹のエリザベスと二人きりになるとさっそくその魅力について語りはじめるのだが、その言葉は驚くほど非個性的で平坦である。

「まさに若い男性の鏡ね」ジェーンは言った。「趣味が良くて、人当たりもいいし、明るいし。あんなにすてきな人見たことないわ。気取らないし、それでいてきちんとしてるし」(16)

ちなみにこの部分は、原文では以下のとおりである："He is just what a young man ought to be," said she, "sensible, good humoured, lively; and I never saw such happy manners!――so much ease, with such perfect good breeding!" 拙訳では、英語の原文にある"I never saw such happy manners!"という部分はあえて逐語訳せずに「すてきな人」としたが、mannersという言葉がある以上、「すてきな物腰の人」とか「すてきな態度の人」と訳すべきなのかもしれない。しかし、男性の魅力について語る女性が「すてきな物腰」とか、ましてや「すてきな態度」といった表現を使うのは、現代の我々からするとかなり違和感がある。フォーマルな場での発言ならともかく、この会話は舞踏会の後で、ジェーンとエリザベスが二人になってからこっそりかわされる、いわばガールズ・トークの一節なのであり、もっと生々しい本音が語られてもいいはずなのだ。そんなときに「物腰」や「態度」を云々するのは、いくらジェーンがおっとりして、控えめで、言葉が足りなくて、多少愚鈍でさえある人物として設定されているとしても、焦れったいと言わざるをえない。いかにも「型」の支配から逃れられていないと見える(1)。

しかもこのような違和感は、必ずしも文化の違いにのみ帰せられるものではなさそうだ。オースティンとそれほど時代的に隔たっているわけでもないシャーロット・ブロンテ(一八一六―五五)も、『高慢と偏見』には我慢がならなかった。

何かと思えば、どこにでもいそうな顔を銀盤写真機できっちり撮ったような肖像と、注意深く塀を張り巡らせた手入れの行き届いた庭に、こぢんまりした花壇ときれいな花ばかり。生き生きした鮮明な表情もなければ、広々とした田園も、気持ちのいい空気も、青々とした丘も、元気な挨拶もない。あんな紳士淑女と一緒に、優雅ではあっても息のつまるような家に住みたいなんて、とても思わない。(10)

ブロンテのこの批判は明らかにmannerという語に象徴されるオースティン的な形式張った表層へのこだわりに対する苛立ちに発したものである。小説はそんなものではないでしょう？というブロンテの声が聞こえてくるかのようだ。この問題提起にはたしかに説得力がある。

おそらくジェーン・オースティンの小説を読むためには、こうした表層性と付き合うことが不可欠なのである。歩き方やしゃべり方や挨拶の仕方といった些末な振る舞いの描写のいちいちを楽しめないとするなら、『高慢と偏見』を読み続けるのは苦痛そのもの、苦行にも等しいだろう。それだけこの作品の描写は徹底して表面にこだわったものなのである。人物を描写するに際しても、その「性格」(character)は明晰な言葉できちんと整理されて語られるため、多少の皮肉や意地悪が混じっていたとしても、最終的には小説世界が安全で無菌の状態に保たれているような印象を与える。しかもこの無菌性ゆえにこそジェーン・オースティンの世界を愛するという人は少なくない。

みんな好きだけど、やっぱり嫌い

しかし、このような読み方が一面的であることはすでに早くから指摘されてきた。その代表例は

D・W・ハーディングの「統御された嫌悪」（"Regulated Hatred"）である。「スクリューティニー」第八号（一九三九―四〇）に掲載されたこの有名なエッセーは、八〇年近く前のものであるにもかかわらず、今読んでもいささかもその精彩を失っていないだけでなく、近年の学術論文にはなかなか期待できない柔軟さと洞察に満ちた、非常に力強い論考になっている。

ハーディングの論点は大きく分けて二つある。ひとつは、ジェーン・オースティンの小説が一見優雅で楽しい軽やかな諷刺性に満ちていると思える一方で、そこには実は亀裂があるということ。もうひとつは、オースティンのプロットには「母嫌い」のテーマが埋め込まれているということである。ひとつ目の論点はふたつ目ともつながっていくのだが、ここでは主にエッセーの前半で扱われていることに触れてみたい。

ハーディングがまず注目するのは『ノーサンガー寺院』の一節である。主人公キャサリンに対してヘンリー・ティルニーがちょっとしたお説教をしている箇所なのだが、一見、二人の日常世界の堅牢さを強調しているかのようなその口調の端に、ふと妙な一節がまぎれこむというのである。ふつうの読者ならうっかり見逃してしまうような一節。そしてそれを見逃すことでオースティンを誤解し、しかもこの誤解ゆえにいっそうオースティンを愛してしまう。しかし、オースティンをきちんと読むためにはこのような一節をこそ読まねばならないとハーディングは言う。

それは以下のような部分である。

そんな恐ろしいことがこのような国で誰にも知られずに全うできると思うのかい？　だってこの国じゃ、お付き合いやら手紙のやり取りやらがすごく頻繁で、自発的にスパイを買って出た連中に誰もが見張られていて、道路と新聞のおかげで何でもかんでも白日の下にさらされてしまうんだよ。

ハーディングがとくに注意を引くのは「自発的にスパイを買って出た連中に誰もが見張られていて」という箇所である。非常に上手にコンテクストにおさめられているので目につかないかもしれないが、この部分には不穏なものが露出しているというのである。それはヘンリー・ティルニーという人物像にはおよそ似つかわしくない毒に満ちた発言であり、ヘンリーの言葉というよりは作家ジェーン・オースティンに発するものなのではないか、そこには諷刺喜劇の枠にはとてもおさまらないようなオースティン自身の嫌悪が露わになっているのではないか、とハーディングは考える。その嫌悪が向けられているのはオースティンを取り巻く現実世界の人々であるが、そのような人々とそれでもなお付き合っていかねばならないことからくるもやもやした感情が、きれいに磨き上げられた作品から漏れ出しているというのである。

しかし、この「漏れ」は決して作品の欠陥ではない。むしろ、この亀裂にこそ、オースティンが小説を書く際の大事な動機が隠れている。オースティンの人生が抱える根本的な矛盾を、ハーディングは次のようにまとめてみせる。

オースティンの目的は伝道師めいたものなどではなかった。周りの人の欠点が目についてしまう自分の性格に、何とか正当なはけ口を見出そうと必死だっただけなのである。オースティンにとってまず必要だったのは、日々の生活で接する人たちとほどほどに仲良くやっていくことだった。

彼女にはそういった人たちの情愛がどうしても必要だったし、そういった人たちが支えてくれる、秩序あるきちんとした生活をとても大事に思ってもいた。しかし、オースティンはまた彼らの低俗さやうぬぼれもどうしても気になってしまうのであり、本当の自分がそうした彼らの特性にまつわるさまざまな価値を拒絶することでこそ守られるのがわかっていた。小説を書くことで、彼女はこのジレンマから抜け出すことができたのである。(11-12)

こうした〈ほんとうの自分を守るための毒抜きとしての執筆〉という視点は、単にオースティンの小説の成り立ちを説明するだけではない。そもそも小説とは何か? というより広い問いを立てたときに、このような個人対社会という図式がたいへん有効なものであることは、二〇世紀以降の文芸批評の中でこの葛藤を軸にした読解が頻繁に行われてきたことからもうかがい知れるだろう。(2) たしかに「みんなが好きだ。愛されたいし、守られたい。でも、実はみんなが嫌いだ。自分だけはちょっと違うから」という、ある意味身勝手とも言える葛藤は、近代人の多くが自覚的に抱える問題にほかならず、それだけに、なぜ近代社会で小説的なものがやや特権的な地位を与えられてきたかを説明するのにも便利だったのである。近代小説というジャンルは、個人の特殊性に寄り添いその苦悩を代弁することで、皮肉にも〈他の誰とも違う私〉という特殊性をまるで普遍化するような装置として機能してきた。

小説家のイライラ

しかし、オースティンを読む際に「葛藤」というやや崇高な用語に飛びついてしまうと、見失ってしまうものもある。あまりにわかりやすい自己実現のモデルを導入してジェーン・オースティンの悩みを普遍化することで、私たちは別の意味での「誤読」に足を踏み入れているのかもしれない。ハーディングもそのエッセーの表題では、あえて「嫌悪」(hatred)というやや泥臭い言葉を使っていた。そこが重要なのである。つまり、ハーディングが問題にしたのは、オースティンの不機嫌だった。不機嫌が作品の亀裂から漏れ出るという状況は、「葛藤」というスマートな表現ではすくい取れない何かを指し示している。不機嫌で、イライラして、周りの人間がどうにも許せなくなる。「小説的なもの」のより深い根はそこにあるのではないか。

考えてみると、『高慢と偏見』は機嫌の悪さに満ちた小説である。姉のジェーンと違って主人公のエリザベスは、頭の悪い人、図々しい人、空気が読めない人のその鬱陶しさがいちいち気になるというタイプで、年中イライラしている。ただ、多くの場合、この苛立ちは諷刺的な視線を通してちょっと意地悪な笑いを引き起こすことで解消されていた。コリンズ氏やそのパトロンであるキャサリン・ド・バーの描写がその典型だろうが、ハーディングが指摘するように、こうした人物を笑うことでオースティンの悪意はいわば社会化されているのである。おかげで『高慢と偏見』には、表向きエレガントでなめらかな表層が保たれている。

しかし、そのような社会化におさまりきらない嫌悪感が垣間見える瞬間もある。表層がなめらかであればあるほど、こうした瞬間にいきあたるとどきっとする。たとえばエリザベスとダーシーは、物語の設定上、はじめはなかなかうまく交流できない。エリザベスはダーシーの性格を誤解し、非常に敵対的な態度を取るし、ダーシーの方は元々人見知りするということもあって、ぶっきらぼうだ。そんな二人なので、言葉のやり取りにいちいち棘があるのはお約束のうちであり、愛嬌の一つと見えるかもしれないが、実はそうとも言いきれない場面もある。

以下に引用するのは、ネザーフィールドで開かれた舞踏会でかわされたエリザベスとダーシーとの会話である。むっつりしているダーシーを挑発するように、エリザベスは「こんどはあなたが何か言う番ですよ、ダーシーさん。私がダンスについてコメントしたんだから、こんどはあなたが部屋の大きさとか、カップルの数とかについて何か言わないと」とからむ。ダーシーの方はただ微笑んで、あなたが言ってほしいことを言ってあげますよ、などと応えている。それでエリザベスが「まあ、それくらいでいいわ。もう黙っていてもいいですよ」と言うと、ダーシーの方がこんなことを言うのである。


「ダンスのときは、決まりに従ってしゃべるのですか?」

「ときにはね。だって、少しは話をしないと。三〇分も一緒にすごして何も言わないというのも変でしょうけど、中にはね、なるべく口を開かないですむような形で会話をした方がいい人もいるんですよ」

「それは今現在のあなた自身の気持ちのことを言っているんですか? それとも、ひょっとして私のために言ってます?」

「両方ですよ」エリザベスはいたずらっぽく言った。「だって、私たちの性格ってすごく似てるでしょ。二人とも付き合いが悪くて、黙りがちで、しゃべるのは嫌なんですよ。もし、しゃべるとしたら、部屋にいる人みんなをびっくりさせられるようなことを言わなきゃいけないと思ってる。後世に伝えられるような、立派な金言めかしたことをね」(102-103)

エリザベスの科白はたしかにいたずらっぽく語られたものであり、映画などでは演出次第で媚態に満ちた陽気な場面としてつくりあげられるかもしれないが、このような一節にはハーディングが注目したような「不機嫌なオースティン」の像の一端がたしかに読み取れるだろう。

とりわけ気になるのはエリザベスがここで、「立派な金言めかしたこと」(with all the eclat of a proverb) という言い方をしていることである。このダーシーとの会話でも言及されているように、実はエリザベスの不機嫌の根にあるのはきわめて言葉的な何かではないかと思うのである。その何かを示すのが「金言めかした」という言い方である。

エリザベスは快活な女性である。小説冒頭でも体調を崩したジェーンを見舞うために、数マイルの距離を泥まみれになりながらひとりで歩いてしまうような元気さにあふれ、身分が上の相手にも、ずけずけと言いたいことを言う。男を相手にしても物怖じしない。コリンズやダーシーのプロポーズもきっぱり断るし、キャサリン・ド・バーに「ダーシーと結婚したら許さない」などと脅されてもひるまずに言い返す。

しかし、たしかにときに雄弁ではあるかもしれないが、果たしてエリザベスは多弁な女性だろうか。礼儀作法に支配された表層的な世界とほどほどに付き合い、作法をわきまえた丁寧な挨拶くらいはかわしても、その上辺だけの心地良さや善意にはむしろうんざりしているのがエリザベスなのではないだろうか。上に引用したダーシーとの会話のほかにも、たとえばジェーンとの会話には次のような一節がある。

世の中を見れば見るほど、嫌になる。人間の性格っていうのは矛盾だらけで、見たところ長所や分別だと思えたものがおよそあてにならないって、日々、確信してるの。(153)

世界の善意を信じるジェーンと、それとは正反対なエリザベスの性格とがこうして対比的にならべられるわけだが、では、信用ならない世の中の「上辺」や「見かけ」に対して、いったい何が信頼できるのか、いったい何に拠ることでエリザベスはこれほどの苛烈さで人間や社会を断罪することができるのかというと、そこにあるのが彼女独特の言葉の使い方なのである。

悪意の言葉

先ほどのダーシーとの会話に先立つ場面、舞踏会でダーシーに最初に声をかけられたときのエリザベスの反応は、まずは「拒否」の姿勢だった。シャーロットの「あの方、きっといい人だと思うわよ」(I dare say you will find him very agreeable) という科白に対して、エリザベスの返答は以下のようなものである。

「まさか! それは最悪だわ。嫌うことに決めた人が、いい人だとわかるなんて。そんな嫌なことが起きるように願うなんて、しないでね」(101)

日本語訳ではどうしてももたついた言葉遣いになってしまうのだが、「嫌うことに決めた人が、いい人だとわかるなんて」という部分の原文は To find a man agreeable whom one is determined to hate! となっている。つまり、金言や格言ではないにしても、金言や格言を思わせるような、シャープな対句性、皮肉なひねり、聡明さなどが、こうした科白のちょっとした言葉遣いからにじみ出ているのである。(3)

このような箇所には、エリザベスの言葉との付き合い方の特徴がはっきり表れている。エリザベスにとっての言葉とは、「上辺」や「見かけ」をつくるための、つまり相手を心地良くするための明るい「善意の装置」などではなく、暗い攻撃的なものなのである。鋭利で皮肉で、何よりその素早い凝縮感ゆえに、雄弁よりはむしろ沈黙に近いような、話し言葉よりも書き言葉に近いもの、それがエリザベスにとっての言葉なのであり、それが彼女の「ほんとうの自分」を保証している。そんな鋭利さを「悪意」と呼ぶのはやや気が早いかもしれないが、ハーディングが「嫌悪」と呼んだような暗いもやもやがきわめて集約的にそうした言葉のあり方に表れていると考えることはできそうである。(4)

一八世紀は近代英語が安定期に至った時代とされるが、それは礼節の基軸をなしてきた polite English に対して懐疑の念が芽生えつつあった時代でもあった。『チェスタフィールド卿の手紙』の刊行に伴う騒ぎはまさにその象徴だろう。一方でごくふつうに作法の指南書として出回った本が、他方、とんでもない偽善性に満ちたスキャンダラスなものとして批判を浴びもしたという事実には、この時代の過渡期らしさが反映している。タンドンも指摘するように一八世紀半ばあたりから、形式張った作法よりも、自然な態度を会話に求める傾向は強くなっていたのであり (1-54)、ほかならぬ『チェスタフィールド卿の手紙』にしても、取り澄ました上品さへのこだわりが批判されがちだが、実際には自然な態度にそれなりの力点を置いている。『高慢と偏見』でも、コリンズや、キャサリン・ド・バーや、そしてときにはダーシーが作法や慣習に振り回される人々として諷刺の対象になっているのは明らかで、それと対比される形でエリザベスは、より身軽で自由な人物として登場する。その身軽さをもっともよく表したのが、嫌悪や悪意をちらつかせる切っ先の鋭い言葉だったというのがおもしろい。

そして、この鋭利さのおかげでエリザベスは——そしてオースティンは——「上辺」や「見かけ」にまどわされることなく真理に接近することができる。とりわけ小説の後半、よりほんとうのことをめざしてエリザベスや小説の語り手が探究の姿勢を深めるにつれて、小説の言葉そのものが〝金言的〟になっていく。大団円近く、ダーシーに対する誤解をすっかり解いたエリザベスが、果たして彼は自分にどのような気持ちを持っているのか、はらはらしながらそのアプローチを待っているという場面があるが、そこで、それまでの経緯など知らずに父親がふと「だってあの人はお前になんかまるで興味ないものなあ」と口にする。(5) これを聞いたエリザベスの心境は次のように描写される。

> 父は、ダーシーがエリザベスに興味など持っていないと口にすることで、実に残酷に彼女を傷つけたのであった。エリザベスとしてはこの洞察力のなさにただびっくりするか、もしくは、ひょっとすると父にものが見えていないというより、自分の方が想像しすぎているのではないかと恐れるくらいしかできなかった。(404)

最後の一節は原文では、she could do nothing but wonder at such a want of penetration, or fear that perhaps, **instead of his seeing too *little*, she might have fancied too *much*.** となっている。とくに太字にした部分では、金言めいたシャープな対句性を通して、きわめて知的な凝縮感とともにエリザベ

スの痛切な心境が語られているのがわかる。

　つまり、『高慢と偏見』の言葉は、真理に接近し、切実で大事なことを語る場面になると、俄然言葉が圧縮され、ある意味では「寡黙」になるのである。第三四章のダーシーによるプロポーズの場面にも見られるように、大事な場面では、たとえ言葉をたくさん費やした描写であっても、頻出する「間」（pause）や間接話法を駆使することで、なるべく騒々しくない形で出来事が語られる。結末にむけて語り全体の究明の姿勢が強まるにつれ、会話が減って地の文の割合が増えるのもそのためかもしれない。

『高慢と偏見』の贈与

　こうしてみると、『高慢と偏見』の世界は、二種類の言葉の拮抗によってできあがっていることがわかる。礼節のルールに則った表面的で善意に満ちた言葉と、そうした言葉とは違って深い部分に到達するような、鋭利で皮肉で猜疑心に満ちた言葉――「悪意に満ちた」と呼びたくなるような、いささか不機嫌で意地の悪い言葉――のふたつである。比重が置かれているのが後者なのは明らかである。そういう意味でも『高慢と偏見』の世界は、作法を指南しつつも作法の世界にすっかりひたることができずにやや居心地の悪い思いをしているらしい『チェスタフィールド卿の手紙』の書き手の世界と通ずるようだ。逆に言うと『チェスタフィールド卿の手紙』の方は、「小説的」であるための要件がかなり満たされた書物だとも言える。

　ただ、ひとつ違うことがある。『高慢と偏見』では〈小説的なもの〉が最終的には結婚という物語に従属する。しかもそれは単なる結婚であっては用をなさない。そこに決定的な要素としてからんでいるのは、〝贈与〟という要素である。エリザベスのダーシーに対する感情を好転させたのは妹のリディの窮地を救ってくれたダーシーの活躍だが、そこでもっとも重要な意味を持ったのは、ウィカムにリディを誘惑させてしまったことの責任を感じたダーシーが、金銭による介入を行ったということである。また、エリザベスとダーシーとの結婚も、それがダーシー自身も認めるように明らかな身分違いの結びつきで、それゆえ財産家のダーシーによるベネット家への一方的な財産の贈与という性格を持っていた。

『高慢と偏見』の世界は、これらの贈与なくしては成立しなかった。これはいったい何を意味するのだろう。エリザベスは「上辺」や「見かけ」を信用しない人物として描かれている。それはつまりは上辺の善意を、上辺だけの「与える姿勢」を信用しないということである。丁寧の原理は、相手に惜しげなく与えるジェスチャーを見せることを軸としている。そのことによって、お互いを心地良くする。政治の現場であれば、「与える姿勢」のやり取りによって、互いの利益のバランスがはかられるわけだが、このような善意のやり取りが、狭い宮廷のサークルを超えてより広い社会に広がったのが一八世紀から一九世紀という時代だった。

このようないわば「善意のポリティックス」の欺瞞を痛感したエリザベスは、苛立ちと不機嫌を通して、反抗を試みる。そこにまさに『高慢と偏見』の小説的瞬間があった。近代小説が拠って立つことになる〈個人対社会〉という小説的想像力の枠組みもそこから生成している。しかし、『高慢と偏見』が単に「小説的」であるだけでなく、小説作品として成就するためには、拒絶と不機嫌に根ざした寡黙さへと邁進するだけでなく、どこかで「善意」の力を借りる必要があった。むろんそれは「上辺」のものではなく、むしろ深層に隠れていて、下手をすると人目につかずに終わったかもしれない、そういう意味では究極の「善意」だったわけだが、それとならんで重要なのは、この善意が財産の贈与という形をとらざるをえなかったということである。しかもそれは、持つ者から持たない者へという構造を持った贈与であった。

『高慢と偏見』のエリザベスはその徹底した不機嫌により「善意」に対してきわめて微妙な立ち位置をとっているわけだが、最終的に物語を決着させるのが持つ者から持たない者への財産の贈与という行為であるという点には、文学と「善意」との複雑な関係を見て取ることができるかもしれない。そこにあるのは、物語を語るというジェスチャーにもともと内在する、相手に与え、相手を喜ばすという対人的な「善意」の衣装から離脱しつつも回帰するという、なかなか回りくどい作法なのである。たしかにそこには欺瞞を見て取ることもできるかもしれない。オースティンの不機嫌が結局は明確な行き場を持たなかったのもそのためかもしれない。しかし、一九世紀から二〇世紀にかけての近代小説が〈小説的なもの〉にまつわる悪意や嫌悪やニヒリズムを消化するに際していかなる困難に直面してきたかを想起するなら、そこに「いかにもオースティン的な退屈」を見て取るだけではすまないような気もするのである。

第4章──イライラの共和国──ルイス・キャロル『不思議の国のアリス』（一八六五）

アリスと振る舞いのコード

この章でも引き続き、丁寧に伴う〈イライラ問題〉について考えてみたい。礼節の現場では、なぜか人は不機嫌になりがちである。といっても激しく憤るわけではない。深い感情の動きより、神経が先に立つ。ピリピリする。イライラする。

ここでとりあげるのはルイス・キャロル（一八三二─九八）の『不思議の国のアリス』である。英国の礼節が曲がり角を迎えたと言われる一八世紀末、作法書の大きな関心となっていたのは、若い女性がいかにして適切な形で結婚相手を見つけるかという問題だったが、当然ながら書物を通した教化の対象は女性に限られたわけではなかった。もっと低年齢層を念頭に置いたものも多く出回った。これらに特徴的だったのは、子供を対象とした語りに、さりげなく「教化」という要素が盛り込まれたということである。

一八世紀から一九世紀にかけて作法書に懐疑的な視線が向けられる中で、そうした児童書のあり方に対してもさまざまな批判が出てきた。児童の教化にしばしば用いられたのは、教会で伝統的に使われてきたQ&A方式の教理問答のスタイルだったが、ウィリアム・ブレイクやウィリアム・ワーズワスといった詩人はまさにこの教理問答方式を転覆するような詩を書くことで、当時の教育方法に異議申し立てを行っている(1)。さらに時代が下って一八六五年に出版された『不思議の国のアリス』は、そうした一連の流れのよりラディカルな結実とみなせるものである。すでに指摘されてきたように、アイザック・ワットの『聖歌集』やアン・テイラーの『花々の中での結婚』など、一八世紀から一九世紀に出回った児童向けの出版物のパロディが、この本では頻繁に顔を出すのである。

しかし、果たして『不思議の国のアリス』は指南書的なものから自由だったのだろうか。当時の教訓主義に対するアンチテーゼを含んでいたのは間違いないとしても、『不思議の国のアリス』もまた、童話という枠組みに乗ることで成立した読み物である。実際、この本に描かれた場面を見ていくと、童話ならではの礼節への配慮が見て取れる。他者への愛と心遣いを前提とするような振る舞いのコードに、登場者たちは明らかに敏感なのである。しかし、だからこそかもしれないが、丁寧につきものの「イライラ」もまた、あちこちで目につく。この「イライラ」がいったい何を意味するのかを考えてみたい。

〈イライラ〉が共有される世界

不思議の国に迷いこんだアリスはさまざまな出会いを経験する。アリスの冒険は基本的に、見知らぬ人との「遭遇」や「対面」として演出されるのである。それはちょうど社交界デビューを果たした若者の置かれた状況と似ているかもしれない。ただ、これらの出会いには際だった特徴がある。最初にアリスが会話らしきものを持つ相手はネズミなのだが、このときからすでに、アリスの会話相手はぷりぷりと怒っているのである。その原因が自分にあることにアリスもすぐに気づく。

「あら、ごめんなさい」アリスは慌てて声をあげた。哀れなネズミの機嫌を損ねてしまったかもしれない。「うっかりしてた。あなたは猫を好きじゃないのよね」

「猫を好きじゃないだって！」ネズミは感情的になって金切り声をあげた。「キミがボクだったら、猫を好きになるかい？」（42）

アリスは自分の飼い猫ダイナのことを思うあまり、猫を天敵とするネズミを怒らせてしまった。これ自体はたいへんわかりやすい話だ。しかし、このような「うっかり」が一度きりの出来事では終わらない。ネズミとお近づきになろうと気を遣えば遣うほど、アリスは余計なことを言ってネズミをイライラさせてしまう。

「ねえ、何があったか教えてくれるって言ったでしょ」、アリスは言った。それから、「ほら、どうして『ネ○』と『イ○』が嫌いになったかってこと」と、また怒らせるんじゃないかとひやひやしながら、アリスはささやき声で付け加えた。

「まあ、長い、悲しい話《テール》なのさ」ネズミはアリスの方を向いてため息をつきながら言った。

「ほんと、長い尻尾《テール》をお持ちね」（50）

「話《テール》」と「尻尾《テール》」を混同したアリスは、せっかくネズミがしみじみと昔話をはじめたのに、そのストーリーの全体が「長い長い尻尾だわあ」と思うばかり、頭の中は「話《テール》」ではなく「尻尾《テール》」のイメージで一杯になっている。すると、ネズミはアリスの上の空の様子に気づく。


「こら、話を聞いてるのか！」ネズミがアリスを叱った。「いったい何のことを考えてるんだ？」

「え？　何ですって？」アリスは丁重に言った。「五つめの尻尾の折れ目まで来たところよ？」

「そんなところになんか来ちゃいない《ノット》ぞ」ネズミはすっかり怒って、きつい口調になった。

「え、尻尾がもつれた《ノット》の？」何とかしてあげましょうか、とばかりにアリスは言い、あたりを見回した。「ほどく《アンドウ》のを手伝って差し上げるわ」

「服なんか脱ぐ《アンドウ》ものか」ネズミはそう言うと、立ち上がって行ってしまおうとする。「失礼な奴だな、わけのわからないことばかり言って！」

「ちがうのよ！」アリスは取りすがった。「でも、ずいぶん怒りっぽいのね」(52)


　ネズミとのやり取りはこうしてすれ違いの連続となる。そこにはアリスの立場が典型的に表れているとも言える。不思議の国への闖入者としてのアリスは、見知らぬ住人たちとの付き合い方がわからない。だから、いちいち「うっかり」をしでかし、いちいち相手のイライラを引き起こすのである。アリスは空気を読めず共同体のルールを守らない無礼者として、反則を繰り返すべく運命づけられているかのようだ。

　しかし、あらためて考えてみると、不思議の国はアリスにとってまったくの未知の世界とも思えないのである。また、その住人もまったく見知らぬ者ばかりでもなさそうだ。というのも、誤解につぐ誤解、不思議さにつづく不思議さではあるのだが、少なくともアリスは、この世界の住人たちのイライラ、ピリピリした様子だけは敏感に感じ取っているからである。「失礼だな」「ずいぶん怒りっぽいのね」といったやり取りにはどこかテンポのよいなめらかさもあって、むしろ、ここに至って両者の歯車がしっかりかみ合っているかと思えるほどである。

こう考えてもいいかもしれない。アリスは「イライラ」の感知を介してこそ、不思議の国に自分の居場所を見出しているのではないか、と。身体の大きさがどんどん変わり、アイデンティティの不確かさを抱えたまま夢のような世界をさまようアリスだが、自分に対してピリピリしたり、文句を言ってきたりするさまざまな住人たち――動物から虫からトランプのカードに至るまで――の、その「イライラ」の勢いのようなものにはしっかりと反応している。そしてアリス自身も、ときにイライラしたり、自分で自分に文句を言ったりもする。

いわゆる正統派の童話の教訓主義は徹底的にパロディ化しつつも、『不思議の国のアリス』のより深い部分には、作法書とのつながりが見て取れる。この作品では決して教訓が押しつけられることはない。きてれつな出来事や論理のねじれを通して見えるのは、日常のルールがまったく通用しない奇妙な世界である。しかし、そのような世界にあっても――いや、そのような世界だからこそ――より強く印象づけられるのは、共同体というものが何らかのルールに従って営まれようとしている、そして、そのルールをめぐってさまざまな騒ぎが起きうるということである。不思議の国の住人たちがかくもイライラし通しなのは、そのようなルールへの依存が、一種の「ルールの暴走」とでも呼ぶべき事態を引き起こしていることを示すのである。ルールがないのではない。それどころか、ルールが過剰なのではないか。この物語に「イライラ」が蔓延するのは、そのためかもしれないのである。

感情がない？

高橋康也はアリスの世界を「深さを欠いた宇宙」（傍点原著者）と呼んでいる。というのも、この作品には「情動」が欠如しているからだ。

愛、喜び、悲しみ、絶望、つまり言語の裏側につきまとっている人間的な情念のかげりや深みは、きわめて入念に消去されている。手っとり早い例は、トランプの兵士たちが薔薇――「愛」と「美」をめぐる最も豊かな伝統的連想を秘めた象徴の一つ――にペンキを塗っている場面である。（九三）

たしかにそうだ。高橋の言うように、このトランプの例に限らず、登場者たちが「愛、喜び、悲しみ、絶望」といったものを見せつける場面は皆無なのである。そういう意味ではこの世界は、きわめていびつなのかもしれない。

言語から創られた言語怪獣も、神話的無意識の深層から創られた怪獣に比べると、いわば――マグリットの絵に現れる切紙細工のような――表層の怪獣である。このような二重の絶縁と追放の上に成り立った言語、それによって成り立った徹底的に言語的な宇宙――それは、ちょうどあのトランプの兵士たちと同じように、平べったい、深み・厚み・奥行き・かげりを欠いた、表層の世界でなくてなんだろう。深さのない世界への墜落とは、まことに奇妙なアイロニーだ。（同、

九三)

たとえば『失楽園』や『嵐が丘』がその情動の過剰さにおいて、ほとんどこの世ならぬほどのいびつさを示すのだとすると、『不思議の国のアリス』はむしろ情動の欠如においていびつなのである。その過剰なまでの「表層」らしさのゆえに、私たちはどことなく落ち着かない気持ちを抱かされる。しかし、たしかに情動は欠落しているかもしれないが、気持ちがまったく動かないわけではない。むしろ心は活発に動き、反応している。上記引用で高橋の言及するトランプの兵士の場面で、もうひとつ目につくことがある。深い情動は欠けているかもしれないが、「イライラ」は前面に出ているのである。


「こら、5、気をつけろ。ボクにペンキがかかってるじゃないか!」

「仕方ないだろ」、5が不機嫌に言った。「7がボクの肘を押したんだ」

するとと、7が顔をあげて言った。「ああ、そのとおりさ、5。そうやって人のせいにするがいいさ!」

「お前は黙ってろ」5が言う。「昨日だって女王様が、お前なんか首をちょん切ればいいと言ってたぞ」(105)


こうしてみると、このトランプたちにはたしかに関係性が成り立っている。年がら年中「首をちょん切るわよ」とがなり立てている女王も含めて、これらの平面的なトランプたちはみな、〈イライラの共同体〉のようなものに属しているのである。そして、深い感情のからみがないにもかかわらず、互いに怒ったり文句を言ったりすることを通して、互いの存在を確かめ合っているかのように見える。

ノンセンスと究極の作法

このようなトランプたちの世界は果たしてジョークにすぎないのだろうか。まじめに取り合うに値しない、ただのノンセンスなのだろうか。しかし、これまで私たちが見てきた礼節や作法の世界を成り立たせているのは、まさにこのような表層と平面へのこだわりではないだろうか。不思議の国の住人たちの交わす会話に、作法をめぐる言葉が氾濫しているのもこのことと関係する。ネズミやトランプの場面にも見られたように、この国の住人は「キミは～すべきだ」という言い方をしがちである。「べき」というコードに敏感だ。過剰なほどに。だからそれが原因で諍いがおき、騒ぎにもなる。アリスもそんなピリピリした気配を感じ取って、いつも失礼のないよう、コードになるべく従うよう行動しようとする。

「もし差し支えなければ教えていただきたいのですが」アリスは少しおどおどしながら言った。こちらから話しかけて作法に反しないかどうかわからなかったのだ。「……公爵夫人が飼ってらっしゃる猫は、いったいどうしてあんなふうにニタッとするのでしょう」「あれはチェシャー猫なのよ」公爵夫人が応えた。「だからなのよ。この食いしん坊！」公爵夫人が最後の言葉をすごく乱暴に言ったのでアリスは飛び上がらんばかりになったが、すぐにそれが赤ん坊に向けられたもので、自分に言われたのではないことがわかった。（83）

公爵夫人が相手だということももちろんあるが、アリスはしきりに「作法に反しないかどうか」（whether it was good manners）に気を配ってしゃべっている。しかし、そのわりに相手はイライラしっぱなしである。これはアリスだけの責任ではなさそうだ。どうやらこの世界では、作法のしきたりは人々を心地良くするために、あるいは善意に形を与えるために機能しているわけではない。そもそも一貫した作法があるのかどうかが怪しい。ただ、少なくともはっきりしているのは、住人たちが作法からの逸脱や脱線に伴いがちな「イライラ」だけは共有しているということである。何が作法なのかの共通理解がないのに、みなが相手の不作法に神経をとがらせている。

どうやら、きわめてゆがんだ形で作法意識が働いているのだ。特定の作法が束縛するわけではないが、いかにも〝作法的〟であるような、ルールをめぐる神経質なこだわりばかりがはばをきかせている。これと関連して今ひとつ注意しておくといいのは、不思議の国における〝論理〟の働きである。著者ルイス・キャロルの童話作者としての独創のひとつは、童話の世界に論理の遊びを取り入れた点にあったと言われる。再び高橋を引用しよう。

> 「むかしむかしあるところに……」という呪文の力でどんな事件でも信じる気持ちになっている読者に対し、これまでの作者も物理学の法則（重力の法則など）を無視するところまでは行った。しかしアリスを悩ます鳩の似而非三段論法や白の女王の《きょうのジャム》の論法など、論理学の法則への挑戦をユーモアの方法としたのは、キャロルをもって嚆矢とする。（八〇）

世界のいびつなまでの平面性・表層性と、キャロルが童話に導入した〝論理の過剰〟とは連動している。論理に過剰にこだわり、その一貫性を追い求めるために登場者たちはバランスを失している。完璧な論理的一貫性をめざすということは、世界がその一貫性に束縛された一面的なものになるということを意味するからである。ときにそれは、不条理で病的な水準に達する。

一見でたらめでてんやわんやのナンセンスと思えるすべての挿話が、その背後に、恐ろしく厳密な法則性、それこそ《不条理》なくらい徹底した条理への志向を蔵していることは、繰り返すまでもない。気違い帽子屋も三月兎もハンプティ・ダンプティもチェシャー猫も、彼ら独自の厳密にして不動の法則によって《自分で完全に支配できる場》に君臨しているのである。（同、一一〇）

本来、作法とは他者と共有されることではじめて機能するものである。ところが不思議の国では、みなが自分だけの固有の作法に異様なこだわりを見せるのである。そして、その作法を逸脱する他者にいちいち神経を逆なでされ、イライラしたり怒ったりする。しかし、その「怒り」はあくまで作法違反に対する局所的で限定的な反応であり、深い情念へと発展することはない。

こうしてみると、『不思議の国のアリス』に描かれているのは、アンチ作法の世界というよりは、むしろ徹底的に作法的な世界だと言える。たしかにこの作品では、登場者たちの作法へのこだわりの異常さがことさら示されるが、そこにあるのは作法に支配された世界を、一歩隔たった別世界からあざ笑うという構図ではない。私たち読者も語り手も、そしておそらくはその背後にいる作家も、過剰な表層へのこだわりから距離をとることができないでいる。たとえ作法へのこだわりが各登場者の勝手な執着にすぎないとしても、そうした執着にどっぷりとつからざるをえないその拘束感にこそ、私たちは捕らえられるのである。

不思議の国は、礼節によって支配された世界の延長上にある。いわば、究極の作法の世界なのである。翻って考えると、作法の支配する世界というものは、まさに不思議の国のようにできているとも思える。作法の世界では、「見かけ」がもっとも重要である。善意や愛情も、きちんとした形を与えられなければ意味がない。そこにあるのは徹底した形式主義であり、表層へのこだわりであり、だからこそ、奥にひそんだ情念よりも表に現れた論理の整合性と気遣いのつじつまに関心が集中する。そして、そのように感情を表層のルールや法則に従属させるために、人々の心のあり方にはある傾向が生まれることになる。心は暗い深い部分にある持続的な力に突き動かされるのではなく、短期的で不安定な、動きの速くて細かい衝動性に支配される。そこに「イライラ」の根源があるのではないだろうか。

「イライラ」の社会化

一八世紀から一九世紀にかけ、ヨーロッパでは神経についての新しい考えが生まれた。古典古代以来の体液のバランスに基づいた医術にかわり、新しい身体観を推進する人々が現れる。たとえば医学者トマス・トロッター(一七六〇―一八三二)はヒステリーとその関連症例に関する研究を進め、さまざまな神経症状の原因に〝都市化〟があると指摘している。従来の農業中心の経済が近代的な商業化の波に飲み込まれると、人々は以前のように狭い地域的なサークルの人々とだけ付き合っていればすむわけではなくなる。そのような商業上の要請に応えたのが作法の洗練だった。従来、付き合わなかったような人間たちが一堂に会し共通の利益を追求するべく交流するためには、付き合いのルールを共有する必要が生じたのである。しかし、このようなルールによる束縛は、人間の本性に反するものでもある。都市生活はまさにそのような本性の抑圧が集約的に行われる場だった。そうした抑圧から解放されるためには、田園に帰る必要があるというのがトロッターの見方だった（Logan, 15-42; とくに35）。

『不思議の国のアリス』の世界にはさまざまな作法にとりつかれた人々があふれる一方で、そのこだわりは一種異常なものとして描かれてもいる。もちろん、それがそのままトロッターの語るような、過剰な都市化ゆえの神経衰弱という構図と重なるわけではない。何よりアリスの世界は、都会とは対照的な——そしてトロッターがヒステリーの治癒には是非必要だと考えた——牧歌性のただ中に設定されている。

しかし、キャロルが狂気に関心を寄せていたことはよく知られている。おそらくそれは自身の症状への関心に発したものである。キャロルは一八八五年、六三歳のとき、比較的軽い発作を起こして「てんかん性」（epileptiform）との診断を受け、その後、一〇日ほど頭痛に苦しめられている。当時の見方では、てんかんは脳の失調というよりは、精神病の一種とみなされていた。若い頃の症状についての記録はないものの、彼がこれ以前にも何らかの症状を経験していた可能性は大いにある（Woolf, 89）。

このほかにもキャロルは、不思議の国の住人の「イライラ」を思わせるような〝症例〟も示している。オックスフォード大学のクライスト・チャーチ校《コレッジ》に所属した数学者だったキャロルは、当時学寮《コレッジ》に住み込んだ多くの研究者の例に漏れず独身を通したわけだが、年をとるにつれて彼は、そんな共同体での暮らしの中でやや常軌を逸するほどの「こだわり」を示すようになる。ウルフの伝記から引用しよう。

「彼はほんとうに文句ばかり言う人でしたね」とキャロルの最晩年、クライスト・チャーチ校《コレッジ》で給仕長を務めていたマイケル・サドレアははっきり言っている。サドレアは誇張しているわけではない。晩年のキャロルは、日々の生活で周囲の人と仲良くしようという気持ちを失っていたようである。残存する彼の書簡のうち、実に四八通が校《コレッジ》の使用人の怠慢や過失に対する苦情なのである。サドレアのより正確な言い方を借りれば、それらは「キャロルの心地良い生活を妨げる、ごくささいな不都合」にすぎなかった。(63)

イーストボーンの教会を訪れたキャロルが、脚載せのクッションが小さすぎると文句を言い、自分用にもっと大きいものを用意するよう要求したとか、教会で席につくときに、自分用の座席のほかに自分の帽子用の座席を求めた、といった証言も残っている（Woolf, 63）。

これらのこだわりが老年になって急にキャロルにとりついたとは考えにくい。少なくとも本人はそうした自分の傾向を若い頃から知っていただろう。少年時代からのどもり、パブリックスクール・ラグビー校での幸福とは言えなかった思春期など、キャロルの伝記を構成するのは、彼の一連のこだわりと表裏一体を成すさまざまな〝生き辛さ〟の要因なのである。自分固有の作法から抜け出せず、自ずと窮屈な生き方を強いられる不思議の国の住人たちとどこか通ずる〝生き辛さ〟である。

こうした〝生き辛さ〟は、礼節と作法を徹底させた場においては、ある意味で社会化されているとも言える。つまり、作法の洗練された社会では、コードの束縛が窮屈さを引き起こす一方、その束縛が人々に共有されることで日常化されるのだし、また、そのような〈束縛の共同体〉の中では、自らのこだわりを守ることもある程度許容される。つまり、束縛＝こだわりと付き合うことで充足感を得るという生き方が可能になる。そこではルールへの恭順が心の平安を実現する一方、ルールからの逸脱が不安や「イライラ」を引き起こす。振幅の激しい怒りや喜びに替わって、平安と不安との間の、あるいは穏やかさと「イライラ」との間の細かい往復運動が心の動きを作っていく。少なくともアリスを含めた不思議の国の住人たちの「イライラ」への感応度の高さからは、そうした感受性のあり方が垣間見える。

もちろんそんな「イライラ」は、さらなる暗部を抱えこんでいたのかもしれない。たとえば高山宏はキャロルの「規則狂《ルール・マニア》」の根が、彼の教育を一手に引き受けた父親の厳格なピューリタニズムにある可能性を指摘したうえで、それが「内部の何やらどろどろした欲望とか自己破壊衝動とかに対して、それをあらかじめ悪魔祓いしておこうという知恵」でもあったと言っている。

分裂した内面を抱えこまされたキャロルのような人間が何か行為する場合、自分のどこかを傷つけずにおかぬ自虐的なところが出てくるのは当然である。後にオックスフォード大学の数学講師、聖職者となったキャロルは、「グランディ夫人」なる告発者（世間のこと）の視線に脅かされつつ、年端もいかぬ少女たちのヌード写真撮影に陰気な熱を上げて、スキャンダルを起こした。表面的な潔癖と、抑圧されどろどろした内面的なつまずき、これはある意味ではキャロル一人のみか、彼の生きたヴィクトリア朝そのものの病理でもあった。（一一—一三）

「規則狂《ルール・マニア》」が「悪魔祓い」の役を果たしたのか、あるいはそもそもそれが、ゆがみを生み出す「悪魔」だったのかは微妙な問題かもしれない。

いずれにしてもおもしろいのは、表層へのこだわりに発する「イライラ」が、『ノンセンスの領域』のエリザベス・シューエルがキャロルとならべて論じた今一人の文学者の持つ傾向とつながることである。(2) キャロルのT・S・エリオットへの影響はエリオット本人によっても認められているが、(3) 現代批評の礎ともなったエリオット的な感性が、まさに表層への徹底した形式主義的こだわりと文学作法への鋭敏な感受性に発するものだとするなら、私たちの受け継いだ二〇〜二一世紀的な精読批評の根源にある「イライラ」にもあらためて敏感になってみる価値はあるのかもしれない。

インタールード1　児童文学とですます調――江戸川乱歩『怪人二十面相』（一九三六―五二）

江戸川乱歩と子供っぽさ

第1章から第4章では、英国における作法意識の芽生えが近代社会の成立とともにどのように変化したかを、いくつかの作法書や文学作品をとりあげながら考えてみた。作法や礼節は、日本の読者にとっても馴染み深いものである。敬語は古典作品でも頻繁に用いられており、物語ることと礼節を慮ることとがいかに日本語でも密接に結びついてきたかを示していると言える。

しかし、近代の言文一致運動の後、敬語や丁寧体は文体としては主流ではなくなったようにも思える。現代の言葉で丁寧を表す代表的なスタイルはいわゆる「ですます調」だが、この文体が用いられる機会は限られたものである。ただ、まったくなくなったわけでもない。児童文学やそれに近いジャンルの中では、依然としてほとんど制度的といっていいほどの頻度で使われ続けている。それが当然となってきたせいか、冒頭部分がですます調だとほぼ自動的に「ああ、これは子供向けの小説なのか」と読者は判断したりするほどである。

このあたりの事情について、江戸川乱歩（一八九四―一九六五）の『怪人二十面相』を例にとって考えてみたい。なぜ児童文学はですます調で語られてきたのか。『怪人二十面相』が検討の対象としてちょうどいいのは、これが乱歩にとっての最初の「少年もの」で、執筆の時点で彼はまだ児童文学というものを手慣れたジャンルとしてはとらえていなかったということがある。乱歩はいわば児童文学という制度の外にいたのであり、そこから中に踏みこむためにはそれなりの覚悟も必要だった。それだけに、少年向けを書くことについて強く意識的だった形跡もある。

乱歩が昭和一一年（一九三六年）に『怪人二十面相』で初めて「少年もの」に手をつけるまでに、デビューからすでに一二年が経過していた。以前から少年ものを書いてみたらどうかという勧めはあったのだが、本人はなかなか踏み切れないでいた。それが「このころになって、私の方でも、どうせ大人の雑誌に子供っぽいものを書いているんだから、少年雑誌に書いたって同じことじゃないかという気になったのであろう」と本人は述懐している（『探偵小説四十年（上）』、六六九―七〇）。

ただ、どうせ似たようなものだと本人は言うが、乱歩が「大人の雑誌」に書いた「子供っぽいもの」と、彼が発表するようになる本格的な少年ものとの間には明確な違いがあった。文体である。乱歩は本格的な少年ものを書くにあたって、文章を通して周到に「子供らしさ」を表現しようとしたのである。その徹底ぶりはむしろ過剰なほどだった。

「子供らしさ」の誕生

そんな乱歩の意気込みには、時代背景も関係している。昭和一一年という年は、児童文学史的な観点からも意味深い年だったのである。そもそも日本で「子供向けの文学」が書物として出版されるようになったのは明治の半ばになってからだったが、明治初期にはまだ子供のための読み物はなく、大人と同じものを子供が読んだり、あるいは大人の朗読するものに子供が耳を傾けるというのが一般的だった。たとえば明治二四年（一八九一年）に刊行され人気を博した巌谷小波《いわやさざなみ》の『こがね丸』は、犬を主人公とする仇討ちの物語であったが、あくまで「望ましい生き方のモデルを示して子どもたちを大人の世界へと導くことを意図したもの」にすぎなかった（河原和枝『子ども観の近代』、三四）。つまり、この段階ではまだ、大人と子供の価値観の相違はそれほど意識されておらず、「子供らしさ」を感性として認めるには至っていなかったのである。

では、「子供らしさ」は、日本ではいつ頃から認知されるようになったのか。西洋で子供を「大人」とは異なる特別な存在」として見立てるのが一般的になるのは一八世紀から一九世紀にかけてのロマン主義の時代だったとされているが、日本では大正期になって初めて「特別な存在」としての子供を読者にした作品が生まれたと言われる。その画期を成したのが、大正七年（一九一八年）の鈴木三重吉による雑誌『赤い鳥』の創刊だった。『こがね丸』のような作品が「お伽噺」と呼ばれるのに対し、『赤い鳥』に掲載されたのは「童話」であり、その作品世界には子供ならではの「童心」が重要な要素として組み込まれていたのである。

『赤い鳥』は鈴木三重吉を中心に、北原白秋、島崎藤村、芥川龍之介、泉鏡花、小宮豊隆などを執筆者として揃え、「下品」で「俗悪」な少年ものにたいして「芸術」を標榜することになる。しかし、まさにその「芸術」性の宿命ゆえか、まもなく「俗悪」で大衆的な少年向けの講談本に取って代わられてしまう。新たな「児童文学」勢力を代表したのは講談社の『少年倶楽部』だった。最盛期の発行部数が三万部であった『赤い鳥』に対し、大正三年に創刊された『少年倶楽部』は創刊時の三万部から翌年には四万部と発行部数を伸ばし、大正九年にはそれが九万部にまでなる（河原、九三―九四）。

こうして『少年倶楽部』は時をへずして少年雑誌のナンバーワンとなる。昭和二年（一九二七年）新年号の発行部数は三〇万部、三年新年号が四五万部、四年の新年号は五〇万部と大きな成長を遂げる。そしてピークといわれたのが昭和一〇年。ついに七〇から七五万部までその部数を伸ばしたのである（河原、一〇六：尾崎秀樹『思い出の少年倶楽部時代』、二九五―九六）。そんな『少年倶楽部』の全盛時代に、江戸川乱歩もはじめて「少年もの」に手を染めたのである。

江戸川乱歩に限らず、『少年倶楽部』の躍進の時代、編集者たちは「子供向け」のものを長らく書いていなかった吉川英治や、まったく未経験だった椋鳩十といった作家たちに原稿を依頼している（尾崎、二九九、三一一）。乱歩もはじめは「いやあ、子どものものなんてとても書けないよ」と渋っていたが、二回目に依頼に行くと「じゃあ、やってみましょう」となった。編集部としてもはじめは不安があったが、できあがったものをみると筋もひねりがあっておもしろいし、何より子供向けの語りかけ口調が見事だったという（尾崎、三〇九―三一〇）。蓋をあけてみると乱歩と「子供向け」とはたいへん相性が良かったのである。それを何より象徴したのが語り口だったわけである。(1)

「ですます」の了解

では、乱歩の文体にはどのような特徴が見られるか、少し詳しく見ていこう。たとえば冒頭部は次のようになっている。

その頃、東京中の町という町、家という家では、二人以上の人が顔をあわせさえすれば、まるでお天気の挨拶でもするように、怪人「二十面相」の噂をしていました。

「二十面相」というのは、毎日毎日新聞記事を賑《にぎ》わしている、不思議な盗賊の渾名《あだな》です。その賊は二十の全く違った顔を持っているといわれていました。つまり、変装が飛切《とびきり》上手なのです。

どんなに明るい場所で、どんなに近寄って眺めても、少しも変装とは分からない、まるで違った人に見えるのだそうです。老人にも若者にも、富豪にも乞食にも、学者にも無頼漢《ぶらいかん》にも、イヤ女にさえも、全くその人になり切ってしまうことが出来るといいます。（一一）

こちらの興味を上手に引く見事な書き出しである。思わず続きが読みたくなる語り口だが、この部分を見てみるとですます調のはたらき方がよくわかる。ためしに「た／である調」に書きかえて比較してみよう。


その頃、東京中の町という町、家という家では、二人以上の人が顔をあわせさえすれば、まるでお天気の挨拶でもするように、怪人「二十面相」の噂をしていた。

「二十面相」というのは、毎日毎日新聞記事を賑《にぎ》わしている、不思議な盗賊の渾名《あだな》である。その賊は二十の全く違った顔を持っているといわれていた。つまり、変装が飛切《とびきり》上手なのである。

どんなに明るい場所で、どんなに近寄って眺めても、少しも変装とは分からない、まるで違った人に見えるのだそうだ。老人にも若者にも、富豪にも乞食にも、学者にも無頼漢《ぶらいかん》にも、イヤ女にさえも、全くその人になり切ってしまうことが出来るという。


どうだろう。「ですます」を「た／である」に変えても、文意はそのまま通るように見えるが、いくつか明らかに気になるところがある。たとえば二行目の「まるでお天気の挨拶でもするように」のところ。「お天気」という丁寧な言い方はですます調ならではのものである。「た／である調」に直して「お天気」とやると、ちょっと間の抜けた感じになる。

実は、問題はこの「お天気」の「お」だけにあるわけではない。そもそも「天気の挨拶」という喩えを持ち出してくること自体に、ある種の人間関係や社会の雰囲気のようなものが暗示されている。たとえば恋愛の修羅場や、戦場や、あるいは大冒険のただ中にいれば、「お天気の挨拶」どころではないだろう。つまりこの喩えのおかげで、どこかのんびりしていて、素朴で、しっかりと約束事を共有しているような安心感のある、しかし、いくらか停滞してもいる空間が浮かび上がってくるのである。

「まるで」も見逃せない。喩えるだけなら「～するように」だけで十分であり、別に「まるで」という強める表現はいらない。でも、このコンテクストでこの一言を入れると、単なる喩え以上の何かが示唆される。語り手がひとりの人間として身を乗り出して語るさま、とでも言ったらいいだろうか。どうやら語り手は、世間の人々と同じくらい二十面相に脅かされている。決して上から見下ろしたりはせず、むしろ自分の語る内容にのめりこみ、二十面相の噂をする他の人たちと同じ目線で、勢いこんでしゃべっている感がある。

と同時にこの語り手には、世間で流布されている言葉をそのまま鵜呑みにして右から左へと流通させてしまいそうな、ちょっと主体性に欠けた要素も目につく。興奮しやすく、また、それほどの個性や自我も持たない。語り手が「噂」を基に語っているというところが重要なのである。語り手個人の声というよりは、無数の声の集積の中からにじみだしてきた、集合的な声のようなものがそこからは聞こえてくる。

　こうした要素はすべて、ですます調の持っているニュアンスとつながっていて、ですます調だからこそ生きてくる。ですます調は単に丁寧というだけのものではない。そこには日常的に天気のあいさつがかわされるような世界の匂いがこびりついているのである。その世界は拘束や連帯からくる安心感に支えられており、だからこそ、のんびりすることもできるし、複雑な思考を駆使して全体に細かく言い及ぶ必要もない。一言でいえば、それはぼんやりとした大ざっぱな〝了解〟によって支えられた場所なのである。

　了解があるということは、相手に言葉が通じやすい環境ということだ。喩えは文学作品では多用されるものだが、そこにはふつうちょっとした連想上のジャンプが含まれている。本来なら結びつかないものを結びつけるわけだから、「え？　それ、わからない……」と言われたら、コミュニケーションが停止してしまう。しかし、ですます調の世界ではそうした心配はない。いや、ですます調は先回りして、「まさか、わからないはずはないですよね」というシグナルを送ってくる。そこで示唆されるのは、語り手と聞き手が約束事をたくさん共有していることである。だから喩えも使いやすい。「こんなことに喩えても、通じるかな？　わかってもらえるかな？」といちいち心配する必要はなく、思いきって「まるで〜みたいなのです！」と、語り手自身が聞き手の仲間であることをことさらふりかざし連帯感をちらつかせて前のめりになれる、そんな効力がある。

微笑む語り手

　このような語り手と聞き手の関係は、〝大人〟の小説一般に見られる語り手／聞き手の関係とはかなり違うように思える。近代小説の読者は、書き手とはかなり遠い場所にいる。たとえば外山滋比古は『近代読者論』の中で、近代の読者は、作品のコンテクストから時間的にも空間的にも隔たることを運命づけられており、もはや「アウトサイダー」としてしか作品に接することができないと言っている。このような読者は作品の意味の理解に際して多かれ少なかれ困難を体験する。作品がこの読者のために書かれたものではないから。そんな隔たりのある作品を、読者はいわばのぞき見するようにして読むのである[2]。

こうした関係とくらべると、『怪人二十面相』の世界では語り手と聞き手の関係がはるかに友好的とも言えるし、身近で近接しているとも言える。語り手は読者を拒絶するどころか、暖かく迎え入れようとしているのである。しかも、その歓迎に際して語り手自身が「共同体に受け入れられている自分」を演出し、ことさらにこやかに愛想良く振る舞うことで、素直に耳を傾ける読者の像をも作り出している。

このような共同体との関係は、乱歩が「少年もの」を書く際、売れ行きに対する強い意識を持っていたこととも関係しているかもしれない。これは後年の述懐になるが、乱歩は自分が「少年もの」というジャンルを開拓したのだと自負をこめて言っている。

私は戦後の作家諸君によくいうのである。「戦前には探偵小説で生活している作家は四、五人しかいなかった。それが戦後には、探偵作家として生活している人が二十人以上はありそうだ。このことは幸か不幸かわからないが、ともかくそういうちがいがある。或る意味で諸君は仕合わせですよ。それには、戦後は雑誌がむやみに多くなったこともある。また捕物帳という新分野ができて、諸君が器用にそれを書きこなすということもある。しかし、一方で少年ものが収入源になっていることは大きいと思う。その少年ものの分野を開拓しておいたのは僕ですよ」と。(『探偵小説四十年』(上)、六七三—七四)

今で言えば純文学作家が、同時に漫画の原作を書いて生活費を稼ぐという構図を想像すればいいだろうか。乱歩の「少年もの」はことさら読者に向け、売れ、読まれることを狙って書かれたのである。つまり、乱歩の語り手はことさら読者との関係を意識した、いかにもサービス精神に満ちた語り手と言える。いわゆる大人向けの小説が不調で、出版社からの依頼が減りつつあった時期であることを考えれば、そうした心境はよく理解できる。また、そういう構図を創り出したと乱歩が自負するくらいだから、「少年もの」の語り手に「売れ、読まれる」という語り手の意識を仮託することは、世間的に見ても比較的新しいことだった。

もちろん、「共同体に受け入れられる語り手」という像はあくまで語りの前提にすぎず、必ずしも事実ではない。ですます調は無理に「私たちはみんなわかりあっていますよね」という前提を提示し、信じようとし、また読者にも押しつけているだけかもしれない。しかし、そのような〝無理〟もまた演出の一部として機能しているところが興味深い。「みんなわかりあっていますよね」という前提が裏切られる可能性までも、そこには織りこまれている。考えてみれば、『怪人二十面相』という作品は、ですます調的な安逸が束の間転覆されることでこそ動き出すのである。しかし、探偵小説というジャンルの構造上、その束の間の波乱の後、読者は元の〝安心の共同体〟に戻ってくるし、そうすることでこの共同体を再補強することにもなる。

『怪人二十面相』の多量さ

しかし、ですます調ならではの持ち味はそれだけではない。たとえばですます調では口数が多くなる。たとえばこの箇所は三つの段落からなるが、内容としてはいったいどんなことを言っているかと考えると、意外と単純な言葉でまとめられるかもしれない。要するに、「怪人二十面相という変装の得意な泥棒がいて噂になっている」というだけのことである。

では、なぜ、一言で済むような話を語り手は長々と語っているのか。引用箇所を見てみると、必ずしも新しい情報を加えてはいない表現が目につく。「東京中の町という町」「家という家」「毎日毎日」「どんなに明るい場所で、どんなに近寄って眺めても」など、言葉の繰り返しが多い。語り手が言葉をどんどんつぎこんでいるという印象がある。

もっと細かいレベルでみても、「違った顔」ということを言うのに、いちいち「全く違った顔」としている。変装が上手だということを言うのに、「飛切上手」とする。「違った人に見える」というところも、「まるで違った人に見える」となっている。とくに三つ目の段落では、変装が得意だということはすでに説明してあるにもかかわらず、「老人にも若者にも、富豪にも乞食にも、学者にも無頼漢にも、イヤ女にさえも」とわざわざ例をつらねる。はっきり言って、しつこい。くどいのである。

なぜ、くどいのだろう。なぜ、これほど言葉をつぎこむのか。無駄な感じさえする。ひょっとすると語り手はですます調だからこそ、こうした無駄をやるのかもしれない。ですます調的な丁寧さの中では、無駄とか余分さというのはむしろ必須の要素のようにも思える。

それはこういうことではないだろうか。そもそも私たちは、日常感覚として日本語の敬語や丁寧語というものをどのようにとらえているだろう。丁寧な言葉を使うに際して、私たちは「ふつうならいらないものをわざわざ加えている」というふうに意識していないか。必要のない余分な言葉をあえて付け加えることで、必要という枠にはおさまりきらない感謝や慶弔の「気持ち」を表出する、それがひいては誠意や相手への「思いやり」の表現につながる、というのが一般的な「丁寧」の心構えではなかろうか。「気持ち」とは、無駄で余分だからこそ、「気持ち」になる。これは丁寧さの重要な原則のひとつである。

そこにあるのは「足し算」の論理である。何かの上に何かが足されることで、どんどんオリジナルに価値が加わっていく。増えていく。その背景にはおそらく、贈与＝善意という連想がある。丁寧という態度選択には、相手にどんどんモノをあげることでいい気持ちにしてあげる、というようなジェスチャーがこめられているのだ。

書き言葉のですますにも、当然、この足し算的な論理が宿っている。だから、どうしても多くなる。語数からして「である」や「た」よりも多いわけだが、それだけではないような、余分で過剰な気分が漂っていて、特有のニュアンスが形成される。「多さの気分」のようなものである。この「多さの気分」についてさらに考えてみよう。

〝愛〟の論理

小説の語りでは、余分で過剰であるということは決してマイナスではない。それがよく表れているのは、語り手の存在である。語り手は仲介者だから、私たちにストーリーを伝えるために透明な伝達者に徹しそうなのに、多くの小説では語り手がちょっと嘘をついたり、だまされたり、間違えたり、よく事情がわかっていなかったりする。つまり、仲介者としては失格だと思えるような振る舞いをする。純粋にストーリーを追うということから考えると邪魔でさえあるのだが、これから見る近代から現代にかけての英語圏の作品でも、しばしばこうしたことが起きている。

『怪人二十面相』の場合、名探偵明智小五郎のあっと驚くような謎解きを強調するためもあって、語り手はしばしば「置いていかれる」役を演ずる。

明智はさも恐縮したように、さしうつむいていましたが、やがて、ヒョイと上げた顔を見ますと、これはどうしたというのでしょう、名探偵は笑っているではありませんか。その笑みが顔一面に広がって行って、しまいにはもうおかしくておかしくて堪らぬというように、大きな声を立てて、笑い出したではありませんか。（一一五）

言うまでもなくこうした箇所では、「明智はいったいどんな推理を働かせるのだろう？」という期待が私たち読者の中に生み出されるわけだが、その際に私たちの期待感を盛り立てているのは「どうしたというのでしょう」とか「笑い出したではありませんか」というふうに差し挟まれる、語り手の「びっくり」の表明である。

何だかやたらとうるさい語り手である。『怪人二十面相』という小説では語り手がかなり出しゃばっている。ほんとうの主人公は明智名探偵でも、小林少年でも、あるいは怪人二十面相でもなく、語り手その人なのではないかと思わせるほど、語り手はストーリーの伝達の際、余分なことをいちいち言う。しかし、『怪人二十面相』の、いかにもいろいろなことがおきそうな、わくわくするような期待感をつくっているのも、まさにこの出しゃばった語り手なのだ。語り手がくどくて、口数が多くて、やたらと興奮症で、いちいち説明過剰であることが独特の賑わいをつくり出す。一般に小説の語りでは、「より少なく語ろう」とか「凝縮した語りでいこう」「静かにやろう」といった語りの効率性が方針として背後に感じられることも多いが、ですます調で語るということはそうした方針との絶縁を宣言しているようなものである。その結果として、喧しさ、賑わい、さらには祝祭性などが生み出されていく。

小説はひとつの世界の構築である。作られたものには当然嘘臭いところや現実感に欠けたところがある、つまりいろいろな意味で弱く、薄く、軽い。そうした脆弱な構築物に、まるで今そこにあるようながっちりとした存在感――谷川恵一の言う「ばくぜんとした現実感」――を与えるためには、いろいろな意味でその世界を突出させる必要がある。とにかく引っかかりが欲しい[3]。気になるところがあったり、「そうだ!」と共感させたり、あるいは『怪人二十面相』のように「どうしたというのでしょう」というような問いかけがあったり。そうして出っ張った引っかかりの部分を積み重ねることで、「世界」という姿を持った何かが立ち現れたような気にさせる。

ですます調の語り手は、そうした世界の出っ張りを「量」で表現する。よくわからないけど何かがたくさんある。そういう感覚にひたるだけでも、私たちは世界というものを実感する。児童文学ででですます調が使われてきたのも、語るということが一種の〝愛〟や〝恵み〟として演出されているためではないかと思われる。〝愛〟の表現としてもっともわかりやすいのは贈与である。与えることである。言葉を通して多量さを表現し、読者が無条件でその多量さに浴するかのような気分を生み出す――だからこそですます調は児童文学の慣習のひとつとなってきたのではないか。

明治期の言文一致運動の中ではですます調も有力な〝口語体候補〟のひとつだったが、現代の散文でですます調に出会うことは多くはない。文体としてのですますは「である」や「た」といった語尾との覇権争いに敗れたのである。その理由としてはさまざまなことが考えられるだろうが、まさに今述べたような〝愛〟の論理に対する違和感も大きな要因ではないかと思われる。語るという行為を〝与える〟とか〝喜ばせる〟といった枠組みの中で行おうとすると、語られる内容にもさまざまな制約が加えられることになる。否定的なもの、不愉快なもの、陰鬱なもの、乱暴なもの、醜いもの……つまり児童文学からしばしば排除されてきたような、学校の教科書には決して載らないような話題は、ですますとも相性が悪い。ですます調には、語り手と聞き手の日常的で朗らかで当たり障りのない人間関係が投影されているのである。そうした人間関係の枠外に押しやられてしまうような闇の部分は、「お天気の挨拶」がかわされるような安心感に満ちた世界ではなかなか語られない。

しかし、それは果たしてですます調の限界なのだろうか。そもそも「である」や「た」の語尾の文章に、同じような制約は加えられていないのだろうか。誰かに向けて語るからには、私たちはどこかで丁寧という名の抑圧を自らに強いているのではないか。つまり、語ろうとする時点で、私たちは相手を喜ばせたり心地良くさせたりしようとして〝愛〟の論理によって抑圧されるのではないか。語りと〝愛〟のジェスチャーとはそう簡単に切り離すことはできないのではないか。

そのことを踏まえた上でさらに想い出してもいいように思うのは、表向きは〝愛〟の論理を標榜するですますの語尾が必ずしもそれだけではすまない、つまり〝愛〟とはちょっと違うような――場合によっては〝愛〟とは正反対の――〝悪意〟のようなものさえ表現しうるということである。〝愛〟という看板を背負っていればこそ、逆により精妙な方法でそうではないものを内側に宿すということも可能になるのだ。

II——「丁寧《ポライトネス》」に潜むもの——一七―一九世紀の英・米

第5章 拘束の歓び――ウィリアム・シェイクスピア『ソネット集』(一六〇九)

共同体の恋愛術

英文学史上には、善意とのかかわりでよく知られた語りの形式があった。ソネットである。ソネットはさまざまなジャンルの中でももっとも善意を明瞭に形にしようとしたものである。とりわけ一六世紀末のエリザベス朝・ソネットブームの中で書かれた作品には、恋愛の対象を褒めそやすという点においても、褒められる対象を含め読者を楽しませようとするという点においても、語ることの〝愛の論理〟をことさらに見せつけようとする構えがあった。読み手に快楽を与えるための装置としての詩が、もっとも純度の高い形で結晶したのがソネットだったのである。

シェイクスピアの『ソネット集』(一六〇九)はこのソネットブームよりは少し後に書かれており、そのせいもあるのか、最盛期のソネットに比べるとさまざまなひねりが仕組まれている。ソネットならではの〝愛の論理〟が働き、甘さや心地良さへの耽溺があるのは間違いないのだが、そこには独自の傾向もある。何より気になるのは、愛という概念が連想させる自発性や自由さとは裏腹に、『ソネット集』の語り手が大いなる拘束感の中で語っているということである。

そもそもソネットは小さくまとまったものだから、当然、形の上での縛りはきつくなるが、今、注目したいのは、形式上のことよりも恋愛を語るという内容に伴って発生する〝拘束〟の方である。『ソネット集』でおもしろいのは、恋愛という本来きわめて個人的な出来事を語っているはずなのに、共同体による拘束が介在してくることなのである。やや大袈裟にいえば、自分の恋愛を語っているはずなのにまるで誰か他の人の恋愛を語っているように聞こえる。

どうやらそこでは、これまでも確認してきたような語り手の礼節への意識が働いている。『ソネット集』を読んであらためて印象づけられるのは、恋愛といえども作法と無縁ではないということである。恋愛にも約束があり、手順があり、流れがある。ソネットは一四行という切り詰められた長さの中でいかに語るかで腕を競う、一種ゲームのような形式だが、『ソネット集』ではそうした形式上の制約からくる束縛感が語り手と聞き手の関係にも投影されている。そこに浮かび上がってくるのは、共同体のコードを見やりながら相手との距離を縮めたり離したりしようとする、きわめて礼節意識の高い語り手の姿勢なのである。

この章では、このシェイクスピアの『ソネット集』からいくつかのソネットをとりあげ、礼節への目配りがどのように恋愛語りに影響しているかを見ていきたい。その過程で、「愛の論理」と「善意」との微妙な齟齬のようなものも目についてくるだろう。

恋愛と不自由

シェイクスピアの『ソネット集』が書かれた一六世紀から一七世紀という時期は、イギリスでも大陸からの影響で作法書（conduct manual）が出回り始めていた。その本格的な流行は、階級間の流動化がもう少し進む一八世紀まで待たねばならないが、当時すでに身分の高い人との接し方に注意を払うという形での〝作法〟の意識は高まりつつあった。

ソネットはとりわけそうした社会の潮流が反映されやすい形式だった。というのも、そもそもソネットでは自分より身分の高い女性に忠誠を誓いつつ求愛するという宮廷風恋愛の枠組みが使われることが多く、高貴な相手に対する敬いの姿勢が語り手の言葉遣いなどにも表現されたからである。シェイクスピアの『ソネット集』でも、とくに青年に向けて語られるソネット群では、相手の身分の高さを意識した語り口があちこちで見られる。たとえばソネット三番は次のようにして始まる。

あなたの手元にあるその鏡をごらんなさい　そしてそこにある顔に
今こそもうひとつの顔を作り出すときだと言うのです
今その顔の若さを再生させなければ
あなたは世界をだますこととなり　母となるべき誰かにみじめな思いをさせるのです

Look in thy glass and tell the face thou viewest
Now is the time that face should form another,
Whose fresh repair if now thou not renewest
Thou dost beguile the world, unbless some mother.

ソネット集の最初の一七篇は「生みのソネット」（procreation sonnets）と呼ばれ、若い青年に対し、結婚して子供をつくるよう諭すという語りがつづく。三番もそのひとつで、ここでは鏡のイメージをきっかけに、「あなたのその美貌を台無しにしてしまっていいのですか?」などと青年に働きかけるのだが、それにしても冒頭部での回りくどい言い方が気になる。鏡を見てあなたがそこに見るその顔に「〜」と言いなさい、というのはずいぶん迂遠な説得法ではないか。

もちろんここでは、迂遠さそのものを遊ぶという、いかにもシェイクスピアらしい機知も存分に発揮されているわけだが、もうひとつ見逃してはならないのは、語り手が青年に対し、自分で自分を説得するよう告げていることである。語り手が説得するわけにはいかない、青年を説得するのは青年自身でなければならない、というのである。語り手のメッセージを、あくまで青年を介して青年に伝達するという徹底した間接性。そんなこだわりが示すのは、鏡という媒介物が間に入っていることとも相まって、若く美しい、そして何より身分の高い青年が、語り手にとってとても近づき難い存在だということである。つまり、言葉の上では指示詞やら関係詞節やらを多用し、またイメージの上では鏡を使ったり青年自身の目を介して視線を送ったりすることで、語り手は青年の身体を直接名指すことを避けている。まるで身体接触はおろか、言葉による接触すらもったいないとでもいうかのように。

強烈な身分差の意識がここにはある。このような身分差の中で恋愛を語るとはいったいどういうことなのだろう。当然ながら、求愛にしても説得にしてもいろいろな制約がある。決して自由な環境ではない。ただ、興味深いことに『ソネット集』では、そのような制約が説得のための装置に転用されている。とくに注目したいのは、語り手の〝常識〟との付き合い方である。元々シェイクスピアはことわざや名言など、社会の中で共有され伝えられてきた言葉を自らの作品にとりこむのがたいへんうまいが、それらが共同体的な〝常識〟として強制力を及ぼしてくる、その力を逆手にとって青年への言葉に威力を与えるのである。

〝常識〟の借用そのものは、詩の作法としては従来から見られる。とりわけ言葉の力を「古典の威光」によって保証しようとするような詩作品では、引用を通してギリシャ・ローマ以来の古典の権威を振りかざし、英語という当時はまだ一辺境語にすぎなかった言語と、それを基盤にした英語文化とに、正当性を与えようとすることがある。また引用に限らず、たとえば「誇張法」(hyperbole)などの古典作品で頻用されるレトリックの使用が、古典の力の借用につながるという見方もできる(Felperin. 103)[1]。

ただ、考えてみると、抒情詩たるソネットとしてはこれはややおかしなことではないか。たとえ様式に依存するところがあったとしても、抒情詩というのは個人の気持ちにかかわるもの。『ソネット集』のシェイクスピアは、誰よりもその言葉を〝個人的なもの〟として響かせるのがうまいとも言われてきた。ヘレン・ヴェンドラーは、シェイクスピアには「読者に詩の言葉を、まるで自分自身の言葉であるかのように口にさせる術」があると言っている。ということはベクトルとしては逆で、むしろプライベートさを際だたせるのが『ソネット集』のうまみなのではないか[2]。そのように声を「自分自身の言葉であるかのように」響かせる名人であるはずのシェイクスピアが、他者によってすでに語られた言葉をリサイクルしてばかりいるというのはどういうことなのだろう。ソネットの語り手がリサイクルの名人なのだとすると、その声の臨場感のようなものは、いったいどこからくるのだろう。そのあたりを以下、ソネット一、九四、一四六などを参照しながら考えていきたいと思う。

ソネット九四番のからみとすね

まず見てみたいのは九四番である。このソネットでは、ある変わった人物像にフォーカスがあてられる。世の中から超然として、周りの人を動かしながら自分は動かずにいるような人物である。「人」（they）という代名詞を使っているので、ごく一般的な話をしているようにも聞こえるし、実際、一行目の「傷つける力はあっても何もしない人たち」（They that have power to hurt and will do none）という部分については、posse et nolle nobile つまり、「力があってもそれを行使しないのは立派なことである」という格言が基になっているとされており、同じような格言がベン・ジョンソンやフィリップ・シドニーの作品でも使われていることが指摘されている（Kerrigan, 291）。

では、このような〝常識〟が、ソネット内でどのような役割を果たしているのか見てみよう。

傷つける力はあっても何もしない人たち
いかにもしそうなことをしない人たち
他人の気持ちを揺るがしつつも　自分は石のよう
不動で　冷めていて　惑わされはしない
このような人たちこそが天の恩寵を受け
自然の財がいたずらに失われるのをふせぐにふさわしい
このような人たちこそが自分の顔の主人で持ち主
他の者は彼らのすばらしさを執事として守るにすぎない

夏の花はたとえたったひとりで生き　死ぬにせよ
夏という季節にその甘い香気を放つ
が　もしその花が下等な病に冒されれば
下等な雑草よりも堕ちていく
　どんなに甘美なものも　行い次第でとても酷いものとなるから
　腐った百合は　雑草よりもはるかに嫌な匂いを放つから

They that have power to hurt and will do none,
That do not do the thing they most do show,
Who, moving others, are themselves as stone,
Unmovèd, cold, and to temptation slow;
They rightly do inherit heaven's graces
And husband nature's riches from expense;
They are the lords and owners of their faces,
Others but stewards of their excellence.
The summer's flower is to the summer sweet,
Though to itself it only live and die;
But if that flower with base infection meet,
The basest weed outbraves his dignity:

For sweetest things turn sourest by their deeds;
Lilies that fester smell far worse than weeds.

『ソネット集』でもこの九四番は、一二九番とともにやや異彩を放っている。どちらのソネットでも語り手は直接青年や「黒い女」(the Dark Lady)に語りかけることがなく、このように一般論として、つまり常識の仮面をかぶる形で間接的に相手にアプローチしている。ケリガンの言い方を借りれば、ふたつのソネットはその「非個人的な深さ」(impersonal profundity)において傑出している(356)。

おそらく、このソネットでも語り手はいつもと同じく例の青年に語りかけている。九四番と話題に共通性のある九一、九二、九三、九五番で、明確に青年が語りかけの対象となっていることもあり、たとえ九四番では青年が言及されておらず、匿名の「人」が話題になってはいても、何となく「ああ、この九四番も例の美しい青年のことを言っているのだな」と考えるのが自然だろう。ただ、そうなるとむしろ不思議なのは、青年のことを念頭においているのに、どうしてこんなに他人行儀というのか、まるで青年など無関係のように、まるで関係ない人について語っているかのように、一般論めかした「偽装」を語りに施す必要があるのかということである。

このことはこのソネットに微妙に混入している「非難」のトーンとも関係づけて考えるべきかもしれない。このソネットは、一見、「世の中から超然としている人」を褒めているようでいながら実際にはそうでもないようにも聞こえる、つまりその二重性に大きな特徴がある。たとえば二行目の「いかにもしそうなことをしない人たち」(That do not do the thing they most do show)のあたり。ここは一応、一行目の格言からの流れでは良い意味で使われている。だが、いつの間に何となく悪い意味も含まれているような気がしてくる。直前の九二、九三番では、男性が外面的な美しさの内側に不可解な内面を持っていることについて、語り手がそれを恐ろしいものととらえていたりするので、内側と外側が乖離しているという特質は波乱含みのニュアンスを含むことになるのだ。

この「内側と外側の乖離」の抱え持つ問題の微妙さは、最後の六行、とくに四行の比喩であらたな展開を見せる。ここでは百合のイメージが出てくるのだが、美しい百合がひとたびいやしい疫病にかかると、かえっておぞましい臭気を発するようになるというようなことが語られる(「腐った百合は雑草よりもはるかに嫌な匂いを放つから」Lilies that fester smell far worse than weeds.)。一見美しいはずの百合がこのざまだから、きっと青年も……という話になってくるのである。いくらひととき見かけが美しくてもそれがすべてではない、というふうにそのメッセージを解釈すれば、これも「内と外の乖離」のテーマの変奏と読むことができる。

そこでさらに注意しておきたいのは次のようなことである。この「内と外の乖離」は基本的には語りの内容、つまり青年について言われていることなのだが、よく考えてみると、一般論という「外」の陰に隠れ、実際には自分が心に思う青年という「内」についてこっそり語るような、語り手自身の恋愛語りの方法にもあてはまる。語り手自身が「内」と「外」の乖離するような語りの方法を用いているのではないか。

語りは二重の意味で乖離しているのである。まず語り手はまるで見ず知らずの人について語っているようでいて、実は青年について語っている。これがひとつ目。それから語り手は一見「人」(they)と呼ばれる人物たちの超然とした神秘性を崇めているかのようで、さりげなく批判をこめてもいる。ここにも二重性——二枚舌性——がある。

これら二つの二重性は、一種のからみとも言えるし、すねているようにも見える。「からみ」にしても「すね」にしても明確に非難するのとは違い、表だって文句を言わずにおきながら相手にこちらの隠れた意図を読ませるのがポイントだから、青年に直接語りかけていないふうを装うとか、表向き讃美の様態を装うといった身振りが大事になる。

そうしてみると九四番の形がととのっていることも、意味がありそうだ。九四番の構成で目立つのは、同じ文法的なユニットが反復されたり対称性を持つように仕組まれていることである。ある人物像の造型をするという目的ははじめからほぼ明らかで、最初の四行連句では that, who といった関係詞をならべながら、同格的な節がつらなっていく。ふたつ目の四行連句になると、同格的というよりはより秩序だった対称性がはっきりする。「このような人たちこそが……」（They rightly do inherit...）ではじまる二行を、「このような人たちこそが……」（They are the lords...）ではじまる二行が受けていたりする。しかもそれぞれの二行中でも、よく見てみると真ん中でちょうど意味が切れて、いわゆる行中休止（caesura）の形をとって二つ折りのような構文になっている。「このような人たちこそが天の恩寵を受け／自然の財がいたずらに失われるのをふせぐにふさわしい」では「受ける」（inherit）と「節約して使う」（husband）という語が対になり、「このような人たちこそが自分の顔の主人で持ち主／他の者は彼らのすばらしさを執事として守るにすぎない」では「主人で持ち主」（lords and owners）と「執事」（stewards）が対になっているのである。

九〜一二行目のところも、九〜一〇行と一一〜一二行が逆接の「が」（but）をはさんで対になっており、しかも九〜一〇行は「たとえ〜にせよ」（though）を軸にしてそれ自体「対」の構造を持つ。一一〜一二行も「もし冒されれば」と if を用いた例の if ... then 構文によって対句的な枠組みを作る。

単に「対」を導くような接続詞が使われているだけでなく、それぞれの部分にほぼ当分の「量」が割り当てられているので対の構造はよりはっきりする。

このような特長を見るにつけ、九四番は文の作り方という点でとても枠組みの拘束力が強く、枠組みにおさまろう、結論に落着しようという傾向がはっきりしているのがわかる。つまり「外」へのこだわりがある。ところが、その最終到達点は必ずしもそのような「外」の優位の表現にあるのではなく、むしろそのような「外」とはかみ合わない形で露出する「内」に重点がある。そしておそらく、このような内と外との乖離が維持されていることこそが、恋愛語りにおいて大きな意味を持つのである。このことを、別のソネットを取り上げながらさらに考えてみよう。

ソネット一番と我慢のひととき

『ソネット集』の第一番は「生みのソネット」群の冒頭にも位置し、あなたは子供をつくるべきだというメッセージが明確に述べられる。ただ、ここでも内と外の乖離が語りの方法とからみあっている。

美しく造られたものには　是非とも増え栄えてほしい
そうすることで　美という薔薇が朽ちることなく
年老いたものが時の経過ののちに没しても
その若い跡継ぎが面影をたたえてくれるように
しかし　あなたは自分の輝かしい目にかかりきりで

その火に燃料をくべるため　自分自身を浪費するばかり
豊作のはずが　飢饉となり
まさに自分が自分の敵　甘美な自分に酷い仕打ちをする
今　この世を若々しく飾るあなた
気持ちの良い春のならぶ者のない先駆けであるあなたは
自分の蕾に持てるものを埋め
けちん坊よろしく　吝嗇に走って大切なものを無駄にする
　この世に情けをかけよ　さもなくば貪欲さそのものだ
　この世の取り分を自分で　そして　やがては墓で食い尽くすのだ

From fairest creatures we desire increase,
That thereby beauty's rose might never die,
But as the riper should by time decease,
His tender heir might bear his memory;
But thou, contracted to thine own bright eyes,
Feed'st thy light's flame with self-substantial fuel,
Making a famine where abundance lies,
Thyself thy foe, to thy sweet self too cruel.
Thou that art now the world's fresh ornament,

And only herald to the gaudy spring
Within thine own bud buriest thy content,
And, tender churl, mak'st waste in niggarding.
Pity the world, or else this glutton be,
To eat the world's due, by the grave and thee.

大まかに要約すると、「美しい人にはどんどん増えてほしいものである。だから、あなたも自分のことばかりにこだわって自分ひとりの世界で滅んでいくのではなく、子孫を繁栄させてほしい。でなければあなたは酷くけちん坊ということになる」といったことが語られている。

ここでは内と外の問題は、まずは語り手の強調する「美しいだけではいつかは滅ぶ、だからタネを残すのだ」という考えに表れている。子供をつくれば、その子供があなたの美しさを保存するのだ、というわけだから、外側の「現れ」(appearance)をそれ以上のものにしたいという願望が読める。

ただ、注目したいところがある。「ところがあなたときたら自分のことばっかり！…」と語り手が青年にからんでいる部分だ。そのからみの作法を見てみると、「あなたときたら…」(thou...)と節をはじめておいて、そこに長い同格や挿入節が入っている。このような構文では、thou という主語が Feed'st や buriest という動詞とつながり節の骨組みを形成する前に、長い呼吸が入ることになる。以下で示すように、波線を引いた箇所が挿入部となって「間」をつくる。

But thou, contracted to thine own bright eyes,

Feed'st thy light's flame with self-substantial fuel,
Making a famine where abundance lies,
Thyself thy foe, to thy sweet self too cruel.
Thou that art now the world's fresh ornament,
And only herald to the gaudy spring
Within thine own bud buriest thy content,
And, tender churl, mak'st waste in niggarding.

ふたつの挿入箇所は、「〜なので」「〜なのに」と順接・逆接の違いはあるとはいえ、広い意味で理由を表す。そこには、これまで注目してきたような「常識」もしくは「一般論」の参照の跡が鮮明に見てとれるとともに、そうした身振りが語りをめぐる「人間関係の形」をも反映する。語り手はここでは理由を参照するというポーズをとることで青年をなじっているのだが、このように青年であるthouを主語とした主語・述語関係をいったん中断してそのような挿入節を入れるというあたりには、語り手の青年に対するある姿勢が見て取れる。

それはどういうことかというと、これらの構文が示すのは語り手が自分の語りを展開するにあたって、いったん息をとめ語りを中断することで「別の理屈」を導き込んでいるという感覚なのである。つまり、語り手が自分の語りを我慢することでこそ、参照という行為が可能になっている。しかも、ここで我慢され中断されているのは、青年を指すthouを主語とした主語・述語関係なのである。青年を主語とした構文を語るとは、語り手にとっては、青年の主語性＝主体性と一体化しようとするもくろみだと言える。これはソネット集全体を通しても見られることだ。しかし、そんな語り手のもくろみに、あえて、このような「我慢の瞬間」が差し挟まれているのはどういうことだろう。

これは九四番の語りの方法と合わせて考えてみるとわかりやすい。九四番で暗示されていたのは、語り手が外側に枠組みとしての「常識」をかかげつつ、内側に別の理念を隠し持っているという構造であった。一番にも同じような構造があるのではないだろうか。一番でも語り手は伸び伸びと自由に青年について語るわけではなく――従って安易に青年と一体化するわけではなく――「我慢の瞬間」を柱にして語りを構成しているのである。我慢を重ねて常識や一般論を参照する「間」を設けながら、語りを少しずつ展開する。どちらのソネットにも、いわば裏があるということである。抱え持った、しかし決して明確には表には出ないこの〝裏〟の部分があるために、奥歯にもののはさまったような抑圧的な気配が作り出される。しかし、それはおそらく恋愛の作法という観点からは必要なものである。恋愛臭が漂い出すのはまさにそこなのだ。言いたくても言えない、欲しくても届かない、心のうちに抱えていても表沙汰にすることができない……このような抑圧感と密やかさこそが恋愛のエネルギーを生み出すのである。

ソネット一四六番と比喩の崩壊

最後に見てみたいのは、このような外と内との乖離を明確に主題化した一四六番である。

哀れな魂よ　私の罪深い大地の中心よ
お前を覆うこの反乱の勢力に組み伏され

なぜお前は内でやせ衰え欠乏に苦しむのか
外の壁はかくも美しく飾り立てているというのに
なぜ束の間使えるだけだというのに
自らの朽ちゆく屋敷にこれほどの費用をかけるのか
この過大な散財の世継ぎたるウジ虫こそが
お前の富を食い尽くすというのか？　これがお前の身体の運命か？
それなら　魂よ　僕《しもべ》からこそしぼりとればいい
僕を痩せさらばえさせ　自らの財をふくらますのだ
神聖なる時間を買うのだ　くずのような時間を売り払って
内を満たし　外は豊かでなくともいい
　そうして死神を食い物にするのだ　人間を食らう死神を
死神が死んでしまえば　もう死ぬことはないのだ

Poor soul, the centre of my sinful earth,(3)
[ ] these rebel powers that thee array,
Why dost thou pine within and suffer dearth,
Painting thy outward walls so costly gay?
Why so large cost, having so short a lease,
Dost thou upon thy fading mansion spend?

Shall worms, inheritors of this excess,
Eat up thy charge? Is this thy body's end?
Then, soul, live thou upon thy servant's loss,
And let that pine to aggravate thy store;
Buy terms divine in selling hours of dross;
Within be fed, without be rich no more:
　So shalt thou feed on Death, that feeds on men,
　And Death once dead there's no more dying then.

「魂」（soul）に対する語りかけになっているが、このsoulは「語り手の魂」ともとれるし、愛人ともとれる。いずれにしても「内を満たし　外は豊かでなくともいい」（Within be fed, without be rich no more）という一行に集約的に表れているように、このソネットではかなり明瞭に「内と外」という対立軸が立てられ、それに拠ることで人生のはかなさが語られている。

このソネットで注目したいポイントはふたつある。ひとつ目は比喩の問題である。ソネット集ではときどき見られることだが、一四行しかない詩の中で、比喩の系統が「反乱の勢力」（rebel powers）、「外の壁は……飾り立て」（Painting thy outward walls）、「朽ちゆく屋敷」（fading mansion）、「神聖なる時間を買うのだ」（Buy terms divine）というふうにどんどん変わっていく。スティーヴン・ブースはこのソネットについて「作品の中でいろいろな要素が統合されず、ばらばらのまま共存している」（72）といった、いかにもブースらしいコメントを述べているが、まさにそんな議論をサポートするにふさわしい、ソネットの中でもとても安定度の低い、いわばぐしゃぐしゃした比喩の使い方になっている(4)。

この「ぐしゃぐしゃ」はある意味では語り手の才気や饒舌を示す特徴とも言えるが、このソネットで「内と外」というテーマが際だっていることを考えあわせると、これはまさに「外見を捨てて中身で勝負」というソネットのメッセージにつながるようにも見える。つまり、レトリックの乱れが実はそのままソネットのメッセージを正当化することにつながっているのである。語り手はややおどけた比喩の使い手として「外」の乱れを見せつけることで、「内を満たし　外は豊かでなくともいい」という理念を自ら実践しているのではないか。

一四六番の語り手はこのような不安定で混乱した比喩を用いることで、「外側」の持つネガティヴな拘束のようなものを表しているのである。それに付随して、言葉を使うということの根本的な負担感や不自由さも表現される。そう考えると、一番に見られたような「我慢する語り手」の像と、一四六番の乱れた比喩の語り手には共通性がある。一番の挿入の瞬間に見られた「我慢」のジェスチャーには、たとえ愛する青年を対象としたものであっても、語るという行為にたいへんな負担や困難が伴うことが示されていた。語りは楽天的な表出や解放ではない。むしろ我慢と抑圧と隠蔽の連続なのである。一四六番で語られているのもそのような不自由さである。

しかし、それで終わりではない。このような外側の負担や不自由さにもかかわらず、内側で頑張っている語り手がちらりと垣間見える、そのような仕組みこそが究極的にはソネットの読みどころとなる。明瞭に大きな声で語られる言葉よりも、このようにちらりと覗くだけの言葉の力の方が、恋愛語りでは威力を発揮する。

最後にもうひとつ注目ポイントをつけ加える。ソネットの中ではときおり起きることだが、一四六番の語り手は語らない相手に代わってしゃべってあげるという〝代弁〟の役割を果たしている。poor soul などというやや押しつけがましい偉そうな言い方をすることでそれはより際だっている。ただ、このソネットでは「内を満たし　外は豊かでなくともいい」というテーマが明確に中心にすえられているので、ここには逆転がある。つまり、沈黙し語らない聞き手に代わって語ってあげているはずの語り手が、実は彼自身の議論にのっとればまさに「外」（without）に属する存在となるからである。彼が雄弁に語れば語るほど、「内」（within）にあたる soul にはかなわないということになる。雄弁に聞こえる彼のレトリックに比喩の乱れがあるとするならなおさらである。

　このようにある意味では語り手自身の外向きの語りを犠牲にする形で、内側の黙して語らない存在――我慢し、息をのみ、外の常識を背負わされるような存在――を引き立てようとする傾向が『ソネット集』にはある。それが恋愛における常套的な作法としての「からみ」とか「すね」といった行為とも結びついているのはすでに確認したとおりである。「からみ」にしても「すね」にしても、表向き言っていることとは別のことを意図し、伝えようとする語りの方法なわけだが、そこでは聞き手の側の了解や協力も欠かせない。ということは、当然ながらそうした相互理解をつなぐための作法の意識――コードへの目配せ――が働くことになる。

　軽やかにコピー&ペーストを繰り返すソネット集の軽妙な語り手はたしかに信用ならないと見えるかもしれない。しかし、その向こうにちらりと魔法のようにのぞく、そうした外側とは違うのかもしれない内側を見せられると、私たちは思わずほろっとなる。作法とはそうした漏洩をひっくるめた全体のことを言うのである。外の縛りだけでなく、結果的に縛りのきつい外から内をこぼれださせるような構造性そのものが、作法なのである。そういう意味では恋愛とは作法のネットワークにとりこまれた、きわめて儀礼性の高い行為だと言える。恋愛語りはきわめて衝動性の強い、欲望に駆られた個人的な営みを語りつつも、同時に、共同体のさまざまな慣習に依存し、まるで〝他人事〟のような様相を呈するものなのだ。その不思議な言葉のあり方は、まさに「丁寧」の理念と文学表現との深い結びつきを象徴すると言えよう。(5)

第6章——登場人物を気遣う——ナサニエル・ホーソーン『七破風の屋敷』（一八五一）

小説の丁寧

近代人は善意を表現するにあたり、形式やメディアと格闘することを余儀なくされてきた。善意は表現の形式から自由になることはできないし、それだけに下手をするとくるっと反転しうる。つまり、善意はその対極にあるはずの悪意からも自由ではないのである。それだけに、ときには究極の善意はむしろ与えることにではなく、何も与えないこと、あるいは奪うことにさえあるという見方も可能になる。おそらくこうした逆説性が近代の文化を非常に複雑なものにしてきたのであり、文学はその複雑さをもっとも精密に掘り下げ、表現するための舞台となってきた。

この先、第8章の『チャタレー夫人の恋人』、第9章の『アブサロム、アブサロム！』、第11章の「岩」ではこのような善意と悪意の相克を詳しく扱う予定だが、本章と次の第7章ではまずこうした「善意」をめぐる格闘が行われる背後にある、より根源的な「愛の論理」について考えてみたい。これまではどちらかというと語り手と聞き手／読み手との関係に焦点をあててきたが、ここで焦点を当てたいのは語り手と登場人物との関係である。第6章ではナサニエル・ホーソーンの作品を手がかりに、そして第7章ではジョージ・エリオットの作品を手がかりに、語り手と登場人物との間にどのような人間関係が生じうるかを確認する。おそらく語りを生み出す動機の一つは、こうした創造主と被造物との間にある関係性に見いだされる。神と人間との関係にも似た、メタレベルの「愛の論理」がそこにはある。

本章で題材とするのは、一九世紀アメリカの作家ナサニエル・ホーソーン（一八〇四—六四）による『七破風の屋敷』である。ニューイングランド出身のホーソーンは、アメリカ建国を主導したと言われる厳格な清教徒の血を引く家系に生まれたが、その先祖には一七世紀の悪名高い「セーラムの魔女裁判」にかかわったとされる人物もおり、ホーソーン自身も罪の意識に苛まれていたとされる。道ならぬ恋に落ちた女性が胸に「姦通」（adultery）を示す緋色の「A」の文字をつける設定の小説『緋文字』にも示されているように、ホーソーンの作品には超越的な存在がもたらす抑圧性や暗部が表現されることが多い。

ホーソーンをはじめ一九世紀の半ばに活躍したエマソン、ポオ、メルヴィル、ホイットマンといった作家や詩人をF・O・マシセンは「アメリカン・ルネッサンス」という枠でとらえ、アメリカ文学の大きな画期と見なしたが、彼らがしばしば精神性を作品の柱としていたことからもわかるように、そこには依然として宗教的なものとの密接なつながりがあった。チャールズ・ダーウィンの『種の起源』（一八五九）の刊行されたこの時期、すでにヨーロッパではキリスト教の権威の失墜が如実になっていたのに対し、アメリカの事情はやや異なった。清教徒のそれをはじめとするキリスト教的な思考法がまだまだ社会の各層に浸透していたのである。とりわけ超越的存在の明暗二面性に敏感だったホーソーンのような作家は、メタレベルにいる創造主と被造物との間に生まれる〝愛の論理〟を、どのように「丁寧さ」の表現とからめていたのだろう。

フィービー描写を検証する

『七破風の屋敷』はかつて名家として知られたピンチョン一族に世代を超えてふりかかる不幸を、いわくつきの古い屋敷を舞台にして描き出す作品である。家長の急死、不気味な肖像画、陰鬱な室内、呪われた血、秘密の財産、盗難など、その道具立てはゴシック小説的と呼べそうな要素にあふれている。小説の結末では濡れ衣をきせられたクリフォード・ピンチョンに対する誤解も解け、若い登場人物たちの結婚によりふたつの家の確執に終わりがもたらされるなど前向きで明るいムードが満ちてくるが、それとて前半の影を完全に払拭するものではない。古い家に漂う死の香りは全体を覆いつづけるのである。

物語の中心となるのは独身の老女ヘプジバー・ピンチョンと、長く刑務所に服役していて三〇年ぶりに出所してきた、精神状態の不安定なクリフォード・ピンチョンの兄妹である。今やすっかり古びてしまった七破風の屋敷に住むふたりは、名家の末裔とはいえ生活に困窮している。ヘプジバーは生活費を得るために屋敷の一部を雑貨屋に改装して、商売をはじめたほどである。だが、慣れないこともあり商売はなかなかうまくいかない。すでに触れたように小説のトーンは、とくに出だしは暗く重い。屋敷がピンチョン一族のものとなった経緯を語る冒頭部は、過去の重さを感じさせるいかにも陰惨な気配が漂っていて、これから幽霊が出たり怨念が語られたり人が死んだりするのだろうなという予感を抱かせる。

しかし、そんな陰鬱な世界に、新しいさわやかな風が吹きこむ。ヘプジバーの親戚フィービーが訪ねてくるのである。ヘンリー・ジェイムズはその評でフィービーというこの魅力的な存在のおかげでほっと息がつけると言っているが（127）、若いフィービーにはたしかに神々しいほどの清らかな気配が漂っていて、屋敷に染みついた陰鬱さを一掃するのである。七破風の屋敷の空気は一変し、クリフォードの精神状態にも改善が見られる。

こうした流れからもわかるように、『七破風の屋敷』の世界を構成するのは、強烈な明暗のコントラストである。しかもそれはストーリー展開上の明暗の動きによってのみ示されるわけでもない。もっと別のレベルで何かがおきているように思えるのである。その「何か」が、礼節や丁寧といった態度とかかわるのではないかと筆者は考えている。たとえば、フィービーが古い屋敷に到着し、その雰囲気が一変することを描いた第五章の一節を見てみよう。

旅人が原生林で灌木をかき集めてこしらえたようなごく粗雑な住み処でさえ、このような女性が一晩泊まったなら家庭らしさをたたえるようになるだろうし、彼女の物静かな姿が周囲の木の陰に消えてしまった後もしばらくはそうした雰囲気を保ち続けるだろう。フィービーの寝室となった薄暗い荒れて陰気な部屋――その住人は蜘蛛とハツカネズミやドブネズミ、それに幽霊ぐらいだった――に、言ってみれば、再び生気を吹きこむには、それぐらいのあたたかい魔法が必要だった。何しろ、人が住まなくなって久しいため、部屋はすっかり荒廃して人の過ごしたあらゆる幸福な時の痕跡を消し去りつつあったのである。（72）

フィービーの魅力がたっぷりと言葉を使って書かれている。ひとたびフィービーのような女性が住むと、寒々しい住み処もたちどころにその雰囲気を変貌させるという。いや、フィービーほどの女性でなければ、七破風の屋敷の陰惨な部屋を再生させるのは無理だと言われる。

このような箇所でおもしろいのは、フィービーの持つ明るい魅力が、具体的な出来事や事実に基づいて示されるわけではないことである。「～だろう」と仮定法を使ったり、「言ってみれば」(as it were) のような句を差し挟みながら、語り手が自らの想像力を頼みにやや強引に描写を重ねようとしている。ほとんど語り手の思いこみかオブセッションのようにして妄想すれすれレベルの言葉がつらねられている。続く部分はよりそうである。

フィービーがいったい何をしたのかを、言葉で説明するのは無理だ。彼女に事前の計画があったわけではない。あちらをちょっといじり、こちらも少し。表に引っ張り出した家具もあれば、逆に片付けたものもある。カーテンも下ろすか上げるかした。そんなふうにして半時間ほどで、見事にほっとするような心地の良い晴れやかさを部屋に与えてしまったのである。つい前の晩まで、部屋はさながら例のオールドミスの心のようなものだった。太陽の光も暖炉のぬくもりも欠いているという点で両者は共通していた。何年にもわたって、幽霊や幽霊のごとき記憶以外には、オールドミスの心にもこの部屋にも、足を踏み入れる者はいなかったのである。(72)

こうした部分を読むと、たしかにフィービーのやさしく清らかな雰囲気を感じ取ることができるが、よく考えてみると語り手はフィービーについて具体的にはほとんど何も言っていない。この箇所の出だしからして、「フィービーがいったい何をしたのかを、言葉で説明するのは無理だ」(What was precisely Phoebe's process, we find it impossible to say.）と、むしろ語りの放棄とさえ読める言い方になっている。その後に語られるのもせいぜいフィービーには綿密な計画があったわけではなく、家具の位置を少し変えたり、カーテンの長さを調整したりしただけ、といったことである。

フィービーの描写はいわば上滑りしている。フィービーがいったい何をどうしたのか伝えないまま、とにかくすごい！　すごい！と言いつのっていく。ただ、それでは私たちはこのような語りに説得されることはないのか、上滑りのせいでフィービーについて何も知ることはないのかというと、そうでもない。

そこであらためて注意して読んでみると、少し気になることがある。語り手は実際に内容として伝えている以上のことを、その振る舞いを通して表現しているようなのである。まず第一に言えるのは、語りの放棄を通して語り手が対象であるフィービーと距離をとろうとしているということである。「フィービーがいったい何をしたのかを、言葉で説明するのは無理だ」という言い方にしても、あるいはそれに先行する「このような女性が一晩宿泊したなら」（by one night's lodging of such a woman）という対象をぼかす言い方にしても、あるいは後につづく「あちらをちょっといじり、こちらも少し」（gave a touch here, and another there）という茫漠とした描写にしても、語りの難しさに言い及ぶ一方、それを通してフィービーの近づき難さが示されている。つまり、「自分の扱うような言葉ではとてもフィービーという存在の清らかさをとらえることができない」とでもいうような、遠慮とへりくだりの意識がそこにはある。

それだけではない。このような遠慮の意識がある一方で、語り手は決してフィービーについて語りやめることはない。それどころか、語れないと言っているわりにはいつまでもやめることなく、しつこいほどにフィービーについて語ろう語ろうと究明の姿勢を保っている。語り手は、フィービーについて語りたいのである。必ずしも好奇心だけに基づくものとも言いきれない、フィービーという存在の迫力に動機づけられた、言わば〝愛〟に近いものがそこにはありそうなのだ。あるいは〝愛〟とまではいかなくとも、フィービーに対する思いやり、同情、深い関心のようなものが見てとれる。登場人物としては作品に現れない語り手が、人物のひとりであるフィービーに対してこのように気持ちをあらわすジェスチャーをしている。

語り手は誰かと似ている

このような状況の背景にあるのは、三人称で客観的な立場から語っているはずの語り手に、ある種の性格づけがなされていることだろう。この語り手には明確な個性がある。たとえばこの語り手は〝程度〟と〝差異〟の論法を好む。ひとつ目の引用部で「旅人が原生林で灌木をかき集めてこしらえたようなごく粗雑な住み処でさえ、このような女性が一晩泊まったなら家庭らしさをたたえるようになるだろう……」（A wild hut of underbrush, tossed together by wayfarers through the primitive forest, would acquire the home-aspect...）という箇所があるが、そこで文の骨子をなしているのは「灌木をかき集めてこしらえたようなごく粗雑な住み処」と「家庭」との極端なまでの対照性である。程度のかけ離れたふたつのものが、それでもなお同一でありうることを語り手は衝撃とともに語る。そうすることで語りに正当性が与えられるのだが、別の視点をとると、この語り手はいかにもそのようなおおげさな論法でこちらを組み伏せようとしそうな人物として読める。

その次の「それぐらいのあたたかい魔法が必要だった」（No less a portion of such homely witchcraft was requisite...）や、ふたつ目の引用部の「つい前の晩まで、部屋はさながらかのオールドミスの心のようなものだった」（No longer ago than the night before, it had resembled nothing so much as the old maid's heart）という箇所にも同じような論法が読める。喩えをテコにして不可能が可能になったとことさら強調されていて、程度のかけ離れたものが、何か不思議な力によって引き寄せられてしまった点に焦点があてられている。

このあたりには語り手のある種の人間臭さが表れている。不可能が可能になることを前にした〝驚き〟や〝瞠目〟にしても、あらゆる比喩を使い何とかこちらを説得しようとする〝熱意〟や〝前のめりぶり〟においても、また何よりそのように前のめりになりながら必ずしも証拠や具体例をあげきれない〝力足らず〟の自覚においても、語り手はまるでひとりの人間のようにして語っているのである。このように〝程度〟や〝差異〟の大きさを持ち出すということは、この語り手が――この人がと言ってもいいが――〝程度〟や〝差異〟にとても反応しやすいということである。そもそも〝差異〟に対して鈍感であれば、〝差異〟の大きさを利用してフィービーの不思議な力を語ろうとするはずがないし、敏感に感じ取った〝差異〟に反応する形で次々に言葉を繰り出そうともしないだろう。しかし、それでいながら、必ずしも言葉の用意はない。その感受性の鋭さゆえにフィービーの不思議な力の引き起こす効果は存分に感じ取るのだが、なかなかそれを表現するための言葉を見つけられない。それでも語りやめることはない。

デリケートで鋭敏。感受性にも満ちている。いささか興奮しやすい質。対象に対するあふれるような愛に満ちていて、自分で自分をコントロールしきれないまま語ってしまう。冷たさよりも温かい慈愛が見てとれる語り手である。そして、このような個性をならべていくと、何となく誰かに似ているという気もしてくる。どうもこの語り手はフィービーについて語るときに、対象であるフィービーと似ようとしているのではないかと思われるのである。語り手は描写という形でフィービーを描いてしまうことには慎重だが、このようにフィービーのデリケートさそのものに憑依することで、フィービーを表そうとしているのではないか。

言うまでもないことだが、たとえ三人称の語り手であっても必ずしも対象を分析的に描写しつくすわけではない。むしろ対象を語り得ないというその不可能を示すことによって、相手を暗示的に浮かび上がらせたり、あるいは自らが語る対象と似てしまうことで、まるで取り憑き、取り憑かれてしまったかのようにして対象をとらえるということがある。後者はいわば腹話術の語りとも、あるいは降霊術的な語りとも言えるだろう。

ヒトは感染する

『七破風の屋敷』には家や血や過去の呪いといった要因が満ちあふれている。そこにいないはずの幽霊めいた存在が、現在に影響を与えるかもしれないという予感が気配として感じられる。居間に飾られたピンチョン大佐の肖像が意味ありげな視線を送ってくることからも想像されるのは、現実界とファンタジーの世界との区別の曖昧化であり、そういう意味では語り手と語られる対象とがそれぞれの分を越えてシンクロしてしまうような、アイデンティティからの逸脱がいつ生じてもおかしくないセッティングになっている。

そこであらためて考えてみたいのは、語り手とフィービーとが何かを共有しているという感覚が、そうした遊離と合一とを潜在的に可能にする大きな要因になっているのではないかということである。

語り手がフィービーのことをうまく言葉にできないにもかかわらずあれこれ語ってしまう背景にあるのは、「自分にはフィービーのことがわかっている」という強い意識だろう。「わかっている」という前提が先にあって、語りが後からついてくる。でなければ根拠のない空想めいた記述で、あそこまで描写を展開することはできないはずである。

　これと関連して興味深い一節が小説中にあるので以下に引用してみよう。ヘプジバーとクリフォードの生活に若い女性であるフィービーが加わったことで、そこにどのような変化が起きたかを具体例をまじえつつきわめて微妙なところまで言葉にしようとした部分である。

> しかし、人間同士の間の共感や引き合いは私たちが考えている以上に、知らぬ間に広く作用するものである。実はそれは種類の違うさまざまな生命体の間にも生じていて、一方から他方へと作用を及ぼしているのである。たとえば、これはまさにフィービー自身が気づいたことなのだが、花はクリフォードやヘプジバーの手にあるときのほうが、フィービーの手にあるときよりも早く萎れるのである。同じように考えると、自身の日常のすべてを花の芳香としてこのふたりの病んだ魂に供することで、花盛りのただ中の娘は、若く幸福な人の胸に飾られるときよりもはるかに早く萎れ枯れざるをえない。折に触れて自分の活発な衝動を解放し、野山を散歩して田舎の空気を呼吸したり、海岸沿いで海の風を浴びたりしなければ、あるいはときにはニューイングランドの若い女らしく、自然の欲求にしたがって形而上学や哲学の講義を聴いたり、七マイルのパノラマを見に出かけたり、コンサートを聴きにいったりしなければ、あるいは街中に買い物に行ってきらびやかな品々のならんだ店々をさんざん探してリボンをひとつ買ってきたり、あるいは部屋

でひととき聖書に読みふけったり、それからちょっと母親や故郷のことを考えたり——ともかくこうした心の薬なしでは我らがフィービーはやがてはやせ衰え色あせて不健康そのもの、ぎこちない人を避けるような態度をとるようにもなって、いかにもオールドミスとしての不幸な未来の匂いがぷんぷんということになるのである。(174-75)

But the sympathy or magnetism among human beings is more subtle and universal than we think; it exists, indeed, among different classes of organized life, and vibrates from one to another. A flower, for instance, as Phoebe herself observed, always began to droop sooner in Clifford's hand, or Hepzibah's, than in her own; and by the same law, converting her whole daily life into a flower-fragrance for these two sickly spirits, the blooming girl must inevitably droop and fade much sooner than if worn on a younger and happier breast. Unless she had now and then indulged her brisk impulses, and breathed rural air in a suburban walk, or ocean-breezes along the shore—had occasionally obeyed the impulse of nature, in New England girls, by attending a metaphysical or philosophical lecture, or viewing a seven-mile panorama, or listening to a concert—had gone shopping about the city, ransacking entire depots of splendid merchandize, and bringing home a ribbon—had enjoyed, likewise, a little time to read the Bible in her chamber, and had stolen a little more, to think of her mother and her native place—unless for such moral medicines as the above, we should soon have beheld our poor Phoebe grow thin, and put on a bleached, unwholesome aspect, and assume strange, shy ways, prophetic of old-maidenhood and a cheerless future.

ヘプジバーとクリフォードにフィービーが加わった日常の様子を描き出しつつ、人と人との間に感染力のようなものが働くということに想像が進んでいるところがおもしろい。老いた兄姉の世界にどっぷりひたっていたら、若いフィービーの華やぎも呑みこまれてしまい、やがては彼女も引きこもりめいた陰鬱さを漂わせるようになるのではないか、と語り手が心配しているようにも見える。

このような見えない感染力に対する感受性は、この当時のヨーロッパでも流行しつつあった考えだが、今、おさえておきたいのは、こうした感染・影響の可能性について語ることが、フィービーという人について「言葉にはできないけれど、わかる」という理解を示そうとする語り手自身の姿勢を正当化しているということである。よくわからないしそれと認知できないけれど、たしかにそこにあるという主張は、理屈としては一見ひどく脆弱だが、『七破風の屋敷』はそのような直感に支えられながら語られる作品なのである。

クリフォードの投獄をめぐる疑惑の解明や、ピンチョン判事の不審死といった、『七破風の屋敷』の活劇的な部分の展開にはフィービーは直接の関与はしない。しかし、それでもかなりのスペースをとって語り手がフィービーの描写を繰り広げるのは、物語の展開上、フィービー的な存在が不可欠だからである。フィービーはこの小説における、「言葉にはできないけれど、わかる」という語り手のふるまいを、いわば背後から保証している。フィービーの存在感が確保されていればこそ、「よくわからないけど、きっとそうだ」という形で世界を理解することが可能になってくる。

フィービーに遠慮する

こうしたことを念頭においてあらためてフィービーの〝語られ方〟を確認してみよう。上記引用中で傍線を引いた長い文には語り手の方法がよく表れている。この文を要約するなら、たまには外の世界に触れて気晴らしでもしないと、フィービーもこの七破風の屋敷のかび臭い雰囲気に毒されてしまう、とでもなるだろう。しかしこの数行にわたる文には、そうした要約からはうかがい知ることのできない仕草がたっぷりとこめられてもいる。ここでも大事なのは仮定法である。Unless によって導かれた「～しないと」という従属節が延々と続いていく箇所には、ここが反実仮想のいわば架空の想定であることが示されている。しかも仮の「たとえ」にすぎないものが、こちらの予想を超えて延々とつらなっていく。そこに垣間見えるのは、フィービーを直接語ったりはしまいとする姿勢である。語り手はフィービーを、あくまで仮定の言葉でしか語らない。フィービーに直に触れてはいけないからである。

女性をこのように手のとどかぬ存在として崇めるという伝統は、たとえばペトラルカ式ソネットでもおなじみのやり方である。イギリスの宮廷風恋愛でもしばしば高貴な女性が瞠目すべき輝かしい存在として描き出されてきた。しかし、『七破風の屋敷』におけるフィービーはたしかに眩しい存在ではあっても、必ずしも高貴であったり、近づき難かったりするわけではない。ではなぜ語り手はこのようにフィービーに遠慮するのだろう。

そこで参考にしてみたいのが、クラーク・デイヴィスが『ホーソーンの内気さ』(*Hawthorne's Shyness*)という興味深い研究書の中で述べていることである。デイヴィスはホーソーンが私生活で独特の内気さやおとなしさを示していたということから話を始める。メルヴィルとの付き合いでもホーソーンはもっぱら話の聞き役にまわって終始〝おとなしい人〟としてふるまい、「こちらを居心地よくさせるような、愛想のいい沈黙」(hospitable, sociable silence)(36)を保っていたという。しかし、そのような日常レベルの「内気さ」は実は、より深いレベルにある文筆家としてのホーソーンの「内気さ」ともつながっていたのではないか——デイヴィスはそんな見方を示す。ホーソーンの文章に見られる懐疑主義や、いくつもの可能性を並記するような叙述の姿勢には、真実に対する独特のアプローチがあるというのである。

そこで参照されるのが、スタンリー・キャベル、ケネス・ドーバー、リード・ウェイ・デイセンブロック、さらにはエマニュエル・レヴィナスなどの考え方である。レヴィナスは真実をとらえるにあたってその「他者性」に注意を払うことが重要だと主張した。真実に「他者」としての相貌がある以上、「何が真実か」をつきとめるだけでは十分でない。そこに到達するためには「巧みな戦略」(artistic strategy)が必要となる。とりわけ重要なのは真実との距離の取り方で、デイヴィスは「知」(knowledge)に対して「同意／謝意」(acknowledgement)、「消費」(consumption)に対して「接近」(neighboring)といった用語を対置させながら、遠慮や敬意や畏怖など、対象との距離を大切にするような態度が真実との付き合いにおいても有用であるという考え方を紹介する。こうした思考をさらに進めれば、真実を究明するにあたって一種の礼儀作法のような手順を踏む必要があるという見方にもつながってくる。ホーソーンの場合もそうした形で書くべき対象に遠慮や敬意が働いていたのではないかというのがデイヴィスの考えで、「内気さ」(shyness)という用語にもそうした意味がこめられている。デイヴィスは『七破風の屋敷』やフィービーについてそれほど詳しく扱っているわけではないが、ホーソーンという作家の根底にあるものに関して示唆的な議論を展開しているのである。

過剰さとの付き合い方

どうやら『七破風の屋敷』の語り手がフィービーに対して示す遠慮の背後には、真実一般に対するホーソーン自身の控えめさがありそうだ。フィービーに対して「理解」と「同情」を示しつつ「遠慮」する――ちょうどそれと同じような姿勢が、もっと広いレベルで読み取れるかもしれないのである。こんなふうに考えることも可能だろう。小説の語り手が登場人物や物語に対して礼儀作法をわきまえた手順を踏んで「お付き合い」を行うことで、そうした「お付き合い」の共有された共同体ならではの価値基準もまた、小説世界に持ち込まれるのだ、と。

その価値基準とは何か。『七破風の屋敷』の作品世界でもっとも人々が意識している概念のひとつは「過剰さ」(extravagance)ではないかと思う。一般に「行きすぎ」「過剰さ」「突飛さ」などと呼ばれる行動は、礼節を守った振る舞いとは対極にあるものである。ポライトな世界では決して許されないもの。排除されるもの。しかし、だからこそ、丁寧の原理が総べる世界では、つねに「過剰さ」が意識され、また警戒されている。いつ、何かが許容範囲を越えて「過剰さ」の烙印をおされるか、つねに注意が払われねばならないから。

そういう意味ではポライトな世界とは、「過剰さ」をわきまえた世界でもある。「過剰さ」との絶えざる葛藤を通してこそ、ポライトネスは獲得される。つねに世界を「過剰さ」とか「行きすぎ」とか「破廉恥」とか「大騒ぎ」といった物差しで判定することでこそ、ポライトな世界は守られる。

このことと深く関係する大きな〝癖〟が、『七破風の屋敷』の語り手にはある。エクスクラメーションマークの多用である。以下に引用するのは、ある意味ではこの語り手の個性の在処をもっともよく示す箇所のひとつで、ピンチョン判事がすでに亡くなった後、その亡くなった判事に呼びかけるようにして行動を促している部分である。

だから急ぐのだ！　やらねばならないことがあるだろう！　お前が一生懸命頑張り、闘い、登り、這いつくばって手に入れようとしてきた報酬がいま、すぐそこにあるのだ！　この夕食会に出席するのだ！　——あの高価なワインを一、二杯飲め！　——誓いの言葉は思い切り低い囁き声で言えばいい——そうして立ち上がるのだ、そのときはこの誉れ高い州の知事も同然だ。マサチューセッツ州のピンチョン知事だ！（274）

すでに死した判事に対し、ほら君にはいつもの仕事があるだろう？　予定があるだろう？　野心があるのだろう？　それをしないといけないよ！と呼びかけるのである。励ましというよりは嘲りに聞こえるかもしれない。深いアイロニーがある。死者に対する呼びかけを様式化した哀歌にもこのような一節はありそうだが、ここでの語り口はむしろ哀歌のパロディと読める。

この一節にアイロニーが聞こえる要因のひとつが、これでもかと多用されるエクスクラメーションマークにあることは間違いない。そこに表現されるのは、エクスクラメーションマーク的な押しつけの過剰さに淫する語りへの、語り手自身の自意識である。この自意識を通過することで、語りは一種のパフォーマンス＝アイロニーとして提示される。エクスクラメーションマークの多用はこの箇所に限らず『七破風の屋敷』全体に見られるものだが、こうして必要以上に興奮気味の過剰な語りを演出することで、逆に、そうした過剰さが鋭く意識され警戒されている共同体ならではの感受性を浮かび上がらせることになる。

礼節の中の破廉恥

作品の中でもとりわけそうした過剰さが目立つのは、まさにこの「過剰さ」という言葉がキーワードとして使われている場面である。作品展開の上できわめて重要な事件を書いた部分である。ヘプジバーやフィービーとともにクリフォードは道行く人々の様子を窓から見物している。そこで突如としてクリフォードが精神の安定を乱すのである。そしてバルコニーから身を乗り出し、飛び降りようとする。

> クリフォードは青ざめ、一緒に窓辺にいたヘプジバーとフィービーに訴えるような眼差しをむける。しかし、彼らはクリフォードの感情の高ぶりがまったくわからず、単に見慣れぬ喧騒に驚いたのだろうくらいに思っていた。クリフォードはとうとう四肢を震わせて暴れだし、窓枠に足をかけ、もうちょっとで柵のないバルコニーへと飛び出すところだった。（165-66）

「過剰さ」の典型と言える場面である。外界からの刺激への過剰な反応。常軌を逸した興奮。物理的な暴力の予感。死の危険。クリフォードという人物がはじめから「過剰さ」の具現となっているわけではない。むしろクリフォードは「過剰さ」の被害者なのである。心やさしくデリケートなクリフォードは窓の外の光景に何か過剰なものを感じ、それへの反応として心の平静を失った。ここにはまさにポライトネスの総べる世界ならではの葛藤がある。ポライトな世界とは、過剰さの侵犯によっていつ平衡を狂わされないとも限らないきわめて危うい世界でもある。次の場面にも、そうした均衡の構造が示されている。

しかし、そこにいた二人はその様子に驚愕しつつも——彼は自分でもわからずに何かにせき立てられた人のように見えた——クリフォードの洋服をつかみ、引っ張り戻した。ヘプジバーは叫び声をあげた。およそあらゆる大騒ぎをすべておぞましく感じるフィービーは、泣き出してしまった。

「クリフォード！　クリフォード！　いったいどうしたの？」姉は大きな声を出した。

「わからないんだ、ヘプジバー」クリフォードはそう言って、長い息を吸った。「怖がらなくていいよ。もう大丈夫だから。ただ、もし僕が飛び降りて無事だったら、ちがう人間に生まれ替わってただろうね」(166)

「過剰さ」や大騒ぎを苦手とするフィービーは、わけのわからない事態に思わず泣き出す。ヘプジバーは「クリフォード！　クリフォード！　いったいどうしたの？」と声をあらげる。ふたりとも「過剰さ」に拒絶反応を示しているのだが、同時に、自ら「過剰さ」を演じてもいるところがおもしろい。語り手も負けてはいない。

ある意味ではクリフォードの言うことは正しかったのかもしれない。何らかのショックが必要だった。もしくは彼は人間の命の大海へと深く深く深く飛びこんでいかねばならなかった。沈みこんでその深みに身をひたし、それから浮き上がってすっかり覚醒し、力もみなぎり、まわりの世界や自分自身との調和を取り戻す。もしくは、さらに言えば、彼に必要なのは何より最大であり最後の救済としての死だったのだ！（166）

段落最後の「……死だったのだ！」（...death!）という箇所のエクスクラメーションマークに限らず、「深く深く飛びこんで」（take a deep, deep plunge）といった強調的な言い方や、「……それから浮き上がってすっかり覚醒し、力もみなぎり、まわりの世界や自分自身との調和を取り戻す」（then to emerge, sobered, invigorated, restored to the world and to himself.）といった羅列的な言い方にも表れているように、語り手の言葉は明らかに浮き足立っている。

クリフォードのこのような乱心の直後にピンチョン判事の訪問があり、物語は一気に佳境へと向かうことになる。そういう意味ではこの「過剰」な場面は、より劇的な「過剰」を用意する呼び水ともなっている。だがそれ以上にこの場面は、その唐突さにおいて物語展開に回収されきらない「過剰」を提示しているとも言える。だからこそ、この場面を通し、この小説に内在するポライトな世界独特の「適切さ」と「過剰さ」との抜き差しならない相克が、くっきりと前景化されるのである。

『七破風の屋敷』の読解を通して見えてくるのは、語りに表れた丁寧さが、より広範な〝丁寧のネットワーク〟の一部としても機能しているということである。丁寧さはもちろん〈語り手／読者関係〉にかかわるものだが、同時に、語り手と語られる対象、すなわち登場人物との間に生ずる関係の形でもありうる。『七破風の屋敷』ではそうした丁寧さを通して語り手の「思いやり」や「共感」が演出され、「見えないけれどわかる」とか「うまく言えないけれど、たしかにそうである」といったやや強引とも思えるレトリックに説得力を与えるのに成功している。

このような「共感」のレトリックは、小説世界全体の〝浸透的〟とでも呼ぶべき雰囲気を作り出している。個人同士がお互いわかりあったり影響を与えてしまったり、場合によっては同一化さえもしてしまうのが『七破風の屋敷』の世界なのである。それはお互いがお互いにとてもやさしくなれるような、ふんだんに恵みを与えあえるような、それこそ愛に満ちた世界でもあるのだが、その一方で、そのやさしく居心地のいい微温性と適切さは、過剰さや破廉恥さの絶えざる排除によってしか成り立ち得ないものである。全体としてみるとこの小説は、礼節がすべてを統制する安全地帯から遠く離れた、むしろ過剰さや破廉恥さや異常さが、ポライトで礼節に満ちた世界との間で絶えざる葛藤を繰り広げる場として立ち現れるのである。

『七破風の屋敷』では、ゴシック小説的な奇怪さや過剰さと、ポライトで礼節の意識に富んだ言葉や態度とが緊張関係を保っている。これは突き詰めると、ポライトで礼節の観念にあふれ、遠慮や思慮や慈愛に満ちている世界にこそ、暴力性や奇怪さや不気味さの種が宿されているという見方を喚起するかもしれない。英国でゴシック小説が流行した一八世紀から一九世紀という時代は、まさに巷に作法書が多く出回り、人々が盛んに礼節や丁寧さについて話題にし意識した時代でもあった。言葉に規範を求める声も強まり、科学的な言説のひな形も生み出されつつあった。そうした時代、人々の過剰さに対する感受性が研ぎ澄まされたのももっともなことだろう。アメリカにおける作法書の流行はやや遅れて到来したようだが、ホーソーンの時代にはすでに礼節をめぐってさまざまな言説が出回っていた。そうした中で、いわゆる名家の没落を発端にした『七破風の屋敷』の物語に、名家の末裔だからこそ意識せざるを得ないような規範やポライトネスへの強い意識が表現されたのは当然と言えば当然と言える。そうした意識を通してこそ、抑制と過剰、平穏と暴力、善意と悪意といった要因のきわどく接する世界が描き出されることになるのである。

第7章――やさしさと抑圧――ジョージ・エリオット『サイラス・マーナー』（一八六一）

翻訳文のですます調

近頃、英文学って、読む？　と小説好きの学部生に訊くと、書店に翻訳があったけど……でも、やめました、と言われることがある。理由は、「だって英文学って、科白が変だから」。たしかに同感である。たとえば次のような会話のかわされる小説を違和感なく読むのは難しい。


朝御飯がまだすまないうちに、天幕をはる人たちがやって来た。

「どこに天幕をはりましょうか、お母さま？」

「あのね、それはわたしにきかなくってもいいのよ。今年は何もかもあんたがた子供たちにまかせようと、わたしは決めているのよ。わたしがあんた方のお母さんだということ、忘れてちょうだい。特別のお客さまということにしてくださいな。」（キャサリン・マンスフィールド「園遊會《ガーデン・パーティ》」、(1)七）

「お母さま」とか「あのね」、「きかなくってもいいのよ」、「忘れてちょうだい」、「してくださいな」といった、いったい誰がこんなしゃべり方するんだ？　と言いたくなる科白の端々を見ていると、二〇世紀はじめのモダニズム期の作品がまるで時代劇のように思えてくる。学生の戸惑いも無理はない。しかし、この訳が悪いわけではない、とも思う。問題はむしろ日本語そのもの、とくにですます調をめぐる約束事にあるのではないだろうか。

すでにインタールード1でも触れたように、明治の言文一致以来、日本語のニュートラルな散文ではいわゆる「た」体が用いられるのがふつうとなり、ですます調はだんだんと特殊な使い方とされるようになっていく。もちろん、日常会話ではですます調は使われ続けているのだが、たとえば日本語の小説作品でも、多くの小説家は地の文の「た」体とのバランスをとるために、適当に差し引いたですます調を使っている。そうしなければならないくらい、文章におけるですます調には強烈なニュアンスがつきまとってしまう。

上記にあげたマンスフィールドに限らず、英国小説の翻訳では（あるいはロシア小説でも、インド小説でも）訳者は、作中かわされる会話を人間関係や歴史的コンテクストを反映させた形で、日本語会話モードの丁寧体に変換するのが慣例となっている。が、そういうときに、文章の中に登場するですます調が、コンテクストの移入という翻訳者の意図を越えてしまう、つまり、「これは会話です」とか「この人は上品なご婦人なのだ」といった指標であるにとどまらないニュアンスを持ってしまうところが厄介なのである。しかし、これは厄介ではあるけれども、おもしろいところでもある。

たとえば桝井迪夫訳『カンタベリー物語』の本文もですます調を採用しているが、どんな印象を与えるだろうか。

そんな季節のある日のこと、こんなことが起こりました。

じつは、わたしはとても敬虔な気持ちからカンタベリーへ念願の巡礼に出かけようと、サザークの陣羽織屋《ザ・タバード》に泊っておりました。

ところが夜になるとその旅籠屋に二十九人もの人たちが一団となってどやどやと入りこんできました。

この人たちはいろいろな階級の人たちで、ふとしたことから仲間になった連中でした。

彼らはみんな巡礼さんでカンタベリーへ馬に乗ってお参りしようというわけでした。（上、一三―一四）

訳者の「はしがき」には、この作品が「聴衆を意図した作品であるので、なるべくその口調を出すようにつとめた。すなわち、訳にあたって口に出して語るという基本的な態度をとった」とある。例の、会話の部分は『ですます』調に、という翻訳の基本ルールを斟酌したから、口に出して語られたという設定の『カンタベリー物語』もですます調になったのである。

ですます調のチョーサーは、しかし、単に「口に出して語る」感じにとどまらないニュアンスを放ってはいないだろうか。たとえば、何とも言えないやさしさ。優雅さ。心地よさ。甘さ。安心感。押しつけがましくなく、ちょっと控えめで、だからこそ誘うような引力。ほどよい嘘っぽさ。語り手が一枚上手の印象。こちらがサービスされている感じ。調和性と、それに伴う、「きっと、ちゃんと落とし前をつけてくれるだろう」という期待感。身分の意識。などなど。

なぜ「ですます」調に注目するのか

こうしたニュアンスが表現されうるのは、日本語のですます調の背後に、非常に陰翳豊かな「丁寧」の文化が存在するからである。もちろん、文章におけるですます調と、会話における敬語には細かい運用上の違いがあり区別することの必要な場合もあるが、我々がですます調から読みとるのが、敬語的な身振りから派生する何かであることは間違いない。

だからですます調には、ふつうの敬語的身振りと同じように、場合によっては『カンタベリー物語』にはなかったような悪意や戦略、権力さえもからみうる。たとえば江戸川乱歩の怪人二十面相シリーズは地の文もですます調だが、何より主人公の明智名探偵が、犯罪者を相手にした修羅場においても、「どなたか、度々御面倒ですが、下の応接間に四人のお客様が待たせてあるんですが、その人達をここへ呼んで下さいませんか」(二〇一)といった調子で、いちいちバカ丁寧な口調で語るのが特徴である。この紳士的な優雅さや穏やかさが微妙に悪意と攻撃性をこもらせたときの効果は明瞭だろう。

「ハハハ……、二十面相君、ご苦労さまだったねえ。最前から君は随分苦しかっただろう。目の前で君の秘密が、見る見る曝露して行くのを、じっと我慢して、何食わぬ顔で聴いていていなければならなかったのだからね」(二〇二)

敵を前にして微妙にそれまでのですます調をトーンダウンしつつ、それでも相変わらずある程度の丁寧さを保ちながら語る明智名探偵の、その独特のオーラを支えているのは、「丁寧」という装置に他ならない。丁寧だからこそ、悪意や敵意が際立つ。

この『怪人二十面相』のですます調についてはすでにインタールード1で詳しく見たので、この章ではこうした日本的ですます調と、これまで見てきた英語的な「丁寧」の考え方の類縁について考えておきたい。英語にはもちろん、文字通りのですます調はない。会話でも、can を could にするとか、do you mind ～ ing といったフレーズを使うなど、ごく限られた例を除いては簡単に「丁寧」を表す術がないので、日本人の英語学習者はしばしばとまどう（逆に、アメリカで PhD を取ってきた学生が、帰国してから急に敬語を使わなくなった、とか、横柄になった、という指摘もあったりする）。しかし、敬語は日本独特のもの、という旧来の通念は、すでに言語学や人類学の分野では時代遅れになりつつある。一九七八年のブラウンとレヴィンソンによるポライトネス理論の発表以来、敬語を日本語など少数の言語に限られた現象ではなく、より普遍的な人間の行動の一環としてとらえる試みが増えている(2)。ましてや、ヨーロッパ文化圏には、長く宮廷文化に発祥する「礼節」（civility）の伝統があり、一六世紀から一八世紀にかけての英国で礼節や会話に関する規範書が数多く出版されて、「丁寧さ」（politeness）が一種のキーワードとしてブームとなったことはすでに見てきたとおりである(3)。

翻訳日本語のですます調が、予想以上に何かを表現してしまうとしたら、我々はそこに過剰に溢れる「丁寧」を見て見ぬふりするよりも、むしろそうした事例をきっかけに、豊饒なる「丁寧」の世界の表現力にもっと敏感になるべきだろう。そういう心構えで、あらためてある種の英文学作品に注目してみると、小説的語りに潜んだ「丁寧」の興味深い相貌が明らかになる。日本語的な「丁寧」を横目でみやりつつ英語的「丁寧」を検分することで見えてくるものがある。

なぜジョージ・エリオットに注目するのか

以下、取り上げるのはジョージ・エリオット（一八一九―八〇）の『サイラス・マーナー』である。この作品はエリオットの作品群の中ではやや異色作とされることが多く、これを「魅力に富んだ地味な傑作」と評したF・R・リーヴィスも言うように、その「おとぎ話」（fairy tale）性が取りざたされてきた(4)。「魅力に富んだ地味な傑作」とは言い得て妙。たいへんよく書けているけど、まじめな小説とは一線を画して考えたいということか。もっと厳しい見方としては、主人公について「いかに純朴な田舎の人間といえども、サイラス・マーナーのように単純に考え、行動するはずがない。現実の人間はもっと複雑で陰翳に富んでいる。しかし、このころのエリオットの小説を考える上で奇妙なのは、彼女が知っているということに疑問を抱かなかったという点である」と、その描写の平板さや写実性の欠如を指摘し、作家の未熟性の表れとするものがある（吉田、二一四）。

確かに「おとぎ話」的とか「寓話」的とか呼ばれても仕方のない筋立てである。この小説の中心人物は、タイトルにもなっているサイラス・マーナーと、ゴッドフリ・カスの二人。てんかんを病む織工サイラスが陰謀にはまって生まれ故郷を追い出され、ラヴィロウにたどりつく、というところから物語ははじまる。この町の領主カス家には、内向的で優柔不断な長男ゴッドフリと、放蕩癖のある次男ダンスタンというふたりの息子がいる。ゴッドフリは、一見優等生の人生を送っているが、過去にある「過ち」を犯している。女性問題である。それが亡霊のようにゴッドフリを苦しめ、ダンスタンが金目当てにそこにつけ込む。ゴッドフリは過去の亡霊を追い払うことに躍起になっているが、忌まわしい汚点だったはずの亡霊は、問題の女性が行き倒れとなり、連れていた赤ん坊が偶然サイラスに助けられるところで大きな転換点を迎える。ちょうど財産を盗まれたばかりだったサイラスにとって、この子が神から与えられた黄金の恵に見えるのである。亡霊は恩寵へと姿を転じた。ここが物語のひとつの山場であり、ある意味では、もっとも「あり得ない」場面でもある。近代的ブルジョワ的内面を持つゴッドフリと、前近代的な無意識に覆われたサイラスとは、この小説の人物構成において明確な対称性をなしており、やがてゴッドフリにとっても、忌まわしいはずだった過去が天からの恵みに転ずるという所には、たいへんわかりやすいアイロニーが仕組まれている。その後、ある決定的な事件をきっかけにゴッドフリはすべてを告白する決意をするが、ゴッドフリにとっての「授かり物」は、サイラスにとっての「授かり物」でもあり、結局、近代的ブルジョワ人ゴッドフリのエゴが敗れ去る。まさに近代ブルジョワ的自意識（＝罪意識）がそのまま形になったようなストーリーなのである。

一般にエリオットのプロットづくりは巧妙で、メロドラマチックな意外性に満ちてはいるが、『サイラス・マーナー』の特徴はそれが恣意的なまでの明瞭なアイロニーを顕示し、背後の「意図」が鮮明なところである。エリオット作品の語り手は、あからさまな断言などを通しメタレベルから物語に介入することが多いともされるが、今見たように『サイラス・マーナー』の寓話性はそうした説教臭さを一層際立たせる。つまり、この作品の寓話的な教条性は、しばしば作家エリオットの弱点として指摘される部分をより露骨にさらしていると言える(5)。

ポライトネスのやさしさと断罪性

ところで、考えてみると日本語では、寓話にしてもおとぎ話にしても、なぜかですます調で語られることが多い（「昔々、あるところにおじいさんとおばあさんがいた」ではなく、「おりました」だろう）。児童文学というカテゴリーを中心に、年少者を読者に想定するものは丁寧体で語られることになっているのだ。先に引用した『怪人二十面相』にしても、読者対象は少年少女で、ですます調がこのことと関係していることは間違いない。なぜ年少者読者には丁寧に語りかけるのか？という問いは、インタールードで検討したものにとどまらない多くの興味深い問題をはらみそうである。すでに触れたように日本語の丁寧体には、「わかりやすい」という含みがある。だからこそ、年少者に限らず入門書などがですます調で書かれることも多いのだろう。と同時に、親切であるとか、ためになるとか、さらには、気持ちいいといった含みもある。語り手による「愛の横溢」もこのあたりとかかわる。が、これらと隠微な形でパラレルになっているのが、語り手の「自分の方がわかっているのだ」、「自分には教えを広める使命があるのだ」、「読者は何もわかっちゃいない」という姿勢である。

つまり、ですます調には、読者に対してやさしく思いやりがあり、サービス満点という側面がある一方、たいへん傲慢で、尊大で、冷酷でさえあるような面もある。エリオットの語りにもそのような要素は見て取れるのだが、これが読者に対するだけでなく、『七破風の屋敷』の場合と同じように、登場人物に対しての態度ともなっているところが興味深い。このことを確認するために、以下、先に触れた「あり得ない」場面の一部を引用する。ゴッドフリにとっての過去の女モリーが、復讐を誓い、すべての秘密を白日の下にさらすために、雪の中、赤ん坊を連れて徒歩で彼の家に向かう場面である。

　大晦日にレッドハウス屋敷でパーティがあることを彼女は知っていた。夫は皆に微笑みかけ、皆からも微笑みかけられ、自分のことはきっと心の奥に押しこんだまま。でも彼の楽しみを台無しにしてやる。汚いぼろのまま、昔はちょっとしたものだったのに今は見る影もなくなった顔で、乗りこんでやる。髪の毛と目もとが父親そっくりのこの子を見せて、領主に、自分はあなたの長男の妻だと言ってやる、と彼女は思った。惨めな境遇にある人間は、自分ほど惨めな境遇にいない人のせいで自分がこうなったと思いがちなものだ。(107)

There would be a great party at the Red House on New Year's Eve, she knew: her husband would be smiling and smiled upon, hiding her existence in the darkest corner of his heart. But she would mar his pleasure: she would go in her dingy rags, with her faded face, once as handsome as the best, with her little child that had its father's hair and eyes, and disclose herself to the Squire as his eldest son's wife. It is seldom that the miserable can help regarding their misery as a wrong inflicted by those who are less miserable.

この場面、she knewという形で、語り手が復讐に燃えるモリーの心理を代弁・解説するのだが、時折、語り手が語り口を変えて、一段上から説教めいた教条的な一言を述べたりもする。今の引用では、下線を引いた文がそれにあたる。

ここでは、ふたつの文体が拮抗しているのである。語り手がモリーと同化し、その気持ちの奥の部分を慮って代弁する箇所は、「皆に微笑みかけ、皆からも微笑みかけられ」(smiling and smiled upon)というような、やや冗長でまどろっこしい言い方をしたり、「汚いぼろのまま、昔はちょっとしたものだったのに今は見る影もなくなった顔で、乗りこんでやる。髪の毛と目もとが父親そっくりのこの子を見せて、領主に、自分はあなたの長男の妻だと言ってやる」(she would go in her dingy rags, with her faded face, once as handsome as the best, with her little child that had its father's hair and eyes, and disclose herself)というように、挿入節で同格的にどんどん文を引き延ばしていくようなスタイルを使う。具体的で詳細にわたり、わかりやすくて臨場感もあるけれども、同時に無計画で、感情に流された様子が示されるのである。これに対し、語り手がモリーから距離をおいて断罪するかのように教条的に語る It is seldom... のような文(傍線部)は、非常にタイトに凝縮された構文になっていて、miserable という語を上手に反復することにより、立場の反転するアイロニーを鋭く示す。授業時に学生に質問すると、訳せなかったりする箇所だろう。それもそのはず、ここではまさに「わかりにくさ」こそがポイントなのである。こういった部分には、古典的で典雅なバランス感覚と、熱狂しない冷静で取り澄ました「品」の良さ(decency)、さらに、容易には奥にあるプライベートな部分をさらけださないことによる控えめさ(modesty)や「偽装」(dissimulation)の思想まで読める。どれも、ポライトネスを実現するために必須のものとして、作法書などで推奨されてきたふるまいばかりである(6)。

「接近」のレトリック

このモリーの場面に典型的に表れているように、ジョージ・エリオットにおける唐突な教条主義の出現は、「丁寧」の問題と深く結びついている。エリオットの語り手は一方で感情移入という振る舞いを通して、やさしく同情的で、親切で、サービス精神あふれる態度を示し、穏やかで甘美なムードを生みだしている、つまりそういう意味で「相手を気持ち良くさせる」という「丁寧」の美学に沿っているのだが、そこから取り澄まして品を守り、相手と距離をおく、自分の真意を簡単には見せない、といった意味での「丁寧」に乗り移る瞬間があるのだ(7)。

続く部分でも同じようなスタイルの拮抗が見える。

モリーは、自分がこんなぼろをまとうことになったのも夫に見棄てられたためではなく、自分が身も心も阿片という魔物の奴隷になったためだとわかっていた。かろうじて母としてのやさしさだけは失なわず、飢えた子をこの魔物の生け贄にするまではしていないだけのことだ。モリーはよくわかっていた。しかし、それでも、阿片でもうろうとする前の惨めな気持ちの中では、窮乏と堕落の念が絶えずゴッドフリへの恨みへと変わっていくのであった。彼は不自由なく暮らしている。自分だって正当な権利を行使すればそういう暮らしができるはず。ゴッドフリが自分との結婚を悔い、辛い思いをしていると思えば思うほど、かえってモリーの復讐心は燃え上がるのだった。公正で自分に厳しいものの見方をとるのはたいへんなことだ。まったく濁りのない空気を吸い、天地のもっともすぐれた教えを受けたとしてもそうなのだ。ましてや、ホステスだったモリーにとっての天国と言えば、ピンクのリボンと紳士の冗談で満たされた場所がせいぜい。そんな汚れた部屋を、白い翼をはやした繊細な使者たちがどうして訪れよう。(107)

Molly knew that the cause of her dingy rags was not her husband's neglect, but the demon Opium to whom she was enslaved, body and soul, except in the lingering mother's tenderness that refused to give him her hungry child. She knew this well; and yet, in the moments of wretched unbenumbed consciousness, the sense of her want and degradation transformed itself continually into bitterness towards Godfrey. He was well off; and if she had her rights she would be well off too. The belief that he repented his marriage, and suffered from it, only aggravated her vindictiveness. Just and self-reproving thoughts do not come to us too thickly, even in the purest air, and with the best lessons of heaven and earth; how should those white-winged delicate messengers make their way to Molly's poisoned chamber, inhabited by no higher memories than those of a barmaid's paradise of pink ribbons and gentlemen's jokes?

前の引用と同じように、心理描写に際してMolly knewとか、She knewといちいち断ることで、登場人物をわかろう、接近していこう、という語り手の前のめりの姿勢が強調されている。エリオット作品における心理描写に特徴的な、少しずつ語り手がパズルを組み合わせるようにして情報を集め描き出していく方法をショーは「完成させていく過程」（perfecting process）と呼んでいるが（257-63）、ここでも語り手は一直線に論理とともにモリーの心理を描き出すのではなく、少しずつわからないものをわかろうとするような、つまりわかりやすさへのベクトルを努力とともに実現しようとするような、日本的敬意における「誠意」とか「まごころ」のレトリックを思わせる、「がんばり」のジェスチャーを示す[8]。

モリーの心理は、ときどきShe knewとかMolly knewという明確な指標を立てないと混沌としてしまうものなのである。どこまでを本人がわかっていて、どこまでをわかっていないのかさえ不分明。だからこそ、語り手が首を突っこんで読み解き整理してあげる、という救済の身振りが可能になる。

掘り出す、ほぐす、明らかにする、というのが語りの姿勢である。それが、傍線を引いた最後の部分まで来ると、自由間接話法による感情移入の姿勢を見せつつも、「わかりやすさ」に向けたベクトルが、「わかりにくさ」に向けたものに取って代わられる。ここへ来て、「公正で自分に厳しいものの見方」(Just and self-reproving thoughts)、「白い翼をはやした繊細な使者」(white-winged delicate messengers) などの一般論めかしたぼかしや、「まったく濁りのない」(in the purest)、「もっともすぐれた教え」(with the best lessons)、「せいぜい」(no higher memories than) といった比較表現による迂回などが目につき、「偽装」の文体への移行が見られるのである。とくに修辞疑問文は、明瞭なものをあえてクッションおいて不明瞭に語ることで効果を強めるという意味で、「偽装」のレトリックの極めつけだと言えよう。

なぜ丁寧なのか

モリーという登場人物をめぐって語り手のこのような二面性が露わになるのはなぜか。おそらく大事なのは、モリーが終始、自ら語ることを許されない、つまり声を与えられない人物だということである。『サイラス・マーナー』という作品では、物語の要所で秘密とその暴露がモチーフとなっており、そういう意味では典型的にメロドラマ的・ヴィクトリア朝的なのだが、こうした秘密が秘密たりうるのは、サイラスやモリーといった人物が言いたいことを言えないからでもある。それは単に彼らがそういう機会を持てなかったからではなく、秘密をちゃんと暴露するために必要な言葉を彼らが持っていないからである。小説中一言も科白を与えられないモリーはもちろん、サイラスにしても、いかにも教育を受けていない者の英語しか語ることのできない人物として描かれており、小説のクライマックスでサイラスとゴッドフリとの間でエピーをめぐる争奪戦が繰り広げられるときも、彼は発言権をエピーにゆだねている(「エピーよ、言っておくれ。お前の邪魔はしない。カスご夫妻に感謝しなさい」168)。

こうした声なき人物たちに対し、語り手は特権的に声を所有した存在として介入する。彼らの言葉を代弁することで、彼らをやさしく親切に救済しつつ、しかしまた、彼らをエレガントで冷静かつ冷淡な、偽装的な言葉で突き放しもする。そこでは必然的に、心地よさと冷酷さ、保護と支配、わかりやすさとわかりにくさ、善意と蔑視といった、「丁寧」の美学ならではの二面性が鍵となってくる。

英語における「丁寧」は、その根っこのところで言葉の特権性とつながっている。モリーやサイラスが自ら語ることを許されず、秘密を負うことを運命づけられているのは、彼らが正しい英語をしゃべれない、低級な言葉の語り手だからである。一八世紀、英語の規範化が進んだ際、英語の正しさと丁寧さとは密接に結びついていた。『チェスタフィールド卿の手紙』においては、チェスタフィールド卿ことフィリップ・スタンホウプはつねに英語の正しさと品の良さの問題とをセットで捉えているし(「しゃべったり書いたりするときには、誤った言い方をしなければいいというものではない。きちんと正しく上品でないとだめだ」177)、ジョナサン・スウィフトの模範会話集 *A Compleat Collection of genteel and Ingenious Conversation* に付された序文では、著者は自らの例文を「品があり高貴」(polite and ingenuous) と形容し、学校はこの本を教科書として採用して機知 (wit) と洗練 (politeness) を生徒に教えるべきだ、と宣伝している (111, 113)。むろん、サミュエル・ジョンソンが『英語辞典』の「序文」で次のように述べるときにも、「不適当」(improprieties) という言葉には低俗なものへの嫌悪感が見て取れるだろう。

どんな言語にも例外はある。これは困ったもので、元々はなくてもいいものなのだが、人間の抱える他の不備と同じく我慢しなければならないものだ。それが幅をきかせないようきちんと心にとめ、ひどくならないように万全を期さねばならない。しかし、同じように、どんな言語にも不適当な用法やおかしい用法がある。それを訂正し、間違いだと示すのが辞書学者の務めなのだ。(74-75)

英語の規範が確立されるとき、正しい英語はすぐれて階級的なものとしてとらえられていた。もともと「正しい英語」という規範を推進した人々の頭に、学者や宮廷を中心とした一部の特権階級の話す英語を標準にしようという中央集権的な英語観があったのである。ジョンソンの『英語辞典』の「序文」に表れた、「不適当な用法やおかしい用法」を正すという使命感も、言語的中央集権が意識されたゆえのものであることはいうまでもない(74-75)。

エリオットは『アダム・ビード』の有名な第一七章で、自らの語りの方法を鏡になぞらえ、すべてをわかってしまうことよりも、不可知性を通したリアリズムこそを自分はめざすとした。崇高の美学を拒絶し、巨大さや野心よりも、身近さや隣人へのシンパシーをこそ大事にするエリオットの姿勢をミラーは「あえて醜悪さを持ち上げる逆美学」(counter-aesthetic of the ugly)と形容する(70)。弱い者や声を持たない者、凡庸なものや些細なものに、善意に満ちた語りの「がんばり」によって形を与えるのが小説の機能における親切でやさしい、心地良さに向かおうとする部分だと考えられるだろう。しかし、まさにそうした代弁と救済の構造に、品のない英語から上品な英語に向けた志向、つまり、エリオットに抜きがたくある「正しい英語」のイデオロギーを見て取ることもできるのである。それが小説の今ひとつの機能、すなわち、接近することよりも遠ざけることをめざし、偽装し、美しい均衡の中にぴたりと静止させる、という「丁寧」の理念と地続きになっている。

我々が『サイラス・マーナー』のエリオットに読む甘さややさしさと、取り澄ました冷淡さや韜晦性とは、寓話らしさのジェスチャーに特有のですます調的な「丁寧」の表出ととることができるだろう。善意に満ちた「がんばり」においては「丁寧」は語り手の心構えや意図として実現されているが、一方、隠蔽と気品とは「丁寧」を形式面において完成させるのである。ここにpolitenessをキーワードにした、「正しい英語」という呪縛がからんでいるとするなら、そもそも語るということが英語的小説においていったい何を意味していたのか、という大きな問題を考える今ひとつの手がかりとなりそうである。

インタールード2——遠慮する詩人——宮沢賢治『銀河鉄道の夜』（一九三三）

ですますで行う祈り

語りの中で話し手が丁寧に振る舞うとき、そこにはどのような意図や感情がこめられるのか。結果として、何がおきるのか。すでにインタールード1では江戸川乱歩の『怪人二十面相』のですます調について考察したが、このインタールード2では宮沢賢治（一八九六—一九三三）の『銀河鉄道の夜』を素材にして少し違った角度からですます調の効果について考えてみたい。ここで注目したいのは、語りの形式としての祈りである。祈りは多くの宗教で不可欠な要素である。人間を越えた超越的なものを想定し、その超越者に語りかけ願いをかなえてもらおうとする——こうした行為は、人間の持つ宗教的な衝動のもっとも原初的な表れとなってきた。必ずしも宗教的とは言えない人間文化のさまざまな相においてさえ「祈り」に似た呼びかけや合唱が行われていることからしても、おそらく人間と言葉とを関係づける根の部分に〝祈り的〟と言ってもいい何かがあるのではないかと思わせる。

今、あらためて祈りの言葉に注目するのは、そこに児童向けの語りと共通するものがあるからである。キリスト教の例で考えてみよう。キリスト教の祈りでもっとも重要なのは「主の祈り」（Lord's

Prayer）と呼ばれるものである。この祈りは、イエス・キリストが直々に弟子に祈りの方法を伝授した際に、実際に唱えるべき言葉として示したものである。「マタイによる福音」には、イエスによるこの「伝授」の場面が示され、イエスが、祈るときには自分の部屋でしなさい、やたらと言葉を繰り返せばいいというものではない、といった注意をした上で、次のような祈禱の言葉を教示する。欽定訳の英語版とともに示す。

天にまします我らの父よ
願わくは
み名の尊まれんことを
み国の来たらんことを
み旨の天に行わるる如く地にも行われんことを
我らの日用の糧を今日我らに与え給え
我らが人に許す如く我らの罪を許し給え
我らを試みに引き給わざれ
我らを悪より救い給え
アーメン

Our Father which art in heaven, Hallowed be thy name.
Thy kingdom come. Thy will be done in earth, as it is in heaven.

Give us this day our daily bread.
And forgive us our debts, as we forgive our debtors.
And lead us not into temptation, but deliver us from evil: For thine is the kingdom, and the power, and the glory, for ever. Amen. （King James Version: Matthew, Ch. 6）

キリスト教の多くの会派ではこの部分を「主の祈り」として、ミサや個人の祈りのための定型として重視してきた。英語では現在は「あなた」を意味するthouをyouで置き換えるのがふつうだが、その他についてはこの数百年ほとんど変更されていない。

この「主の祈り」には祈りならではの特徴がよく出ている。「父よ」（Father）という呼びかけからして、超越者を「大人」と、信徒を「子供」と見立てる視点が明瞭で、その後に続く「与え給え」（give）、「許し給え」（forgive）、「救い給え」（deliver）といった命令形にも、弱小な者が強大な者に庇護を乞うという関係性がはっきり出ている。インタールード1では『怪人二十面相』の丁寧な語りの口調に「たくさん語る」「贈与する」「恵を与える」というニュアンスが織りこまれているのを確認したが、ここでは逆に恵を与えられる側からの呼びかけという形で、〈弱小・強大〉という相互関係が表現されている。語ることが〝量〟を介した善意のやり取りに結びつくという意味では、ここにも愛の論理の表れを見てとることができるだろう。

ただ、おもしろいことがひとつある。今示したのは日本のカトリック教会で長らく「主の祈り」にあてきた日本語訳である。文語体でやや古めかしいが、カトリック教会の信者は長年この祈禱文を暗唱してきた。ところが、二〇〇〇年にこの祈禱文が以下のように正式に変更になったのである。

天におられるわたしたちの父よ、
み名が聖とされますように。
み国が来ますように。
みこころが天に行われるとおり地にも行われますように。
わたしたちの日ごとの糧を今日もお与えください。
わたしたちの罪をおゆるしください。わたしたちも人をゆるします。
わたしたちを誘惑におちいらせず、
悪からお救いください。
アーメン

比べてみてどうだろう。多くの語彙が入れ替わっておりかなり印象が違う。中でも大きな相違点は「給え」という表現が「お与えください」等に変更されている点である。元々「給え」は位が上の者が下の者に何かを与えるときに使う語で、その行為を行う者を敬うというニュアンスがある。これに対し「お与えください」で敬意がなくなるわけではないが、「給え」にあったような明瞭な上下意識は薄れ、漠然とした普遍的な丁寧さの方が前面に出ている。

このような「丁寧の拡大」は信者と超越者との関係に変化が生じたことを示唆しないだろうか。そこからは、現代社会で宗教が持つ役割の変質を読み取ることもできる。絶対者の権威の失墜、宗教の通俗化といった問題もからんでくる。ただ、それだけではないような気もする。現代における宗教の新たな傾向が、祈りの言葉におけるですます調の採用に表れているのだとするなら、あらためて宗教の中でですます的な態度がどのような意味を持ちうるかということを考えてみてもいい。逆にそこから、丁寧という態度の持っている潜在力のようなものを読み取ることもできる。

ジョバンニはなぜ答えを言わないのか

宮沢賢治の『銀河鉄道の夜』に目を移そう。まず注目したいのは、出だしの部分である。この先、「白くけぶった銀河帯」と描かれる場所に、主人公のジョバンニ少年がいつの間にか足を踏み入れるという場面があるのだが、この冒頭部はそうした行く末をぼんやりと想像させるような、手招きするような書き出しになっている。


「ではみなさんは、そういうふうに川だと云われたり、乳の流れたあとだと云われたりしていたこのぼんやりと白いものがほんとうは何かご承知ですか。」

先生は、黒板に吊した大きな黒い星座の図の、上から下へ白くけぶった銀河帯のようなところを指しながら、みんなに問をかけました。

カムパネルラが手をあげました。それから四五人手をあげました。ジョバンニも手をあげようとして、急いでそのままやめました。

たしかにあれがみんな星だと、いつか雑誌で読んだのでしたが、このごろはジョバンニはまるで毎日教室でもねむく、本を読むひまも読む本もないので、なんだかどんなこともよくわからないという気持ちがするのでした。（二三四）

よく知られているように『銀河鉄道の夜』は四回にわたる改稿をへた作品で、この出だしも最後の第四稿で初めて追加されたものである。しかし、しばしば論文のイントロダクションを最後に書くことが推奨されるのと同じ理由で、最後に書かれた書き出しであればこそ、より適切に作品の全体を見渡すことができる。

　実際、この冒頭部にはこの作品ならではの言葉遣いの独特さが、一種の偏りとして表れている。たとえば「ご承知ですか」とか「みんなに問をかけました」、「手をあげようとして、急いでそのままやめました」、「たしかに……読んだのでしたが、このごろはジョバンニはまるで毎日教室でもねむく、……なんだかどんなこともよくわからないという気持ちがするのでした」といった言葉遣いにもそれは見られる。いずれもジョバンニの「なんだかどんなこともよくわからない」という感覚と結びつき、世界をぼんやりと煙った空気の中に描き出すことにつながっている。

　ここで印象づけられることのひとつは〝持続〟である。『銀河鉄道の夜』は全編にわたってわかるようなわからないようなぼんやりとしたあいまいさに覆われ、薄皮一枚隔てたような、なかなか到達しない感覚を出しているが、そうしたわからなさの持続は、ですます調とそれに伴う丁寧表現のおかげで可能になっている。「ご承知ですか」とか「みんなに問をかけました」といったですます調をうまく利用することで語り手は、言葉と対象との間にクッションを置き、すべてを語ってしまうことを回避するのである。

　ジョバンニ少年が銀河鉄道と出会う場面にもそれはよく表れている。これは小説の山場でもあり、非常に美しい場面である。

するとどこかで、ふしぎな声が、銀河ステーション、銀河ステーションと云う声がしたと思うといきなり眼の前が、ぱっと明るくなって、まるで億万の螢烏賊《ほたるいか》の火を一ぺんに化石させて、そら中に沈めたという工合《ぐあい》、またダイアモンド会社で、ねだんがやすくならないために、わざと穫れないふりをして、かくして置いた金剛石を、誰かがいきなりひっくりかえして、ばら撒いたという風に、眼の前がさあっと明るくなって、ジョバンニは、思わず何べんも眼を擦ってしまいました。（二四九）

それほど短くはない一節で、全体はひとつの文で書かれている。つまりですます調の目印となる語尾（ここでは「しまいました」）は一度現れるだけである。だが、この語尾に到達する前に、わからなさと丁寧さとが一緒になったような表現がたくさん挿入されているのである。下線を引いたのはそういう箇所である。たとえば「どこかで、ふしぎな声が」とか「思わず何べんも眼を擦って」というのは、不明さを表す常套的な言い方だ。「ふしぎな声」を聞くのは昔から神秘的な宗教体験のひとつと考えられていたし、「思わず何べんも眼を擦って」とあるのは、ジョバンニ少年が自分の「知」の限界を自覚している証拠とも言える。

そうしたわからなさを取り巻くようにして、「まるで〜という工合」とか「誰かが〜風に」といった喩えが使われているが、『怪人二十面相』にあった「お天気の挨拶」の喩えとは違って、ここでの比喩の使われ方には「とてもうまく言えなくて、仕方がないから比喩を使うのです」とでもいうような、舌足らずさを補おうとする身振りが感じられる。比喩を使うにあたっては『怪人二十面相』のような〝語りの出しゃばり〟よりも、〝語りの引っ込み〟が意識されているのである。「そら中」とか

「誰かが」といった、指示している対象がはっきりしない言い方や、「いきなり」とか「眼の前がさあっと明るくなって」といった、こちらが呆気にとられて状況に翻弄されていることを示唆する描写も、語り手の全般的な力なさを印象づける。

どうやら語り手はこうして不能感を前面に出すことで、引き替えに何かを得ているらしい。『怪人二十面相』では語り手は、しつこく過剰な語りを語ることでこちらに違和感を抱かせ、自らのいかがわしさを通して、怪しさの極地をいく怪人二十面相という登場人物を語った。語り手としてちょっと失格と見えるくらいのうるささやぎこちなさを見せつけることが、語り手を目立たせ、物語に「出っ張り」を与えてもいた。

この「出っ張り」という比喩をそのまま応用するなら、『銀河鉄道の夜』の語り手は「凹み」こそがその特徴になっているのである。『怪人二十面相』は口数の多い小説で、そのですます調も「多量さ」を印象づけるのに大きな役割を果たしていた。『銀河鉄道の夜』の語り手も決して口数が少ないわけではなく、同じように丁寧特有の「多量さ」が〝愛〟の論理を仄めかしてはいるのだが、それはどこか寡黙にも感じられる。語り手が何かをなかなか言えなかったり、うまく説明できなくてあきらめたり、呆気にとられたり、呆然と立ちすくむというジェスチャーが目につくのである。

結果、どうなるか。私たちは語り手が語ろうとしている対象がいわく言い難く、奥深く、そう簡単には知り得ないということを印象づけられるかもしれない。この語り手はうまく物語を語りきれない様子を示すことでこそ、物語世界を構築しようとする。突出感によってではなく、欠落、喪失、不在、不明といった、いずれも「凹み」とでも呼ぶべき穴をあちこちにしつらえることで、「世界」らしさを作ろうとしている。

村瀬学はこうした特徴をとらえて、『銀河鉄道の夜』には「知る」ことをめぐる葛藤が表出していると言う。冒頭部が後から書き加えられたことには次のような意味があると村瀬は考える。

『銀河鉄道の夜』という作品は、この「知る」という仕組みそのものをめぐって展開させられているところがあったのである。第一次草稿、第二次草稿とはじめのうちは、この主題は正面きって出る様子はなかったのだが、ある程度の草稿ができて賢治は、この作品の基本的な性格を再認識することができていった。（二六）

たしかにこの作品には「知る」という行為を、そう簡単にはいかない複雑なこととして意識しようとする姿勢が読める。それは認識をめぐるすぐれて内省的な思索にも通ずるものだろう。ただ、その一方で、「ご承知ですか」というような言葉遣いなどから読み取れるのは、「知る」という行為がそこに共に参画する他者をも巻き込んだ作業として提示されているということである。

そもそも何かをわからないと疑問に思ったり、誰かに尋ねたり、謎めいたものを畏怖するといった一連の態度には、真理に対して一歩へりくだり、また、知や智者を敬うという姿勢が見える。宗教的敬虔さにも通ずるような、知ることについての畏れがそこにはある。賢治の童話創作が元々法華経の布教活動の一環として行われたことはよく知られているが、そういう意味でも黒板の前に立つ先生や、その先生の問いを受け止める生徒が、わからないものを畏怖することを通して宗教信者のような従順さを見せるのも当然なのかもしれない。(1)

しかし、そういう一連の態度が「ご承知ですか」というようなやや過剰なまでのですます調と不即不離の形で表現されているところはやはり独特である。「わからないもの」をめぐって問いを立てたり、不思議がったりする一連の態度の根底に丁寧というジェスチャーがからむことで、超越者に対する畏怖にも何らかのニュアンスが加えられているように思えるからである。

登場人物の「おとなしさ」

このことは賢治の作品の登場人物や語り手に通底する「おとなしさ」の問題ともかかわってくるだろう。賢治の主体性についてはすでにさまざまな議論がなされてきた。たとえば天沢退二郎は賢治の語り手に見られる受動性に注目し、彼のテクストが「書取《ディクテ》されたテクスト、すなわちディクテクストdictexte」となっていると言う。それは「自然 nature の発信」に耳を澄ませて書き取ったものなのであり、だからこそ、一種の「経文」としての宗教性を持ちうる（一七七―七九）。

だが、外からの声をまるで自分の声であるかのように内在化させるこうした賢治のやり方には危うさも伴う。見田宗介はそこに「自己自身の矛盾」の危険を見ている。

> 自我がひとつの複合体であるということは、原理としてはあのインドラの網のように、それぞれの個がすべての他者たちをたがいに包摂し触発しながら、しかもたがいに犯すことなく並びたつ明るい世界の可能性を基礎づけるものだ。けれどもその自我の内部にひしめく他者たちが、たがいに相克するものであるかぎり、複合体としての自我は、矛盾として存立せざるをえない。（八三）

たしかに『銀河鉄道の夜』のですます調には一歩引くような抑制感ややわらかさがあり、果てしなさや遠さ、尽きることのない謎めいた感じなどを引き出すが、それは同時にどこか足下の安定しない危うさにもつながる。作品中の言葉の使い方にもその不安定さはよく表れている。

気がついてみると、さっきから、ごとごとごとごと、ジョバンニの乗っている小さな列車が走りつづけていたのでした。ほんとうにジョバンニは、夜の軽便鉄道の、小さな黄いろの電燈のならんだ車室に、窓から外を見ながら座っていたのです。車室の中は、青い天鵞絨《びろうど》を張った腰掛けが、まるでがら明きで、向うの鼠いろのワニスを塗った壁には、真鍮の大きなぼたんが二つ光っているのでした。(二四九)

傍線を引いた箇所のうち、たとえば「気がついてみると、さっきから」といった部分は先の引用にあったような、状況に翻弄された感じを引き継いでいる。また「ごとごとごとごと」といった擬音の多用には、頭でわからないことを、感覚をたよりに知ろうとする傾向が見てとれる。「ほんとうに～座っていたのです」とか「まるでがら明きで」といった表現にも、理解し難い不思議な展開の中を、たったひとりで漂っていく無力感のようなものが感じられる。何より注目に値するのは、「走りつづけていたのでした」「座っていたのです」「いるのでした」と続く語尾の「の」である。そこにはちょっとおおげさで強調的な口調をこめた「のです」「のでした」といった言い方ならではの、神秘的なものに対する瞠目が見てとれる。いちいちの事態が驚きとともに受けとめられている様子がこうした語尾には表れている。

そこで思い起こされるのが、このような喪失感や不明感は、私たちが社会の中で子供に付与しようとしているイメージと重なるということである。私たちは信じている。子供は弱いものである、だから強いものには圧倒される、と。子供はわかっていない、だから世界を不思議なものとして感じいつも新鮮な驚きを覚えている、と。こうして「子供向け」の語りを意図する語り手は先廻りするかのようにして、「ほら、すごいよ」とその驚きを代弁してあげるのである。

しかし、実状はどうだろう。たしかに子供は弱いのかもしれないし、また、わかっていないのかもしれない。変に世界を整理したり理解したりしていないから、いちいちの事態を疑念とともに手探りしながら受け入れようとすることはない。ただ、そこで見逃してはならないのは、子供の弱さや無垢さをいちいち強調しようとする語り手の姿勢である。

ですます調とそれに伴う一連の語り口には、このように導いて方向付けようとする衝動がたいへん強く感じられる。この方向付けは、おそらく宗教書や児童書というジャンルを特徴づけるものでもある。およそあらゆる文章には「イデオロギー」が見出されるのだろうが、宗教書や児童書の場合、それは隠されているのではなく、むしろおおっぴらに表現される。「私はあなた方読者を特定の方向に連れて行こうとしていますよ」という身振りが、目に見える形でことさら見せつけられている。そういう誘いや導きをもっともわかりやすく示す指標は、程度の甚だしさを極端なレベルにまで持っていこうとする、いわば「すごさの語り」とでも呼ぶべきものである。たとえば、「これから、すごいことを言うから、是非、ついて来なさい」というようなニュアンスを出すことで「導き」の構えは明瞭になる。ここにも、微妙に西洋的な「崇高」と重なりながら、読者に対する語り手のお節介なまでの〝愛〟を示すスタンスが見て取れる。

導きがはらむもの

しかし、そもそもこのような「導き」を根本のところで用意するのは、語られる声の周囲に張り巡らされた、人と人との微妙な距離でもある。『銀河鉄道の夜』では、語り手とジョバンニ少年の心理とがかなり同化し、語り手の「どうにもうまく語りきれない」という感じも、ほぼジョバンニ少年の視点と重なっている。語り手が「気がついてみると」と言うとき、ほんとうは気がついているのはジョバンニ少年なのである。しかし、それにもかかわらず語り手は、あくまでジョバンニ少年の代理として語っている。二人は決して同一化してはいない。背後から寄り添うようでいながら、少し間が空いている。語り手とジョバンニ少年が同一ではないということは最後まで示されているのである。

これはどういうことだろう。今にも同化しそうでしない。あくまで至近距離から寄り添って語る。考えてみれば、「導き」を一種の行為として完遂するためには、導く側と導かれる側が重なってしまってはいけないのである。接近しながらも同化してはいけない。

このような導く／導かれるという関係のあり方をあらためて考えるうえで参考になるのが、「共視」という概念である。二人の人物がともにひとつの対象を眺める「共同注視」(joint visual attention)。母と子が共同的な行為として行う「共視」が浮世絵像の中に図像化されていることに北山修は注目したわけだが、このような三角関係的な対象とのかかわり合いが言語の習得や文化の継承に際して重要な役割を果たしているからこそ、児童文学でも共視的な語りが広まってきたのかもしれない。

共視においては見られる対象はひとつでも、それを見る視線は多義的である。一方の視線は導く視線。もう一方の視線は導かれる視線。その向こうに浮かび上がる対象も、そういう意味では多義的とならざるをえない。対象のあり方は主体と客体という一対一の関係性の中で確定するだけでなく、それを見やるふたつの視線の間に生まれる、お互いに対する意識などにも影響される。たとえば教え導く側と導かれる側との間には、遠慮、焦り、苛立ち、誤解、共感、感謝といった、人と人のやり取りに抜き難くからんでくる微妙な心理が生じる。それらが、対象のとらえ方にも影響を与えるのである。

したがって、このような三角関係は必ずしもいつも安定した順調なものではない。『探求Ⅰ』で文化にひそむ「教え―学ぶ」関係に注目した柄谷行人は次のような点を問題にした。

> たとえば、だれでも、自分のいうことが他人に「意味をなす」(make sense)と確信することはできないし、自分の生産物や労働力(商品)が他人に売れることを確信することはできないだろう。つまり、記号・形式(それがどんな素材であってもよい)の差異性が意味を成り立たせるというようなことではなく、そもそもその前に、そのような記号・形式で何かを「意味している」ことが、《他者》にとって成立するか否かが問題なのだ。あるいは、そこに存する無根拠的な危うさが。(四八―四九)

自らの発している言葉が相手にとってまったく意味をなさないかもしれないという予感は、語り手にとって寒気を引き起こすものかもしれない。しかし、「教え―学ぶ」関係を前提にすればそのようなギャップはある意味では織りこみ済みのものとなる。共視というモデルはまさにそうした不安をやわらかく受け流す装置とも言える。そして、ですます調に織りこまれた共視的な〝導きの距離感〟にもそうした柔軟性は仕組まれている。

丁寧と裏切り

距離感がある以上、そこには葛藤が生じうる。と同時に、それは新たな物語の芽ともなる。至近距離から登場人物に語りかけたり、その気持ちを代弁したりする語り手がいると、登場人物と語り手の間には導き／導かれる関係が生ずるが、そうした関係そのものにも潜在的に物語性がありうる。何しろ「教え—学ぶ」関係は、予定通りに進むとは限らない。語り手の言うことを登場人物がすべて素直に受け入れるわけではない。語りにいくばくかの嘘があるのではないか、間違いもあるのではないかといった疑念が生じうる。

第7章でジョージ・エリオットの『サイラス・マーナー』を扱った際にも確認したように、ですます調に伴う丁寧さには登場人物と語り手との間の、やや他人行儀な遠慮が反映される。それは遠慮であり、距離であり、ギャップであり、場合によっては決定的な無理解や不信、反感にさえ結びつく。両者の間が障害物なしの信頼関係で直結されているわけではないからである。

千葉一幹はジョバンニとカンパネルラとの間の「裏切り」について言語論と結びつけた興味深い考察を行っているが、そこにもですます調特有の距離感と関係のある問題が析出している。千葉によれば、ジョバンニとカンパネルラは、始めはふたりの間でだけ通用するような「私的言語」を語り合うことで友達としての絆を深めあっている。ジャーゴンや愛称を用いた言葉のやり取りは外部に対して回路を閉ざそうとするものであり、そのことによって第三者を排除し話者たちの連帯は強められる。しかし、言葉が言葉として機能するためには、そこに反復可能性がなければならない。いや、そもそも言葉というものは使われているうちに自然と規則性を生成してしまう。この規則性ゆえに、どのような言葉も私的なものでありつづけることはできない。規則を持つ以上、そこには第三者が介在する余地があるからである。「言葉は、つねに第三者に向けて開かれているのです。どのようなジャーゴンであっても、完全に内閉することはできないわけです。ここに、裏切りの問題の核心があります」と千葉は言う（九一）。ジョバンニとカンパネルラの場合も、ふたりの言葉を理解してしまう第三者の出現がきっかけとなり、その絆が壊れて「裏切り」が発生することになる。その役を果たした第三者は、銀河鉄道に乗り込んできた「かほる」であった。

かほるがカムパネルラの横に座り、ジョバンニの横にその弟のタダシが腰掛けます。カムパネルラとかほるは、やがて窓の外に広がる光景に心を奪われ、親しげに会話するようになります。カムパネルラをかほるに取られたように思ったジョバンニは、ふさぎ込んでしまいます。嫉妬です。すねたジョバンニは、気を遣って彼に話しかけるかほるも無視してあらぬ方を見ているばかりです。（中略）

ひとり取り残されたように感じたジョバンニは、「ああほんとうにどこまでもどこまでも僕といっしょに行くひとはないだろうか。カムパネルラだってあんな女の子とおもしろそうに談《はな》しているし僕はほんとうにつらいなあ」と慨嘆するばかりです。この言葉は、カムパネルラこそどこまでも自分といっしょに行ってくれる友だと思っていたのに裏切られたということを暗に語っています。（千葉、九二―九三）

一見、ごく素朴な「嫉妬」の場面と見えるが、千葉の言うようにここでは言葉のやり取りが話し手と聞き手の間の一対一の関係では完結せずに、第三者の参画による「裏切り」を呼び起こしてしまった可能性が示されているとも読める。こうした「裏切り」は物語の発端となりうる。千葉も言及するルネ・ジラールの「欲望の三角形」のモデルが示すように、第三者なり第三項なりというものは対面するふたりの間の関係を妨害するだけではなく、ふたりの間に、お互いに対する欲望をも促す。

先に『怪人二十面相』の引用を見たとき、ですます調には約束事を共有した社会ならではの拘束感と安心感とがともにあることを確認した。不自由さと先行きの見える安定とが表裏一体になっている。これに対し『銀河鉄道の夜』のですます調はやや事情が違う。語り手は不明感や喪失感にとりつかれている。ここでは「教え—学ぶ」関係の不安定さが前面に出ているのである。〝導き〟は成功するか失敗するかわからない。そんな状況の中で言葉が語られている。「教え—学ぶ」関係が成功して語り手の言葉が意味を成すのかどうか、究極的にはわからない。しかし、意味を成さないともいいきれない。意味を成しそうでもある。そのあたりを、意味を成すのだろうか……成さないのだろうか……とためらいまじりに探るような態度が、ですます調を通してうまく表現されているのである。

『銀河鉄道の夜』の中に読み取れる何とも言えない寂しさはそのような事情とも関係している。導く／導かれるという関係性に織りこまれた、教えられてしまうのかそれとも拒絶するのかという相克の中で、ある寂しさが創出されることになる。一見、美しいと見えるような場面にも葛藤の芽はひそんでいる。

「あすこへ行ってる。ずいぶん奇体だねえ。きっとまた鳥をつかまえるとこだねえ。汽車が走って行かないうちに、早く鳥がおりるといいな。」と云った途端、がらんとした桔梗《ききょう》いろの空から、さっき見たような鷺《さぎ》が、まるで雪の降るように、ぎゃあぎゃあ叫びながら、いっぱいに舞いおりて来ました。するとあの鳥捕りは、すっかり注文通りだというようにほくほくして、両足をかっきり六十度に開いて立って、鷺のちぢめて降りて来る黒い脚を両手で片っ端から押えて、布の袋の中に入れるのでした。すると鷺は、螢のように、袋の中でしばらく、青くぺかぺか光ったり消えたりしていましたが、おしまいとうとう、みんなぼんやり白くなって、眼をつぶるのでした。ところが、つかまえられる鳥よりは、つかまえられないで無事に天の川の砂の上に降りるものの方が多かったのです。(二六五)

不思議な場面である。いったい何が起こっているのだ、という驚きの視線が語り手とジョバンニ少年に共有されている。その驚きの中にあって、「がらんとした」とか「すっかり」、「ほくほくして」、「ぺかぺか光ったり消えたり」、「おしまいとうとう」など、語り手が少年らしい語彙を選びながら歩み寄るようにして語ることで、寄り添いのジェスチャーは強調される。

この「寄り添い」が示すのは表向きは平安と調和に満ちた世界かもしれない。ちょっと乱暴で、貪欲で、動物の生き死ににもかかわるような生々しい風景が、ですます調のやわらかさを通して毒抜きされ、幻想的な色彩へと変換されている。このような世界ではそもそもほんとうの暴力はあり得ないのかとも思わせる。少年やそれを取り巻くあらゆる世界の事物を、ですます調特有のやさしいクッションが覆っているから。しかし、それはたしかに安心感に満ちているように見えるけれど、同時に、導くこと＝教えることの不可能を予感した仮の安心感のようにも読める。むしろこのようにやさしく語り寄り添おうとすることこそが、語り手と少年との間の距離を露出させてしまう。

そういう意味ではですます調による「導き」の身振りそのものに、すでに「裏切り」の可能性がこめられているのかもしれない。対象物を共に見つめるという三角構造をへて初めて実現されうる〝導き〟の身振りは、まさにそれが第三者を巻き込んだ三角構造を基盤にしたものであるゆえに不安定なものなのだ。冒頭で触れた「主の祈り」のですます調に表れていたのも、この不安定さと見ることができる。ですますを採用することで祈りの言葉は一見、よりやわらかい近づきやすい調子を帯びるとも思えるが、丁寧である以上、そこには間違いなく「遠慮」が身振りとして混淆している。それは遠慮であり、距離であり、小さな断絶であり、さらには超越者をめぐる三角関係の示唆ともなっている。

そういう意味では、ですます調を採用し祈りの言葉を一般に向けて開くことが、まさに「裏切り」を呼びこむ契機となっているのではないかという解釈にも通じるのである。しかし、考えてみるとアダムとイブの楽園追放にはじまり、「ヨブ記」、キリストの礫など、聖書には裏切りをテーマとした物語が満ちあふれている。日本のキリスト教会における「主の祈り」の翻訳改定に限らずとも、キリスト教的な信仰にはつねに「裏切り」の物語が介在してきた。「主の祈り」のですます問題はそのことを私たちにあらためて確認させるのである。

III

――「愛」の新しい作法――

二〇世紀の英・米・アイルランド

第8章——性の教えと不作法——D・H・ロレンス『チャタレー夫人の恋人』（一九二八）

ロレンスの善意

小説の語り手は果たして「いい人」なのだろうか。多くの語り手はたいへん熱心かつマメで、聞き手に対して親切。頼まれてもいないのに無償の贈与を行うかのように、愛の横溢とでも呼ぶべき態度をとる。見るからに善意にあふれている。しかし、語りは徹底的に「形」に縛られた行為でもある。だから善意もまた、「善意の形」を身にまとうことを求められる。そうなると語りは、単なる愛の横溢ではすまない、複雑な様相を呈することになる。

本書でとりあげてきた題材では、いずれも語りと作法とが密接にからんでいた。すでに触れてきたようにイギリス小説の源流のひとつは作法書にあったのであり、サミュエル・リチャードソンの『パミラ』などを代表例に、人生の振る舞い方を教えることは初期の小説の重要な任務とされていた。しかし、小説と作法書とが完全に重なったわけではない。作法の指南を目的にすることが多かったにせよ、小説はより自由な形式として、他ならぬ作法そのものや、その土台にある考え方をも観察・描写し、ときには批判の対象ともした。

こうした流れの背後には「善意の文化」があった。小説の語りはそこに敏感に反応したのである。善意の表出が人間関係の柱となると、語りにもさまざまなルールが適用される。それは一方では小説技法の洗練にも結びついたが、他方、抑圧的な装置としても働くことになる。善意は、縛りともなったのである。

これまでジェーン・オースティンの『高慢と偏見』やルイス・キャロルの『不思議の国のアリス』を読みながら確認したのは、「善意の文化」の中でたいへん居心地の悪い思いをした人たちがいたということである。そうした居心地の悪さが「不機嫌」や「イライラ」につながり、独特な反応を生み出していった。善意の文化に居心地の悪い思いをするような感性にとっては、善意をめぐる決まり事への反発や当てこすりや裏切りこそが、表現行為の動機となる。語りは愛や善意の横溢どころか、悪意や皮肉や毒や、不機嫌やイライラの集積した危険な行為とさえなる。

とはいえ、こうした「悪意の文化」が実は「善意の文化」と表裏一体であることは忘れてはならないだろう。『チェスタフィールド卿の手紙』にも如実に表れていたように、「善意」と「悪意」の境目は紙一重なのである。その紙一重のすぐ向こう側に、愛にあふれた、あるいは毒に満ちた世界が広がっている。

この章でとりあげるD・H・ロレンス（一八八五―一九三〇）の『チャタレー夫人の恋人』は、小説語りと作法の葛藤が極点にまで達した作品とも見える。何しろ、そこには「憎む」(hate) という言葉があふれている。まるで他の感情表現の言葉を知らないかのように、人物たちは hate という表現を頻用する。彼らが憎む対象は決して一様ではないのだが、大きな争点となっているのが「上流社会」(polite society) であるのは間違いない。polite という語が象徴的に示すように、上流社会では作法の拠り所とされるような洗練された「善意の文化」が守られているはずなのである。ロレンスはそれを明確なターゲットとして、善意の仮面を粉砕しようとする。hate という行為はその最大の武器なのである。

しかし、それではこの小説で繰り広げられるのが純然たる「憎しみの語り」なのかというと、事はそう単純ではなさそうである。たしかに『チャタレー夫人の恋人』は、小説作法から自由になろうとする小説家の態度をあからさまに示した作品とも見えるが、たとえ小説というジャンルから解放されたとしても、語りという行為がその根本に抱えた拘束から自由になるのはそう簡単ではないのである(1)。

『チャタレー夫人の恋人』を語るのは誰か

『チャタレー夫人の恋人』はその骨格だけを見ると、意外とふつうの小説である。戦争の怪我が元で若くして不能になったチャタレー卿は、妻を性的に満足させることができない。元々上流階級の人々が上品な仮面の裏側で性的に放縦な生活を送りがちであることはよく知られている。これに家長の不能という事情も加わって、チャタレー家には性的な奔放さを許容する空気が漂っている。そして案の定というべきか、妻のコンスタンスは婚外交渉の世界に足を踏み入れていく。彼女が夢中になった相手が庭師のメラーズだったのは夫としてみると「想定外」だったかもしれないが、物語としてはそれほど奇想天外なものとはいえない。サンダースも指摘するようにフロベールの『ボヴァリー夫人』をはじめとして、このような「不倫に走るブルジョア婦人」という人物像は一九世紀の文学作品ではおなじみのものである(182)。

しかし、そのような一見ふつうの題材を基にした『チャタレー夫人の恋人』には、いくつかの点で尋常ならざるところがあった。第一は言うまでもなくその性表現の露骨さである。作品が日の目を見るまでに長い道のりを辿ったのもそのためである。何しろはじめは、書き上げた作品を清書してもらうことさえできなかった。ロレンスがタイプによる清書を依頼したフィレンツェ在住の女性作家は、第五章まで仕上げたところで先に進むことを拒否した。ようやく別のタイピストを手配しても、こんどは出版がままならない。付き合いのあったロンドンのマーティン・セッカーやニューヨークのアルフレッド・クノプフといった出版社に原稿の写しを送ったものの、とても出版できる状況ではなさそうだった。何とかフィレンツェの古い印刷所を見つけて発注したものの、植字工が英語をまるで知らないことは諸刃の剣となった。ロレンスによると組版の作業は職人が酔っぱらいながら行い、そのためにありとあらゆる誤植が生まれたという。ようやく修正版が出版されると早々に粗悪な海賊版も出回り、時をへて無修正版が出版されたときには、英国、米国、オーストラリア、日本、インドなどで性表現をめぐって裁判が起こされた。何とも多難な道のりである。

ところでこの第一の点とも関連するのだが、この作品のもう一つの大きな特徴として見逃せないのが、ロレンスがこの作品にかなり明瞭なメッセージ性を持たせたということである。この章で注目したいのもそのあたりである。ロレンスは自ら「『チャタレー夫人の恋人』について」(“A propos of *Lady Chatterley's Lover*”)というエッセーを書き、その中で「私はこの小説を誠実で健康的な、今日の我々にとって必要な本として出版したのである」と強調したうえで、この作品を通して何をやりたかったかをはっきり提示している。

この本で一番大事なのは次のことだ。私が世の男たち女たちに望むのは、性についてあますところなく、完全に、誠実に、堂々と考えることなのだ。たとえほんとうに自分の満足のいくような形で性を行為として全うできないとしても、少なくとも性を考えるにあたっては完全に堂々とやってほしい。(308)

小説家がこれほど明瞭に、しかも声高に、小説のテーマを言葉にするということ自体珍しいが、こうしたエッセーの書きぶりに見合うだけのメッセージ性がたしかに作品中にも確認できる。しかもそのメッセージの発信は、従来の小説的常識のようなものを覆すほどのかなり過激な方法をとって行われている。

その方法とは「声」にかかわるものである。この作品では、ところどころで登場人物が長い「演説」をする。中でも第一四章でメラーズがコニーに対して語る過去の女たちとの性関係の詳細は、この作品の大きな山場をなすものだと言えるだろう。しかし、このように明白な発話の形をとっていない、つまりやや偽装された「声」の表出もあちこちで目につく。たとえば冒頭近く、まだ結婚する前のヒルダとコニーの姉妹が、男たちと性交渉を持ったときのことが書かれる箇所がある。性行為の前と後では男たちの態度がころっと変わることを、会話記号のつかない「声」が語っている。

だけど、それが男というもの！　恩知らずで文句ばかり。やらせなければ、やらせないと言って怒る。やらせても、やっぱりなんやかやと難癖をつけて怒る。理由などないこともある。むくれた子供なだけ。何をあげても満足しない。女が何をしてやってもだめ。(9)

But that is how men are! Ungrateful, and never satisfied. When you don't have them, they hate you because you won't. And when you do have them they hate you again, for some other reason. Or for no reason at all, except that they are discontented children, and can't be satisfied whatever they get, let a woman do what she may.

この一節がヒルダやコニーの心境を代弁したものであることはたしかだが、では、この一節を実際に語っているのは誰か？ というと判然としなくなってくる。原文の英語を参照してもわかるように、これは彼女たちが発話として語ったものではなさそうだし、心理描写とも言いきれない。まるで語り手が脇から加勢し、人物たちが口にしていない、それどころか意識さえしていないことまで代弁してくれているとも見える。語り手が先走りしてヒルダやコニーに考えを押しつけようとしているのか。あるいはあえて彼女たちの心理から遊離したことを口走ることで、アイロニーを生み出すというもくろみなのか。

ウェイン・ブースも指摘するように、『チャタレー夫人の恋人』では語り手と登場人物の境目がかなり曖昧化されている[2]。地の文の語りと登場人物の発話とを区別することは長らく小説作法の常識となっており、地の文で人物たちの心境や発言を描く場合にも、それが誰に属する心境や声なのかは明示されてきた。『高慢と偏見』のような作品でも、語り手が媒介する形で人物たちの内面を自由間接話法的に伝える箇所は見られるが、それでも声の所属はほぼ明瞭に示されている。

これに対し『チャタレー夫人の恋人』では誰がそれを言っているのか、誰がそれを考えているのかの区別があまりされない。言葉の出所について、無頓着なのである。上に引用したのもその典型的な例だ。しかも、小説を読み進めるとわかってくるが——これはある意味では驚きでさえあるのだが——語り手によるこうした介入が決して「特別なこと」として行われているわけではなさそうなのだ。『チャタレー夫人の恋人』の世界では、誰のものとも判然としない声が語るのがごく当たり前のことなのである。だから、ずれや乖離や疑いの意識もほとんど伴わない[3]。

そんなことが可能なのは、この小説の中で言葉をめぐるある常識が働いているからだと思われる。それは言葉が、表向き意味するままのことを意味する、ということである。別の言い方をすると、語られた言葉が別の意味やニュアンスを持ってしまうかもしれないという不安や疑念があまり生じない。だからこそ、声の出所が不明でも大丈夫なのである。

声の主が曖昧になると、言葉の意味の地盤は揺らぐ。所有者がわからなければ発言の裏にある意図や態度もはっきりせず、言葉がほんとうのところ何を意味しようとしているのかがわからなくなるから。しかし、『チャタレー夫人の恋人』では、そうしたずれや逸脱に注意を向けることは期待されていないようだ。本人による自作擁護のエッセー「『チャタレー夫人の恋人』について」からもわかるように、ロレンスは堂々と作品の外でテーマやメッセージを語るぐらいで、そうした「揺らぎ」の効果を狙っているとは思えない。サンダースの言葉を借りれば、「ロレンスの諸作品の中でも、この小説ほど語り手の意識が支配しまた浸透しているものはない」(181)。そういう意味では天真爛漫なほどに、あるいはほとんど無神経なほどに、言葉の一義的な意味に対する信頼がある。少なくともそう見える。しかし、時代はすでに二〇世紀のはじめである。そのようなことがありうるのだろうか。

いかに語らないかの小説

一八世紀以来の「善意の文化」の中で鍵になったのは、いかに語らないかをめぐる作法だった。「慎み深さ」(modesty)と「偽装」(dissimulation)とがセットでとらえられ、隠すことや黙ることが、とりわけ女性の作法の根幹をなす重要な要素とされた。『高慢と偏見』の第六章で主人公エリザベスと親友シャーロットとの間で交わされる会話は示唆的である。従来の常識として、女性は特定の男性に対する好意をそう簡単に示すべきではないとされていたが、これに対しシャーロットは、そのようなことをしたら相手の男性はなかなか行動を起こすことができないし、そのせいでうまくいくはずの関係もうまくいかなくなってしまう、といったことを主張する。(4) 言うまでもなくこの議論は、小説の先行きを予告的に示す。エリザベスの姉のジェーンは慎み深さのあまりビングリーに自分の気持ちを伝えることができず、そのために周囲から、あまりビングリーに関心がないと誤解されてしまうのである。

このような「慎み深さの作法」が幅をきかせる中で、小説の語りはどのような役割を担ったのか。むろんオースティンの小説作品にも『マンスフィールド・パーク』のファニーや『説得』のアンなどを筆頭に、慎み深さを徳として身につけた人物が数多く登場してきた。そういう意味では小説もまた、「慎み深さの作法」を側面から補強する役割を担ってきたとも言える。

しかし、小説の語りには隠されていたことを表沙汰にしてしまう、という重要な機能がある。『高慢と偏見』でも、たとえば中盤、ダーシーはやっと思い切って行ったプロポーズに対しエリザベスから厳しい肘鉄砲を喰らい、今度はエリザベスに手紙を渡すことにする。この手紙の中で、さまざまな極秘事項が一気に開示されるのである。物語はこれをきっかけに大きく前に進む。こうした山場に限らず、この作品のあちこちで「盗み聞き」や「盗み見」は横行する。とりわけ、自ら「性格分析家」を自認する主人公エリザベスは、相手の隠れた意図を見抜くことに悦楽を見出すような人物として描かれているのであり、カードに興ずる人々の会話に聞き耳を立てたり、パーティでの他人の会話を聴きとったりすることを得意としている。そうした行為を通して、隠されていたことをあばいたり、逆にニセの情報をつかまされたりするのである。

もちろん、そのようにスパイまがいの諜報活動を繰り広げるエリザベスが忌まわしい悪人として描かれているわけではない。それどころか彼女の役柄は、当然表に出るべき情報を私たちに代わって引き出してくれる正義の発掘者というものである。小説の語りは、そのような営為に没頭するエリザベスを側面から支援する。人前では決して口にされないようなエリザベスの心理も、自由間接話法的に彼女の気持ちを通訳・代弁する語りによって、どんどん表沙汰にされる。

こうしてみるとある時期の小説は、一方で「いかに語らないか」の作法を描出し、その価値観を補強するようでいながら、同時に、「いかに語られていないことを語るか」を至上命題としてもいるのである。いかに語らないかと、いかに語るかの間の葛藤から、小説というジャンル特有の「善」が生まれてきたと考えることもできる。

本書では、語ることと「善意」との関係について考察してきた。『チェスタフィールド卿の手紙』を扱った第2章でも触れたように、一八世紀終わりにはすでに、作法に伴う隠蔽や偽善は禍々しい「悪」として指弾されていた。逆に、包み隠さずに自分の悪行をすべて言ってしまうことは、キリスト的な文脈でも褒め称えられるべき偉業とされる。「告白」は赦しのための秘蹟として、重要な意味を持ってきたのである。一九世紀ロマン派の詩人も、正直に自分の体験を言葉にすることを重視した。語らないことはしばしば「悪」と結びつけられる。対して、語ることは善きことであった。

しかし、小説という形式の中では語ることの「善」に加え、語らないことの「善」もまた大きな意味を持っていた。『高慢と偏見』に限らず、こっそり渡される手紙や盗み聞きなどを通して徐々に事の真相が明かされるような小説作品は数多くあるが、そうした迂遠さにはサスペンスを演出するという側面が一方ではあるにせよ、他方、語られていないことを語ることについての、ためらいめいた引っかかりも示されていると言える。つまり、語られていないことは語られていないままにしておくべきなのかもしれないとの価値観がそこには見え隠れするのである。

不作法という作法

この点を踏まえてロレンスの『チャタレー夫人の恋人』に戻ると、いくつか見えてくることがある。ロレンスは従来からある小説の約束事を破壊しようとするかのような荒っぽさで、作中人物と語り手の間の垣根を取り去った。従来の小説では、語り手と人物の間に垣根を設け、たとえ〝全知の語り手〟によるものであっても、どこまでが作中人物の考えや発話で、どこまでが語り手のそれであるかをある程度明確に示していたのである。ナサニエル・ホーソーンの『七破風の屋敷』を扱った際にも確認したように、そうした語りの「垣根」は語り手の作中人物に対する「遠慮」や「敬意」としても表れていた。

これに対し人物の内面を勝手に代弁する『チャタレー夫人の恋人』の語り手は、いかにも不作法で無遠慮であつかましく見える。例の露骨な性表現の氾濫と相まって、作法違反は意図的なものだろう。

性的な事柄に限らず、分泌物など人間の身体性を想起させる部分をなるべく隠蔽しようとするのが一六世紀以降の作法の基本だったわけだが、それは自分のプライベートな部分をやたらと他人に見せない、また、他人のプライベートな部分にも安易に足を踏み入れないというルールとも呼応している。『チャタレー夫人の恋人』の語りに見られるのは、そうした「遠慮」の精神をことごとく踏みにじるような態度なのである。

では、ロレンスのこうした不作法や無遠慮やあつかましさと、語りの根本的な「善」との関係はいったいどうなっているのだろう。次に引用するのはコニーと出会ったばかりのメラーズが、その存在を疎ましく思う様子を描写した箇所である。そもそもの発端となっているのは、メラーズの金槌の音に耳を澄ますコニーの心理なのだが、いつの間にかそれがメラーズの心理描写に移行している。これも主体間の区分の曖昧さによるところが大きい。

> 女は男が鳴らす金槌の音に耳をすませた。幸せそうには思えない。もやもやしている。これは彼の孤独への侵入だ。危ない！　女だ！　男にとってはもはや、ひとりになることが何よりの幸せだった。にもかかわらず、男には自分の孤独を守ることも能わない。彼は所詮雇われ人だった。主人は向こうだ。
>
> とりわけ女はごめんだった。男は恐れていた。過去のかかわりで酷い目にあったことがあった。もしひとりでいられないなら、放っておいてもらえないなら、死ぬしかないと思った。彼は完璧に外界から身を退いていた。森が彼の最後の逃げ場だった。そこに身を隠すのだ！（88）

この箇所にもまさに書かれているように、メラーズがもっとも嫌うのは誰かにプライバシーを侵害されたり、心理を見抜かれたりすることなのである。ところがここでは、防御を固めたはずのメラーズの生活に、コニーが物理的にじわじわと侵入しつつあるだけでなく、彼の心理にまでコニーや語り手の言葉が混じりこみつつある。

ロレンスのこのような小説作法からの逸脱は、下手をすると登場人物に対する嫌がらせとさえ見えるかもしれない。相手の領域を尊重して侵入を避けるジェスチャーが丁寧さや善意の表明につながるとするなら、このような侵犯行為は「善意」どころかむしろ挑発的な「悪意」の表れとも見える。

性の作法を教えたい

しかし、注目すべきは、このような混入の語りが作品の前半部に集中的に見られるということである。他方、コニーとメラーズの性交渉が開始され、両者が直接言葉を交わすようになると、場面の描かれ方は大きく変わる。ふたりの会話の描写が増え、その中で、これまで語り手の介在をへて描出されていた人物の心理が、より直接的な発話の中で表現されるようになる。そうしてみると、語り手による人物の蹂躙とも見えたようなかかわり方が、後々の自発的な語りの準備となっていたことがわかる。

このことを確認するために、先にも触れた第一四章のメラーズによる「演説」の場面を見てみよう。ここでは、いかに自分が性的に前妻に苦しめられていたかをメラーズが具体的に語るのだが、このように詳細に性行為について語ることがいったいどのような意味を持つのだろう。

あの女は俺にひどい仕打ちをした。俺が求めてるときには、ぜったいさせないようになった。必ずだ。いつも俺を拒絶する。血も涙もない。そのくせ、させないでおいて、俺もその気がないときに、こんどは甘い声ですり寄ってきて俺を喰っちまう。俺はいつも応じた。だけど、それで俺があいつを抱いても、あいつは俺がイクときに俺と一緒にイクことはないんだ。ぜったいだ。とにかく待ってる。俺が三十分も我慢したって、もっと待つ。それで俺がいっちまって完全に果てると、こんどはあいつが自分のやり方で始める。俺はあいつの中にとどまって、あいつが身もだえしたり声をあげたりしながら勝手に果てるのを待つ。（中略）まったく、女のあそこは無花果みたいにやわらかいと思うかもしれないが、ほんとのところはあばずれは股にくちばしがあって、こっちが嫌になるまでそれで攻めてくるんだ。（201-202）

But she treated me with insolence. And she got so's she'd never have me when I wanted her: never. Always put me off, brutal as you like. And then when she'd put me right off, and I didn't want her, she'd come all lovey-dovey, and get me. And I always went. But when I had her, she'd never come off when I did. Never! She'd just wait. If I kept back for half an hour, she'd keep back longer. And when I'd come and really finished, then she'd start on her own account, and I had to stop inside her till she brought herself off, wriggling and shouting. [...] By God, you think a woman's soft down there, like a fig. But I tell you the old rampers have beaks between their legs, and they tear at you with it till you're sick.

メラーズの語りは告白の形をとっている。彼はこのような忌まわしい過去について語るつもりはなかったのだが、コニーにけしかけられて一気に堰を切ったような語りを繰り広げる。本人にとってはこれは本来不必要な告白とも思えるが、例のエッセーでロレンスが述べているように、こうした形で自分の性について語るのは「善きこと」であるというのが作家の考えである。

たしかに、いやいや語り始めたはずのメラーズの語りには、いつの間にかほとんど陶酔的と言っていいほどの感情のほとばしりが生まれている。そこには怒りや怨みにかき立てられただけとも言いきれない、どこか前向きの勢いが感じられる。とりわけ引用部とそれに続く、But I tell you the old rampers have beaks between their legs, and they tear at you with it till you're sick. Self! self! all self! というあたり、メラーズの言葉からはむしろ充実した力みが読み取れるが、コニーや語り手にプライバシーを侵犯され、いやいや語らされているはずのメラーズの言葉にどうしてこのような前向きさが生まれるのかあらためて考えてみると、それは年下で、女性で、上流階級の人妻でもあるがゆえにそれほど多くの性的体験があるとは思えないコニーに対し、人生経験豊かなメラーズがとっておきのことを教えるというポジションを得たことが関係しているのではないかと思えるのである。I tell you というさりげない挿入にも表れているように、メラーズはこの段階で「教師」として振る舞っているのである[5]。

このことをロレンスのエッセーの文脈に戻して言うと——彼はそういう言い方をしているわけではないのだがあえて言葉を補うと——性について人はもっと人に教えるべきだという提案が読み取れるように思う。「私が世の男たち女たちに望むのは、性についてあますところなく、完全に、誠実に、堂々と考えること」だとロレンスは言うが、この「考える」過程が小説語りの中では、一種の指南の役割を担うようになっていく。

性と不作法

一九三〇年代から四〇年代にかけ、欧米では人々の性に対する態度に大きな変化が見られつつあった。それがもっとも目につく形で現れたのは、「キンゼイ報告書」(『人間男性における性行動』[一九四八]) である。よく知られているように、「キンゼイ報告書」ではこれまでタブーとされていた同性愛、婚外性愛、幼児性愛といった男女の性行動について、道徳的な立場からではなく、ニュートラルな統計的な視点からのアプローチが試みられている。その統計手法の有効性については様々な問題点が指摘されてきたものの、「五〇%の男性は婚外関係の経験あり」「三七%の男性は少なくとも一回は同性愛関係によってオルガズムを体験」「男性の九二%は自慰行為を体験」といった数値の提示は画期的だった。

「キンゼイ報告書」のもたらした衝撃については、当時の保守的な作法書との比較が参考になる。ピーターセンは、セオドア・ヴァン・デ・ヴェルドによるベストセラー『理想的な結婚』をとりあげ、いかに「キンゼイ報告書」がそこから大きな一歩を踏み出していたかを印象的に示している (198)。一九二六年の出版以来、一九四八年の「キンゼイ報告書」刊行までに数百万部を売り上げていたというヴァン・デ・ヴェルドの作法書では、性そのものは必ずしもタブーではなかったのだが、著者は「あくまで通常の性行為」のみを扱うのだとの姿勢を明確に示し、「病的なもの」「変態的なもの」には立ち入らないと宣言する。その「変態的なもの」としてあげられているのが、たとえば「挿入前の性器への接吻」だった。そうした接吻自体が責められるわけではないにしても、万が一その結果挿入前にオルガズムに達してしまうようなことがあれば、それは「地獄の世界に足を踏み入れるがごとき変態行為だ」とされたのである。(6)

これに対し、「キンゼイ報告書」では「オルガズムのスピード」というようなセクションがあって(579-81)、ごく淡々と「多くの男性はオルガズムは一度きりですます」「教養のない男性は少しでも早くオルガズムに達しようとする」「教養のある男性はオルガズムを少しでも順延しようとする」「男性の四分の三は開始から二分以内にオルガズムに達する」、そして「挿入前に男性がオルガズムに達してしまうこともままある」といったような調査結果が報告されているのである。

先に引用したメラーズの告白を典型に、『チャタレー夫人の恋人』でもオルガズムのタイミングについての強いこだわりが見られるが、そこではオルガズムについて「地獄の世界に足を踏み入れる」云々といった倫理的宗教的な視点から切り離し、また単なる装飾や官能描写に終始しもせず、議論をつくした上で技術の問題として考える姿勢が明確に見える。話題になっているのは、あくまで性の方法なのである。

二〇世紀の後半以降は、性の方法に焦点をあてる指南書が数限りなく出回るようになるが、ロレンスはそうした流行に先駆け、性について教えるというスタンスをとった。とりわけ人々が教えられる必要があったのは、行為の相手とはなかなか語り合えない問題、すなわちオルガズムのタイミングのことだったわけである。

そういう意味では意図的に不作法や無遠慮を演出する『チャタレー夫人の恋人』が、読者に対しては作法書由来の、伝統的な小説と似たような「善意」と「愛」に満ちた関係を保っているということになる。つまり、あいかわらず語りは読者に対して善意にあふれた使者のように振る舞うことで、自らの存在意義を得ているのである。ただ、興味深いのは、そのような語りの「善」を行うに際して語り手が遠慮や尊重といった他者とのかかわりのルールを遵守せず、むしろあつかましい領域侵犯を犯したり、自他の区別を踏みにじったりする、つまりあからさまな不作法にふけるということである。あらためて振り返ってみるとオースティンやルイス・キャロルにすでに見られた作法と小説語りとの微妙な関係が、ここへ来てさらなる転換点に到達したのかもしれない。

『チャタレー夫人の恋人』の語りの作法は一見ナイーブなほどに言葉の意味を信頼していると見えるかもしれないが、その根にあるのはこのような作法への挑戦だということができる。読者に対し「教える」というスタンスを保つことで語りの「善」は保証しつつも、一九世紀の作家たちよりははるかに過激な形でロレンスは読者という他者に対する「遠慮」や「尊重」という防護壁を取り去ろうとした。そうすることで今まで隠されていたことをも含めてぜんぶ言うのである。それは登場人物や、場合によっては語り手自身のもっともプライベートで恥ずかしい部分を露出することで、読者をも領域侵犯の横行する空間に巻き込もうとする企てだった。

第9章——目を合わせない語り手——ウィリアム・フォークナー『アブサロム、アブサロム!』(一九三六)

読者との「しがらみ」を超えて

アメリカの作家ウィリアム・フォークナー(一八九七―一九六二)の作品は、生前必ずしも売れ行きがよかったわけではない。ノーベル賞を受賞し、アメリカを代表する作家と見なされるようになった後は、その作品群もすっかりアメリカ文学の「聖典」として定着し、アカデミズムでも研究対象として高い評価を得るようになるが、『響きと怒り』や『アブサロム、アブサロム!』など代表作とされる作品は一般読者には難解という印象を与え、避けられる傾向があった。

フォークナーが作家としての活動をはじめた二〇世紀前半は、欧米では従来のリアリズムに対する一種の異議申し立てが行われ、さまざまな表現上の革新とともに既存のジャンル分けにはおさまらない新しいスタイルの作品が発表されていた。精神薄弱児を語り手の一人にすえたフォークナーの『響きと怒り』はそうした潮流のまっただ中にあった作品であり、フォークナーがラディカルな文学運動の一翼を担ったことをよく示しているが、その結果として実験的な作品ならではの取っつきにくさが生じたのも間違いない。

フォークナーのラディカルな執筆姿勢は、一九世紀の作品に織りこまれていた読者と作品との関係の見直しを迫るものだった。一人称であろうと三人称であろうと、それまでの作品では語り手が読者と擬似的な契約関係のようなものを結び、責任をもってストーリーを語るという約束があった。つまり、語り手と読み手との間にはある程度安定した人間関係が前提とされていたのである。しかも、その人間関係はそれなりに濃厚なもので、しばしば語り手は読者に対し、お節介とも言えるほどの熱心さで、ときには詳細にわたり、ときには力をこめ、話を展開してみせた。読者の方もそれに呼応して共感や怒り、悲憤、恐怖などの感情をもって一生懸命に応ずるという相互的なやり取りが期待されていたわけである。

ところが二〇世紀に入ると、そうした感情過多のやり取りを前提としない語り手と読者との関係が試みられるようになった。その端的な表れとして、語り手が読者に対しよそよそしい態度をとるようになったということがある。作品中の言葉が、まるで読者の反応など期待しないかのように、あるいはそもそも読者などいないかのように語られるのである。その結果、何が起きるか。本書の最終章である第11章では、そうした試みが詩のジャンルでどのような結果を引き起こしたかをウォレス・スティーヴンズの作品をみながら検討するが、この章ではウィリアム・フォークナーの『アブサロム、アブサロム！』を俎上に載せ、よそよそしさや愛想のなさが散文の語りの中ではどのように機能しているか考察する。一八世紀以来の「善意」という拘束の中で作家たちはときにいらいらをためていたり、逆に過剰に押しつけがましくなったりしてきたわけだが、モダニズム期の作品の大きな特徴は、そもそも語り手と読み手との間のそうした感情的なしがらみを超越しようとする姿勢がみられるようになったということなのである。そのことによって従来表現されなかった何かが表現されることにもなった。

不親切の作法

『アブサロム、アブサロム!』は独特な力学を持った小説である。その構成にあらわれているのは、拡大し散逸しようとする力と一点に収束しようとする求心的な力との拮抗で、語られる内容もそれと呼応している。物語は貧しい白人の家に生まれたトマス・サトペンと彼の家族の栄枯盛衰を描いたものである。サトペンは屈辱に発した野心に突き動かされ、なりふり構わぬ打算で一大農園主に成り上がった人物だが、その一族には次々と皮肉な運命が襲いかかる。中でも最大の悲劇は、ジュディスとヘンリーというサトペンの子供たちと、チャールズ・ボンとの関係にまつわるものである。ヘンリーは大学で知り合った洒脱なボンに好意を抱き、妹に紹介、ふたりの結婚を望むようになるが、やがてボンが、ハイチ時代にサトペンが作った子供であることが判明する。ボンとジュディスは兄妹、つまり近親相姦ということになる。また、ボンには黒人の血が流れているかもしれない。はじめはヘンリーも父の制止を聞かず、あくまでボンとジュディスの結婚を推し進めようとするが、やがてふたりの結婚を受け入れられなくなる。そして物語の佳境、ヘンリーは結婚を阻止するために自らボンを射殺してしまう。

というわけで、粗筋となるとこのようにまとめられるのだが、実際の作品はこのような直線的な進行をするわけではない。小説には複数の語り手がおり、彼らがさまざまな証言や証拠をもとにまるでパズルを組み合わせるように少しずつ「真相」を明らかにしていく。時系列も混沌とし、同じ事件が別の角度から何度も語り直されたり、あるいは思いがけないタイミングで大事な事実が明らかになったり。これは現在ではミステリーなどでもよく採用される方法だが、うまく按配されれば、サスペンスを盛り上げるのにはたいへん有効な語り口となる。そういう意味でも『アブサロム、アブサロム！』は先駆的な作品だった。

しかし、ここで何より注目したいのは、このような語りの構成の問題ではない。『アブサロム、アブサロム！』はその文章からして、一見して簡単には意味がとれないような書かれ方をしている。まるでこちらを寄せつけないような、あるいは引き込もうとする意思がはじめからないような、つまり、語り手が聞かれることを期待せずに勝手にしゃべっている、というスタンスをとることが多いのである。これはいったいなぜなのか。

延長戦のやりくり

具体例をみながら考えてみよう。以下にあげるのは、ヘンリーがいかにボンに憧れていたかが語られる一節で、この作品の中心的なテーマともかかわる。決して読みやすい文ではない。

そう、彼はボンを愛していた。ボンが彼を誘惑したのは、ジュディスを誘惑したのと同じくらいに確かなことだった。ヘンリーは生まれも育ちも田舎者で、同じような植民者の子弟からなる五、六人の学生グループに混じってボンの取り巻きとなった。連中はボンの服装と身のこなしと（可能な限りでだが）彼の生き方を真似し、ボンをまるで子供のころに読んだ『アラビアンナイト』の主人公の一人のように見ていた。その主人公ときたら魔除けか試金石にたまたま出くわしても（というより無理矢理押しつけられても）知恵や力や富を得るのではなく、かわりに休むことも

倦むこともなく、とんでもなく楽しい場面から場面へとハシゴする力と機会とを得るのだ。(76)

Yes, he loved Bon, who seduced him as surely as he seduced Judith — the country boy born and bred who, with the five or six others of that small undergraduate body composed of other planters' sons whom Bon permited to become intimate with him, who aped his clothing and manner and (to the extent which they were able) his very manner of living, looked upon Bon as though he were a hero out of some adolescent Arabian Nights who had stumbled upon (or rather, had thrust upon) a talisman or touchstone not to invest him with wisdom or power or wealth, but with the ability and opportunity to pass from the scene of one scarce imaginable delight to the next one without interval or pause or satiety;

おそらくこの文の読みにくさの一番の原因は、「先の見えない延長」ではないかと思う。最初のYes, he loved Bon 以降、関係詞や前置詞によって次々に文が延長されていくと、読み手の集中力がややそがれ、だんだん焦点がぼけてくる。悪文によくあるパタンである。いったい、どこにポイントがあるのかわからない。しかし、話が急に途切れたとか転換するというのとも違う。あくまで徐々に焦点がぼけていく感覚である。

たとえ長い文でも、はじめから「この文はこれくらいまで延長する」と示唆されていれば、読者としては覚悟を決めて取り組むことができる。わかりやすい文章というのは、たとえ読者に負担を強いざるを得ないときでも、早い段階でその負担を予測させる。そうすれば読者としても集中のポイントを温存することで、文の拡散性や長さを乗り切ることができる。しかし、この文にはそれがない。むしろいつ終わるかが示されないために、「いったいどこまでいくのだろう?」とこちらを不安にさせ、当て処もない彷徨に乗り出していくような気分にさせるのである。その結果、読者は何となく語り手との間に距離を感じることになる[1]。

ところが他方、おもしろいことに、ここでは文の構造そのものはたいへんシンプルである。関係詞を中心とした接続詞によってつながれる文で、基本的には前から後ろへとどんどん進むことで理解できるような単純な構文になっている。いちいち前言を思い出し確認する必要があるような、あるいは全体を見渡しつつコンテクストを確認しなければならないような文ではない。

このような「前から後ろへ」という進行感をもたらすのは、英語文が延長していくときの基本となる法則が働いているからである。日本語のリズム感とは若干異なるので、英語からの翻訳のときには苦労するポイントだが、英語の文のエネルギーというのは、同質のものの並列によって生み出されることが多いのである。とくにA and BとかA or Bという対句的リズム、あるいはA, B and Cという「三位一体」のリズム(さらには、その変形としてのA, B, C...and Xのようなパタン)がそれを作ることが多い。引用部でも下線で示したように、二つもしくは三つの要素の組み合わせによるリズムが頻繁に現れている。おかげで当て処もなく延長していくわりには、滑走感もあるし、紋切り型特有の安定感というか、納得ずくの感じも出てくる。

こう考えてくると、少しずつこの文章の特質が明らかになってくる。たしかに親切な文章ではない。むしろ愛想は悪い。こちらを「どうぞ」と導き込んでくれるような語り口ではない。でも、意外に読み心地は悪くないのである。明確に「わかった」という気にはさせないし焦点が結ばれることもないのだが、構文も簡単だし、〝2もしくは3〟というコンヴェンショナルで単純な並列の法則のおかげで、まるで引っ張られるようにして読んでしまう。身体で読んでしまうのである。身体が覚えている英語構文の基本リズムに乗っていける。

にもかかわらず、頭では相変わらず何となく読むのが辛いように感じる。英語としてそれほど難解というわけではない。身体的にはそれなりに乗っていく。でも、読むのに苦労する。あるいは苦労したような気になる。

この苦労したような気になる、という点にこだわってみよう。この文の「辛さ」の原因のひとつが「先の見えない長さ」にあることはすでに確認したが、それとならんで大事なのは情報量の多さである。この文で語られるのはヘンリーとボンとの関係。ボンがジュディスとともにヘンリーをも魅了した、という点にはじまって、南部の農家の子弟たちの目に、ボンの服装や、身のこなしや、ライフスタイルがたいへん格好良く映ったこと、彼らがそれをできる限り真似しようとしたこと、また、そんなボンがまるでアラビアンナイトの世界から飛び出してきた主人公みたいに見えたこと、この主人公に授けられるのは財産とか知恵などではなく、次々に驚くほどの楽しい体験を味わう能力や機会で、その享楽のオーラにみんなが痺れた、といったことなどである。

たしかに情報量は多い。でも、多すぎるというほどでもない。大事なのはここでも、情報量が多く見えるということなのである。まさに先に触れた並列のリズムと関係しているのだが、ひとつひとつの情報にメリハリがなく、あまりにそれぞれの事柄が均等にならされている。たとえばこの箇所を、享楽主義者ボンという視点で語り直すことは可能だろう。彼の備えている遊び人としての煌びやかさに照準をあわせ（the ability and opportunity to pass from the scene of one scarce imaginable delight to the next one without interval or pause or satiety)、ここからスタートする形でボンとその取り巻きとの関係に言い及ぶ。そうすれば、もうちょっと見通しが利くのではないか。

しかし、この文ではそのような焦点化は行われていない。ボンの服装のことにしても、それを真似ようとする取り巻きのことにしても、あるいはアラビアンナイトの比喩にしても、次々と同じようなレベルで言及があるため、読者にはこうした情報を整理して受け取る余裕がない。だから、実際そうである以上に言葉が多量で複雑に見え、その結果、受け取られ損ねる情報が出てくる(2)。

たしかに語り手は不親切なのだ。もったいないと言ってもいい。もう少し丁寧に親切に伝えてくれれば難なく受け取れるのに、わざわざ受け取りにくくしている。いったい、なぜだろう。

「もっとある」の原理

『アブサロム、アブサロム！』の文は思いがけず長い。あるいは思いがけず情報量が多い。それで読者は終始戸惑いを強いられる。しかし、あらためて考えてみると、この長さや多量さはその「思いがけなさ」も含めて、何度も繰り返される。その反復性においてむしろ安定してさえいる。たしかに辛い読書ではあるが、読み進めていくうちに、私たちは「ああ、またか」と思うようになる。そうして、このような不親切さの根本にある原理のようなものにだんだんと慣れてくる。長いものをわざわざより長く見せ、多いものをより多く見せる。そこにあるのはいったいどんな原理だろう。

『アブサロム、アブサロム！』という小説の核心にあるものをもう一度確認しておこう。ヨクナパトーファ郡に移り住んだトマス・サトペンは、地元の資産家の娘と結婚することで、安定した農園主としての道を歩み始めたかに見える。子供もふたりいる。ひとりは男の子で、跡取りとなるはず。ところがその行く手に現れたのが、遠い昔に捨てたはずの息子チャールズ・ボンだった。黒人の血を引いているかもしれないボンは、サトペンにとっては邪魔な存在だ。サトペンの目にはこれは、遠い昔に葬り去ったはずの過去の再来と映った。過去が時間軸を飛び越えて、突如目の前に現れた、というわけである。

このような「過去の再来」は、物語のパターンとしてはよく見られるものだ。シェイクスピアにもあるし（たとえば『ハムレット』や『冬物語』）、ヴィクトリア朝の小説でも、ディケンズやジョージ・エリオットをはじめ、思いがけぬ遺産相続や過去の罪の暴露といったテーマを扱った小説家は数知れない。それだけ「過去の再来」というテーマは、人間の気持ちに訴える根源的な力を持っているのである。フォークナーも基本的には、先人によって語り継がれてきたテーマを踏襲していると言える。

ただ、ひとつ違うのは、フォークナーが「過去の再来」を語るのに、直線的な時間の流れを使わなかったことである。『アブサロム、アブサロム！』では時間軸が一本通っているわけではなく、語り手も複数いる。事実にしても、人物にしても、あるいは語りの流れにしても複数的で散逸的でとりとめがない。「過去の再来」をテーマとする以上、過去的なものと現在的なものとの違いを強調した方が劇的な効果は高まるはずである。もろに異なる次元に属するはずの過去と現在とがぶつかり合う衝撃が大きいほど、「過去の再来」は重大事件として感得されるだろうから。

しかし、『アブサロム、アブサロム！』では、過去と現在はほとんど重なり合っている。その境界線は不分明なのである。どうやらフォークナーは、単一的な時間軸によってこそ演出されてきた「過去の再来」を、別の原理に基づいて表現しようとしているらしい。そして、そこで機能するのが「長さ」と「多さ」のレトリックなのである。

思いがけず長く、思いがけず情報量の多い文が表現するもの。それは語りの内容が読み手に受け取られてはいない、おそらく読み手の受容の手からこぼれだしてしまっている、という感覚ではないだろうか。語りとその受け手との間には埋めがたい溝があるため、語りは言い尽くせないし、読む方も受け止め切れない。何かがもっとある、という感じが残る。言葉よりも、物や人間の方が長く、多い、という実感。これは究極的には、「この世界は計り知れないものである」という畏怖にもつながるだろう。

たとえば、次の一節を見てほしい。語られているのはサトペンの幼少期の体験で、アル中気味の父を中心とした家族が、馬車に乗って放浪生活を送っているさまが描かれている。先に引用した文章と同じように、いつ果てるとも知れない文の「長さ」と、次々に羅列される細かなイメージの「多量さ」とが印象的である。

彼は自分たちが旅行したのが数週間なのか数ヶ月なのか一年なのか覚えてはいなかった（小屋を出たときに未婚だった上の娘たちの一人が、自分たちが旅を終えてもまだ未婚だったのはたしかだ。ただ、彼女は自分たちが青い山脈がついに見えなくなる前には子持ちとなっていたが）、自分たちが旅をつづけている最中にまず冬が、それから春が、それから夏が追いついてきて追い越したのか、それとも自分たちの方が降りていく途中で季節に追いつき追い越したのか、あるいは降りていくことでそのような季節の推移が生じたような気がしたのか、つまり、時と一緒に進んでいたわけではなく、気温や気候を真下に降りていたのか、言ってみれば（それを期間とは呼べない、というのも彼が覚えている限りは、あるいは祖父に自分が覚えていると告げたかぎりでは、それは明確な始まりも終わりもなかったのだから。おそらく衰弱と呼ぶほうがふさわしい）、衰弱の元にあったのは荒れ狂うような惰性とじっと耐えて動かぬこと、安酒場や居酒屋の扉の外の荷馬車に座り父親が正体をなくすまで飲むのを待つ、そうしてオヤジを小屋なり野外便所なり納屋なり溝なりから引っ張り出してまた荷馬車に乗ると夢見るようなあてどない移動がつづく。そんな移動はまるで進んでいるという感じではなく、ただすべてが中断される、大地が勝手に変化し平たくなり伸び広がる、自分たちが生まれ育ち、自分たちのまわりに上げ潮のように盛り上がった山中の奥まった場所が。そんな中にオヤジが今入ろうとしたあるいは担ぎ出されたあるいは放り出された安酒場の扉のまわりの見たこともない荒くれた人たちの顔が（そしてこのとき雄牛のように巨大な黒ん坊が、はじめてみる黒人の奴隷が、オヤジを粗挽き粉の袋みたいに背中に担いであらわれた、黒ん坊の口は笑っていて墓石みたいな歯がいっぱいでやかましい）浮かび上がっては消え、そのかわりに大地が世界が盛り上がってきては自分たちのわきを通りすぎ、さながら荷馬車が足踏み水車を漕いでいるみたいだった。（181-82）

He didn't remember if it was weeks or months or a year they traveled (except that one of the older girls who had left the cabin unmarried was still unmarried when they finally stopped, though she had become a mother before they lost the last blue mountain range), whether it was that winter and then spring and then summer overtook and passed them on the road or whether they overtook and passed in slow succession the seasons as they descended or whether it was the descent itself that did it and they not progressing parallel in time but descending perpendicularly through temperature and climate — a (you couldn't call it a period because as he remembered it or as he told Grandfather he did, it didn't have either a definite beginning or a definite ending. Maybe attenuation is better) — an attenuation from a kind of furious inertness and patient immobility while they sat in the cart outside the doors of doggeries and taverns and waited for the father to drink himself insensible, to a sort of dreamy and destinationless locomotion after they had got the old man out of whatever shed or outhouse or barn or ditch and loaded him into the cart again and during which they did not seem to progress at all but just to hang suspended while the earth itself altered, flattened and broadened out of the mountain cove where they had all been born, mounting, rising about them like a tide in which the strange harsh rough faces about the doggery doors into which the old man was just entering or was just being carried or thrown out (and this one time by a huge bull of a nigger, the first black man, slave, they had ever seen, who emerged with the old man over his shoulder like a sack of meal and his — the nigger's — mouth loud with laughing and full of teeth like tombstones) swam up and vanished and were replaced; the earth, the world, rising about them and flowing past as if the cart moved on a treadmill [...].

ここでは「長さ」と「多さ」のレトリックだけでなく、下線で示したような「覚えてはいなかった」(He didn't remember if ...) とか、「明確な始まりも終わりもなかった」(it didn't have either a definite beginning or a definite ending.）といった不分明さを示す表現がたくさん挿入されている。そもそもこの描写は、サトペンの友人だったクエンティンの祖父の伝聞を通して後の世代のクエンティンによって語られているという設定で、そこには幾重もの間接性が織り込まれているわけだから、不分明さや不確かさはなおさら深い。つまり、語られる言葉と読者の間にはより大きなギャップがあり、語りが読み手にとってよそよそしいものと感じられるのだ。

このような曖昧で夢幻的な境界不明の感覚は、そこにほのめかされる季節や自然の風景ともあいまって牧歌的な安逸や陶酔感にもつながるかもしれない。あるいは、もっと原初的な「連続することの快楽」――連なり増え拡大していくことはとにかく良いことであるとするような、農本主義的な収穫物増大のロジックとも共鳴する。何しろ、舞台は一九世紀アメリカ南部の農場である。そこに、農業経済を反映した「豊饒」の隠喩が入るのはおかしなことではない。

でも、そうした感覚が行き着くのは、最終的には波線で示したようなイメージでもある。「大地が勝手に変化し平たくなり伸び広がる……」（the earth itself altered, flattened and broadened out of the mountain cove...）というふうに世界との対峙のときが訪れる。対峙し、でも、圧倒される。本来は世界との対峙など必要ない。一族の歴史を語るといっても、いちいち世界だの全体だのを想起する必要などない。にもかかわらず世界とか全体とか運命といった視点をとり、そしてその全体に敗れ去る、そういうスタイルの文章になっている。語るそばからあふれ、散逸し、伸び広がる。そんな語り口を通しておのずと、「どうしようもなくそこにあるもの」としての世界が、まるで語り口と重なるかのように、広大さと多量さの相貌を得て浮かび上がるのである。一八世紀のイギリスでこうした外の世界の圧倒性に反応する感受性として「崇高」（sublime）という美意識が流行したことはよく知ら

れているが、フォークナー作品のこうした世界感覚はそのような美意識とも重なり合うと言えるだろう。(3)

正しい英語

このような世界の計り知れなさは『アブサロム、アブサロム!』のあちこちで印象づけられている。しかし、その中でさらに「過去の再来」という事件の強烈さを語るのは、なかなか難しいことだろう。まるで大きな騒音の中で、聴衆の耳に届くような演説をしようとすることに似ている。時間軸が明瞭に一本通ったような小説は、現在という時間のもたらす安心感の中で読者を油断させ、不意にその安逸を切り裂くように過去を湧出させて劇的な効果を引き起こす。その展開は秘密の暴露とか、謎の解明とか、忘却されていた事実の発掘といった形をとる。重要なのは、落差なのである。見えないものが急に見える。わからなかったことがわかる。

これに対し、『アブサロム、アブサロム!』では、はじめから世界があふれ出している。あらゆることが、壮絶を極めている。その語りはいつも、つねに、計り知れなさを示唆している。何だか入りにくい、遠い、よそよそしい、愛想が悪い、という印象を受けるのはそのためである。この小説はいつも強面で難攻不落。高々とそびえるアルプスの岩山みたいに、つねに崇高なのである。これでは、いざ過去との出逢いの瞬間が訪れても、なかなかその部分の特別さを強調することはできない。

しかし、強面で愛想がない『アブサロム、アブサロム!』という小説で、じつはその芯の部分を支えているのが計り知れない巨大さでも遠さでもなく、むしろ安定であり、身近さだという点には注意しておく必要がある。この小説の最大の魅力は、表向きの崇高さとは裏腹の、内在する「間近さ」に由来するとも言える。次にあげるのは、トマス・サトペンが自分の人生を振り返ってもらす述懐の一節である。

「(前略)しかし、私は今、二つめの選択の必要性に迫られております。これが妙なのは、あんたが指摘したように、そして私もはじめはそう思ったように、新しい選択の必要性が生じたことではなく、そもそも私がどちらを選択しようとも、どちらの道を進むことにしようとも、結局は同じ結果にたどり着くということなんです。私が自分の計画を自らの手で破壊するか、つまりこれは私が最後のカードを切ることを余儀なくされれば生ずることだが、もしくは何もしないか。つまり事態を放っておく。むろん放っておけばなるようになることはわかっている、そうすれば私の計画はごくふつうに自然に成功裏に完遂する、あくまで傍目にはだが。私の目にはそれは五〇年前にあの扉にやってきて追い払われた小さな男の子を裏切りあざ笑うことになる。あの子を護るためにすべての計画は立てられたのでありこの選択の時にまで持ってこられたのであり、そしてこの二つめの選択が最初のものから生まれ、それが私に強制されようとしている、そもそも私が誠実な気持で何も隠さずに取り交わした合意であり、解決策であったものの結果として。相手方の方は一つの要素を私から隠していて、それが私が推し進めていたすべての計画ともくろみを破壊するのです。この隠蔽はまったく完璧で子供が生まれてはじめてそんな要素が含まれているとわかった次第。」(220)

"[...] Yet I am now faced with a second necessity to choose, the curious factor of which is not, as you pointed out and as first appeared to me, that the necessity for a new choice should have arisen, but that either choice which I might make, either course which I might choose, leads to the same result: either I destroy my design with my own hand, which will happen if I am forced to play my last trump card, or do nothing, let matters take the course which I know they will take and see my design complete itself quite normally and naturally and successfully to the public eye, yet to my own in such fashion as to be a mockery and a betrayal of that little boy who approached that door fifty years ago and was turned away, for whose vindication the whole plan was conceived and carried forward to the moment of this choice, this second choice devolving out of that first one which in its turn was forced on me as the result of an agreement, an arrangement which I had entered in good faith, concealing nothing, while the other party or parties to it concealed from me the one very factor which would destroy the entire plan and design which I had been working toward, concealed it so well that it was not until after the child was born that I discovered that this factor existed" —

文は長いし、いちいちの言及ももってまわっている。大事なところで「必要性」「計画」「裏切り」「選択」（necessity, design, betrayal, choice）といった思わせぶりで取り澄ました抽象語が使われているため、どこが核心なのか、何が問題なのかがぼかされている。そういう意味では、今まで見てきた例と同じように、語ったそばから言葉が散逸していくという印象を与えるかもしれない。

しかし、サトペンがこのような持って回った言い方をするのはいったいなぜか。ここにはサトペンの階級的な気取りが露出していないだろうか。気取ることで、背伸びして、実際にそうである以上に自分を大きく見せようとしている。どの箇所をとっても、まるで一八世紀のイギリス上流階級の英語のような、価値判断を保留しバランスをとろうとするような構文を使っているのが明らかだ。ひとつ目の文からして「ここであらたな選択を迫られたけど、どっちみち結果は同じなんだよ」という程度のことを言うのに、たいへん回りくどい構文を使っている（「しかし、私は今、二つめの選択の必要性に迫られております。これが妙なのは、あんたが指摘したように、そして私もはじめはそう思ったように、新しい選択の必要性が生じたことではなく、そもそも私がどちらを選択しようとも、どちらの道を進むことにしようとも、結局は同じ結果にたどり着くということなんです。」Yet I am now faced with a second necessity to choose, the curious factor of which is not, as you pointed out and as first appeared to me, that the necessity for a new choice should have arisen, but that either choice which I might make, either course which I might choose, leads to the same result.）。下線を引いた design という言い方は、ジェーン・オースティンの『高慢と偏見』の出だし近くでも、結婚の計画に言及して登場人物が使う言葉だが、こうした言い方をすることからもサトペンの目指すものが見えてくる。

すでに前の章で触れたように、一七世紀から一八世紀のイギリスは成り上がり者の横行した時代だった。市民革命期の社会は流動化し、自分が生まれたのよりもひとつ上の階級にあがろうとする人が劇的に増えた。そうした中で、階級の印となるものを身につけることも大事になった。とくに激動の後、社会が落ち着きを取り戻そうとした一八世紀。いわゆる作法本（conduct manual）が盛んに出版された時代である。そこで比重がおかれたのは言葉だった。背景にあったのは、英語というものをきちんと整備しようとする機運の高まりだった。宮廷を中心に、中央集権的な形で英語のルールを定めようとする動きが目立った。ジョンソンにせよ、フィールディングにせよ、スウィフトにせよ、この時代の作家の多くは「正しい英語」がいかなるものかということについて、何らかの明確な意見を持っていたのである。そして、実際に作法本を書いた人もいた。

階級的な成り上がりを、ある種の「正しい言葉」の使用によって支えること――サトペンの言葉遣いにはそんなもくろみが見てとれる。サトペンもまた激動の時代を生きた人だった。そんな彼が拠り所にしたのは、正しい英語を語る人としての自己像だったのである。しかし、そうした彼の背伸びは、はたしてうまくいっているのか。彼の言葉から、貴族的な作法を読み取る人は少ないだろう。いや、そもそもジェーン・オースティンの小説に典型的に見られるように、ことさらに階級性をひけらかそうとする上流階級気取りは嘲笑の的となった。作法の難しさは、そのさじ加減にある。足りなくてもいけないけれど、やりすぎればよりみっともない。

言葉が無理をする

「正しい英語」を語ろうとするサトペンにも、明らかに過剰さが読める。神経質で、自意識過剰で、ほとんどパラノイア(4)。だから、そこに読み取れるのは気取りの失敗なのである。ただ、失敗するのはサトペンだけではない。このような背伸びは、『アブサロム、アブサロム！』のあちこちに読むことができる。以下にあげるのはローザの幼年時代の記述だが、語るのはミスター・コンプソンである。

そういうわけで生まれてからの一六年間は、彼女はその陰鬱で息の詰まるような小さな家にそれと知らずに憎んでいた父とともに住んでいた（中略）叔母さんは十年たってからも依然としてエレンの結婚式をめちゃくちゃにした恨みをはらそうとしていた、町やありとあらゆる人類——兄弟、姪、義理の甥、自分自身までひっくるめて——を皮から這い出そうとする蛇さながらに盲目的で狂ったような怒りで打ちのめそうと。叔母さんはローザに姉が家族と家から消えただけでなく人生からも消えてしまった女なのだと教え諭した、姉は青ひげの宮殿みたいところに消えて仮面に成り変わり、取り戻しようのない世界を力なく希望のない悲しみとともに振り返った、監禁されていたわけではないけれどある男に愚弄されながらとめおかれ（中略）その男は彼女とその家族の生活に彼女が生まれる前にまるで竜巻のような唐突さで入ってきて、取り返しのつかない計り知れない害を与えてそのまま通りすぎていった——いかめしい霊廟の空気を漂わせる清教徒的正義と怒りに駆られた女の復讐心の中でローザは子供時代（それは太古の昔から延々と続いてきた若さの不在であり、カッサンドラのように閉まったドアの向こうに聞き耳を立てたり陰鬱で執念に満ちた予感が長老派的臭気のように漂う廊下をこそこそうろつくことに費やされ、そうこうするうちにも生まれながらに彼女がおおいに困惑させられ裏切られた幼年期と少女時代が、納得ずくで拒絶する早熟さに取って代わるのを彼女は待った、男のとくに父親の姿をとって家の壁を突き破ってくるものを何でも拒絶するこの早熟さを生まれたときから包み布とともに叔母さんがローザに着せていたのである）を過ごした。

So for the first sixteen years of her life she lived in that grim tight little house with the father whom she hated without knowing it [...] and the aunt who even ten years later was still taking revenge for the fiasco of Ellen's wedding by striking at the town, the human race, through any and all of its creatures — brother nieces nephew-in-law herself and all — with the blind irrational fury of a shedding snake; who had taught Miss Rosa to look upon her sister as a woman who had vanished not only out of the family and the house but out of life too, into an edifice like Bluebeard's and there transmogrified into a mask looking back with passive and hopeless grief upon the irrevocable world, held there not in durance but in a kind of jeering suspension by a man [...] who had entered hers and her family's life before she was born with the abruptness of a tornado, done irrevocable and incalculable damage, and gone on — a grim mausoleum air of puritan righteousness and outraged female vindictiveness in which Miss Rosa's childhood（that aged and ancient and timeless absence of youth which consisted of a Cassandra-like listening beyond closed doors, of lurking in dim halls filled with that presbyterian effluvium of lugubrious and vindictive anticipation, while she waited for the infancy and childhood with which nature had confounded and betrayed her to overtake the precocity of convinced disapprobation regarding any and every thing which could penetrate the walls of that house through the agency of any man, particularly her father, which the aunt seems to have invested her with at birth along with the swaddling clothes）was passed.（47）

ローザの幼少時代の特殊な家庭事情が、その父や伯母やサトペンなど、個性の強烈な人物との関わりを通して語られている。とくに後半では「いかめしい霊廟の空気を漂わせる清教徒的正義と怒りに駆られた女の復讐心の中で」（a grim mausoleum air of puritan righteousness and outraged female vindictiveness)、「陰鬱で執念に満ちた予感が長老派的臭気のように漂う」(with that presbyterian effluvium of lugubrious and vindictive anticipation)、「納得ずくで拒絶する早熟さ」(the precocity of convinced disapprobation) といった表現に見られるように、抽象語や多音節語が多くなり力が入っているのがわかる。力が入りすぎてかえってイメージしづらいとさえ言える。

どうやらこの作品では、サトペンの発言に限らず、あちこちで言葉に無理をさせるような力みが——そして、その結果としての軋みや亀裂が——見てとれるのである。サトペンの場合に皮肉だったのは、その背伸びの失敗に表れていたのが、ときに「悪魔」(demon) などと呼ばれもする人物の、意外に神経質で執着的な言葉への拘泥であり、その結果、矮小さのようなものさえが読み取れるということだった。壮大な野心を持ちながら運命の皮肉に翻弄されて最後は非業の死をとげる、でも悲劇の主人公となりきることはできない——そんな悲劇未満の人生がサトペンの言葉には反映されていた。典雅な貴族性と重々しい叙事詩性とをミックスしたような気高さに憧れていながら、まさにそうした狙いゆえの加重負担に言葉が足をとられている。(5)

しかし、実はこのような言葉の軋みは、時をへてサトペンの物語を熱心に語り直すミスター・コンプソンのような人物にまでもおよんでいるのである。語り手のミスター・コンプソンが上記の引用部でやろうとしていることはたしかにわかる。彼は、大人たちの情念の渦とローザにかかる抑圧とを、壁から洩れ聞こえるようなそのゴシック的な重苦しさをそのまま引き受けながら描きだそうとしているのである。ゴシック的な闇は『アブサロム、アブサロム!』について頻繁に指摘される特徴であり、ひいてはフォークナーの南部世界を理解するための最大の鍵でもある。(6) しかし、そのために語り手自身が、暗闇でもがくような言葉遣いへと追いこまれている。そこから感じられるのは、言葉が語り手の制御を超えつつあるということである。身の丈を超えた言葉を求めようとする一種の儚い理想主義ゆえに、語り手は、自分の語ろうとする言葉の重みを支えきれなくなっている。

牧歌とポライトネス

サトペンにとりついた「階級」幻想は、このように時代遅れの「強烈で気高く奥深い言葉」への幻想という形をとって、『アブサロム、アブサロム!』の人物たちの間に広く行き渡っている。矮小さと表裏一体のサトペンは、決して突出した存在ではない。むしろ、サトペンは遍在すると言ってもいい。捨てたはずの息子チャールズ・ボンの再来という形をとってサトペンにつきまといつづける「過去」とちょうど同じように、遠い昔に死んだはずのサトペンという人物が、言葉への幻想を通して、まるで今、そこに、いるかのようだ。

このことは、死や死者の描き方とも関係する。すでに紹介した粗筋からも明らかなように、物語の盛り上がりどころが重要人物の死の瞬間にあることは間違いないが、実はこの小説では死は何度も言及される。死はクライマックスというよりは、むしろオブセッションなのである。とっておきの悲劇となるにしては、死への言及があまりに多い。死者を想起する場面は多いし、特定の登場人物と関連しない幽霊のようなものもよく出てくる。過去と現在、夢と現実などの境界の不分明さは、究極的にはこの作品に死が氾濫していることとつながってくる。死者と生者の間の境目は実に不明瞭で、死も死者も決して珍しくはない。暴力的でドラマチックな死をとげるボンにしても、サトペンにしても、一度死んだはずなのに何度も再登場しているうちに、生きているのか死んでいるのかさえわからなくなる。死者と生者が限りなく近いのである。(7)

『アブサロム、アブサロム!』の最終的な到達点は、このような死の間近さなのかもしれない。死や過去や悪といった、通常なら遠くにあることによってこそ強い意味を放つものが、すぐそこに、ふっとあるのが当たり前の世界。善と悪、現在と過去、男と女、親族と他人、黒人と白人……こうした対立点をめぐって登場人物たちは右往左往するようでもあり、私たちもついそういう人物たちに感情移入したくなる。しかし、作品そのものが表現するのは、そういう対立点の思いがけないほどの——気持ち悪いほどの——近接なのではないか。

『アブサロム、アブサロム!』に見られる、無愛想でこちらを寄せつけないような広大で多量な言葉は、一方でたしかに私たちを圧倒し、世界のただならぬとめどなさを示唆するが、そこには広大無辺さとは反対の、たいへん人為的な努力が透けて見える。それはむしろ言葉に無理をさせることで相手の気を惹こうとするようなまさにポライトネスのロジックに拠った努力であり、そういう意味では語り手が自身に嘘をつき無理をしているような——突き詰めて言えば悲哀(pathos)と呼んで差し支えないような振る舞いでもある。自分に身についたものではない言葉で語ろうとする者には、特有の悲哀がつきまとうのである。『アブサロム、アブサロム!』の「長さ」と「多さ」に満ちた文章は、どことなく牧歌的な円満さと豊穣さの醸し出されるものではあるが、それがそもそも語り手のミニマルな言葉的な挫折に発したものであり、最終的にはそこに回帰していくというあたりに、フォークナーのある種の人間観が見て取れるのかもしれない。南部という土地の抱え持つ潜在力におののきつつも、彼はそのいじましいペーソスを嗅ぎ取らずにはいられないのである。

そこには善意の装いで言葉をくるみこもうとした時代へのノスタルジアと不信との双方が紛れこんでいる。『アブサロム、アブサロム!』という強面の小説が、やわらかい側面を併せ持つのもそのためだ。その文章の不思議な居心地もおそらくそこから来ている。だから、サトペンも決してその挫折をあざ笑われるわけではない。許され、その pathos を祝福される。そんな寛容さを可能にするのは、人は誰だって死ぬのだというあまりに当たり前の真実を語ることのできる声の力なのである。

第10章 冠婚葬祭小説の礼節——フランク・オコナー「花輪」(一九五五)、ウィリアム・トレヴァー「第三者」(一九八六)

二等辺三角形の視線

小説はその隆盛期には作法と持ちつ持たれつの関係を持っていた。しかし、当初から小説的な語りと作法的な要請との間にはずれがあり、やがてこのずれはより深い溝となって両者の間の相克が浮き彫りになる。第8章で見た『チャタレー夫人の恋人』はさまざまなレベルの「不作法」を通し、もはや小説がかつてのような単純な作法の普及装置としては機能しえなくなったことを示していたし、第9章で扱った『アブサロム、アブサロム!』でも、実験的な作品特有のやや不親切な語りが一種の「崇高」を顕示する一方、アメリカ的な文脈における、ややねじれた形での作法へのこだわりが得も言われぬ矮小さとペーソスの表現に結びついていた。

こうした二〇世紀の作品の例から見えてくるのは、作品中の語り手が——そしてその裏に隠れた小説家自身も——もはやそう簡単には、善意に満ちた「いい人」の仮面をかぶりえなくなったということである。通俗的なメディアの中では、今現在も小説家は〝セレブ〟の一角を占める名士として扱われることが多いが、小説テクストはしばしば作法違反の先兵となるのであり、ときには意地悪さや攻撃性や悪意の表出の舞台ともなる。ただ、おもしろいことに、ポライトネス全盛の時代には裏に隠れた悪意の支えで善意が表出されたのとちょうど裏返しの形で、作法からの解放や不作法が主流となった二〇世紀以降、一見した不適切さや作法違反が、むしろ最終的には適切さやひいては豊かな愛の表明につながるといった逆の事態が生じるようになった。

今回とりあげる二人のアイルランド人作家はいずれもそのあたりの機微にたいへん敏感である。カトリック支配の強いアイルランドでは、二〇世紀に入った後もイギリスやアメリカなどに比べはるかに「適切さ」(propriety)による縛りが強かったが、だからこそそうした縛りとの相克を通して小説の語りは力を持ち続けた。作法から解放され、カジュアルさが支配するようになった社会では、わざわざ小説というジャンルで語ることの意義さえ見出すことが難しいかもしれないが、作法と不作法のせめぎ合いがリアルな葛藤を生み出す場では、小説は依然として有効な表現手段なのである。

この二つの作品に共通するのは、作法がとりわけ前景化しやすい場面、すなわち冠婚葬祭を扱っているということである。フランク・オコナー(一九〇三―六六)の作品で描かれるのは葬儀。ウィリアム・トレヴァー(一九二八―)のものはややひねりをきかせた形で「離婚式＝結婚式」を扱っている。いずれの作品でも、ふだんより「決まり」や「適切さ」に敏感になった人々の様子が描出されている。

しかし、二つの作品のより重要な共通点は、物語の中心となる人物が不在だということである。不在の人物をめぐって、二人の登場人物があれこれと議論する。実はこの二等辺三角形のような構造が、より深い意味で小説と作法とのかかわりを示している。葬儀的なものであれ婚姻的なものであれ、不在者に言い及ぶ際には、他の会話参加者との間に微妙な緊張関係が生まれるとともに、「対象をいかに語るか」をめぐって適切さの意識、つまり語りの型をめぐる意識が研ぎ澄まされるからである。

このような二等辺三角形の構造の下では、人は好き勝手に対象を語るわけにはいかない。言っていいこと、言うべきでないことをめぐりお互いが牽制し合い、束縛が働く。そうした中で、いわば二人の共同性の表れとして、語りが練り上げられるのである。語りはここでは「適切さ」や「作法」にたいへん敏感になっており、そういう意味では儀式に近づいている。もちろん参加者が二人から三人になり、四人になる可能性もあるわけだが、儀式への第一歩がもっとも先鋭に示されるのは、一人による語りが二人の共同的な語りに移行する瞬間である。

これは小説そのものに冠婚葬祭的なものが潜んでいることの証でもある。考えてみれば、不在の人物の「適切さ」を云々するような一種の噂話的な語りは、しばしば小説の中に見られてきた。冠婚葬祭小説では、そのような「適切さ」談義を行う語りそれ自体が果たして「適切」に行われているかどうかが、会話参加者の相互的な視線の中でチェックされるのである。そして現実の冠婚葬祭と同じくそこで「適切さ」の指標となるのは、いかに愛が表明されているかという「形」の問題である。小説とはそういう意味では、愛の表明を最終目的とした冠婚葬祭に限りなく近いジャンルだとさえ言える。だからこそ二〇世紀の作家は、そうした前提とどう付き合うかをつねに態度で示す必要に迫られてきた。

「花輪」の競い合う語り手

フランク・オコナーの「花輪」で描かれるのは、ある司祭の死に伴って起きた事件である。事件とはいってもこの上なく地味な出来事なのだが、これが周囲の人々の間にスキャンダルめいた騒ぎを引き起こす一方、亡き司祭の二人の親友にも小さからぬ動揺をもたらす。

よく知られているようにカトリックの司祭は今に至るまで妻帯が許されていない。司祭には女性関係についての禁欲が求められている。ところが、ディヴァイン神父の死後、その葬儀のために赤い花輪が贈られてきたのである。この赤い花輪に、周囲は「女」の気配を察した。ディヴァインに何かあったのではないか？　頭のいい皮肉屋として知られたディヴァインだが、女性関係があったという噂は聞かなかった。あるいは神父に心を寄せていた女性がいたのか。

小説の視点人物はディヴァインの親友だったフォガティで、そこにもう一人の親友だったジャクソンがからむ。当初二人の間には微妙な距離があるが、ディヴァインに贈られた赤い花輪の「適切さ」について周囲の人たちが騒ぎ立てているうちに、次第に二人の溝は狭まっていく。以下に引用する議論にも示されるように、杓子定規に「適切さ」のルールを適用しようとする人々から、何とかしてディヴァインを守りたいという二人の姿勢が鮮明になるのである。

「それはいいです」マーティンが言った。「これだけでも十分厄介だけど、でもそれで全部じゃないんです」

「え。それは花輪が女性からのものだから、ということですか？」ジャクソンが軽い調子で会話に割り込んできた。ふつうの人ならここで拍子抜けするところだったが、マーティンの重々しさは崩れなかった。

「そう、その通り。女性からのものだからです」

「女性！」フォガティは驚きの声をあげた。「そう書いてあるんですか」

「そうは書いてありません」

「じゃ、わからないでしょ」

「赤い薔薇なんですよ」

「赤い薔薇だったら、女性からということになるんですか」

「他にどういう可能性がありえるんです?」

「僕が思うに可能性としてあるのは、あなたの勉強したのとは別の花言葉の体系を勉強した人がいて、その人が送ってきたということじゃないですか」フォガティがまくしたてる。

ジャクソンが傍らで「よせ」と言っているのが空気でわかるような気がしたが、実際にジャクソンが口を開いたときには、その冷たさと無頓着さとの矛先は教区司祭に向けられていた。

(342-43)


当該地区の司祭マーティンは、あくまでルールに則ることに重きを置く。だから、「女」の気配にも敏感に反応する。一方、フォガティもジャクソンも、マーティンの性急な断罪に対して懐疑的である。ただ、話が進むにつれ、二人は「女」の存在を認めざるをえない気分になっていく。そしてより冷静なジャクソンがリードする形で、少しずつ「ディヴァインにあったのかもしれないこと」について想像がめぐらされるのである。

こうして二人の元親友は、不在の人物の「適切さ」についてあれこれと議論を始めることになる。まさに小説的瞬間。まるで『高慢と偏見』のエリザベスとシャーロットのように、あるいはエリザベスとジェーンのように、フォガティとジャクソンはそこにいないディヴァインの品評をするのである。

「死ぬ間際には、女性に頼らざるをえなかったのかもしれない」(344)、「頭のいい女性なら惹かれたかも」(345)といった憶測もなされる。

そのうちに、彼らの方が自分たちの過去を告白しはじめる。まずはフォガティ。

そしてここでもまた、最初に打ち明け話をしたのはフォガティの方だった。

「僕には無理だったんだ、ジム」真剣な口調だった。「ひょっとしたらなんて思ったこともない。たった一度をのぞいては。相手は神学校で一緒だった男の奥さんだった」(346)

ジャクソンにもやはり「過去」があった。

「マニスターにいたとき、ある店の奥さんと親しくなった。おしゃべりをしたり、本を貸したりした。孤独で頭が変になりそうになっている人だった。それである朝、家に帰ってみるとどしゃぶりの中、玄関前でその人が待ってた。夜中からずっとそこにいたんだ。自分をどこかに連れて行って欲しいって言うんだ。『救い出して欲しい』という言い方をした。その人がどうなったかわかるだろ」(347)

しかし、フォガティもジャクソンも結局、彼女たちとは何もなかった。それに対し、ディヴァインには、少なくとも「赤い花輪」に相当する何かがあったのかもしれない。そういう意味ではディヴァインは、二人が実現できなかった何かを代わりに成し遂げたとも言える。ディヴァインに贈られた赤い花輪を守ろうとする二人は、自分たちの過去そのものを守ろうとしている。自分たちの「そうであったかもしれない何か」が無意味にならないよう、むしろディヴァインに何かあったならと願っている。

埋葬の場面でも、赤い花輪は人々の抵抗に遭う。集まったディヴァインの親戚たちは「あれはいったい誰が贈ったものだ?」と、批判的な目を向ける。とくに未婚の妹の指弾は厳しかった。「もしあの花輪をお墓まで持っていったら、町中の笑いものよ」と彼女は言う。ここへきて、フォガティはついに及び腰になる。地元出身の彼は、子供の頃から見慣れた風景の中で共同体の暖かさとともに、あらためてその拘束感をひしひしと感じたのである。

しかし、そこで「よそ者」だというジャクソンが割って入る。

「当然ながら、私はフォガティ神父とこのことについて話し合いました。個人的には私は花輪なんか送るのは非常識だと思います」。そこで、その聖職者らしい柔和な声に急に脅すような調子をこめて、あざけるようにジャクソンは肩をすくめて見せた。「ただ、あくまでよそ者として言わせてもらうと、もしその花輪を墓地から送り返したりしたら、あなたたちは笑いものどころか、もっとひどい目に遭いますよ。亡くなった人の名前に泥を塗るようなもので、生きている限りこのことは誰も忘れないでしょうね。……もちろんあくまでよそ者の見方なんですけど」ジャクソンは礼儀正しく付け加え、その一方で、苛立たしそうにことさら音をたてて息を吸ったりもした。(349–50)

先の場面と同じようにここでも、ドライで無頓着に見えるジャクソンが、誰にも増して濃厚な愛の表明を行うことになる。視点人物のフォガティは、驚きとともにその果敢さに打たれるわけである。ただ、ひょっとするとジャクソンのこのような言動は、フォガティの存在あってのものかもしれない。つまり、やや微温的な感傷性とともに先に口を開くフォガティを横目で見ているからこそ、ジャクソンはより突っ張ったスタンスをとりえたのではないか。ジャクソンの言動はフォガティを多分に意識したもので、ある意味では、フォガティの態度に対する一種の修正的な対応とも読める。

語りのエロス

ともかく、こうして二人は花輪を守る。そしてフォガティは最後の一節で感慨にふけるのである。「自分とジャクソンが守ったのが単なる感傷的なしるし以上のものだという考えが、熱い思いとともにこみあげてきた。自分たち二人をディヴァインへとつないだもの、そしてこれからは、二人の間をつなぐもの。それは愛なのだ」(350)。この「愛」とは何だろう。二人の「告白」を通して明らかになったように、三人が共有していた「愛」のことなのか。少なくとも作法や適切さにとらわれない、人間らしい感情にこそ真実を見出そうとする姿勢ははっきりしており、小説の典型的なハッピーエンドのパターンとも見える。だが、果たしてそれだけだろうか。

もはやそこにはいないディヴァインを語るフォガティとジャクソンの姿には、競ってディヴァインに対する愛を表明しようとする姿勢も見える。しかし、二人はそれぞれ独自のディヴァイン語りを展開するようでいて、相手のディヴァイン語りに拘束されてもいる。その結果、最終的には二人のディヴァイン語りは相補的なものとして、一種の共同作業として完成していく。そこにはディヴァインを頂点とした二等辺三角形の関係が形成されているのである。その根幹にあるのがホモエロティックなものかどうか。少なくともそこに「愛」がからんでいたのは間違いない。彼らが妻帯を禁じられた神父たちであれば、そして彼らの女性関係があくまで成就しえなかったものとして語られているとするなら、この「愛」が男性と女性との間に生ずる性的なものと類似している可能性もなくはない。赤い花輪は最終的には、フォガティとジャクソンの、ディヴァインに対する気持ちを代弁するとも読めるかもしれない。

しかし、忘れてはならないのは、このエロスがあくまで語りを通して発生しているということである。ディヴァインについて語りたいというフォガティとジャクソンの欲望そのもの、つまり語るという行為と不即不離のものとしてこのエロスは描かれている。二人は元々は独自の視点から、しかしやがては共同的に、同一の対象であるディヴァインを語ることで、語りに伴わざるをえない「愛の形」に目覚めていく。「花輪」という小説の作品としての成就は、この二人の人物がどこまで共同的に愛の表明を行いえたかという点にかかっている。花輪はその共同性の象徴だとも言える。それが小説の人結末に至ってはっきりしたわけである。そもそも花輪の送り主が最後まで不明で、ディヴァインの人生についても知られていないことが多いのも、フォガティとジャクソンが自分たちの言葉でディヴァインを再創造するための布石だと考えられるのである。

離婚式のルール

「花輪」と比較するとトレヴァーの「第三者」ははるかに奇妙な設定をとっているが、根本の構造はよく似ている。ダブリンのホテルのパブで二人の男が待ち合わせる。初対面である。年は近いが、背格好は対照的。ボーランドは背が高く太り気味で、よく日に焼けた顔に白髪交じりのクセの強い髪なのに対し、レアードマンはどちらかというと小柄で痩せ、眼鏡をかけている。洋服もこざっぱりと着こなしている。

初対面ということもあるのか、二人の態度はどこか硬い。自分の作法にも細心の注意を払っている。そのせいもあって、なるべく型どおりやろうとする会話がかえってぎこちなく、不自然。紋切り型の会話が続くほど、そのわざとらしさを通して妙な緊張感も生まれる。

「さて、お互い遅れはしなかったな」ボーランドは挨拶代わりに言った。緊張していたのは彼の方だった。「ファーガス・ボーランドです。どうぞよろしく」

二人は握手を交わした。ボーランドが財布を取り出した。「私はジェイムソンをもらおう。そちらは何にします？」

「あ、炭酸飲料でいいですよ。まだ、こんな時間だし。レモネードで」(254)

やがて二人の硬さにわけがありそうなことがわかってくる。二人の態度がやけに丁寧なのもそのためだ。そして、以下の引用部の最後で、いよいよその「わけ」が示される。

「いや、ほんとに申し訳ない」レアードマンは続けた。「こんな目に遭わせるなんて」

「お幸せに」ボーランドはグラスを持ちあげた。二倍の水を足して、ウィスキーは色が薄くなっていた。「そちらは、こんな早い時間からおやりになることはないんでしょうな？」とわざとらしい丁寧さで言う。「いや、賢い。その方がいい。まったくそうだ」

「酒なんか呑むわけにはいかないと思ったんですよ」

「こっちは、あんたと会うのに呑まずにはいられませんよ、レアードマンさん」

「申し訳ない」

「あんたは俺の女房をさらったんだ。日常茶飯事とは言えんでしょう。ね」

「すみません――」（255）


どうやらボーランドの妻をレアードマンが奪ったのである。ある意味では小説におなじみの三角関係とも見えるのだが、この作品が独特なのは、「妻の引き渡し」をめぐる交渉の山場がこの時点ですでに終了しているらしいことである。ふつうなら小説の大きな読みどころになるはずの場面がもう終わっている。レアードマンはもちろんその結果に満足しているわけだが、妻を奪われたボーランドの方も、レアードマンとアナベラが無事結ばれることを願っているかのようだ。従ってボーランドとレアードマンの会見は、すでに妥結した交渉の後の、儀式的な調印式のような様相を呈している。ただ、舞台はカトリックの支配するアイルランド共和国である。堕胎が法律で禁じられているような国である。離婚も容易ではない。だから、手続きを迅速に進めるためには、現在の法律上の夫であるボーランドのさらなる協力が必要となる。そのことをあらためてレアードマンは確認する。


「まあ、お察しのように」レアードマンはおだやかに続けた。「子供は欲しいと思ってます」

「だろうね」

「そちらはうまくいかなくてお気の毒でした」

「まったくね」

「それでですね、ファーガスさん、離婚の件はよろしいですか」

「つまり、俺に責任があることにしろってことかい」

「今時のやり方なんですよ、実際」

「今時のやり方？」

「お嫌だというなら――」

「いや、まったくかまわない。俺は責任を認めよう。そこから調停に入ろう」

「そうしてもらうとほんとに助かります、ファーガスさん」（259）

'Naturally,' Lairdman blandly continued, 'we'd like to have a family.'
'You would of course.'
'I'm sorry that side of things didn't go right for you.'
'I was sorry myself.'
'The thing is, Fergus, is it OK about the divorce?'
'Are you saying I should agree to be the guilty party?'
'It's the done thing, as a matter of fact.'
'The done thing?'
'If you find it distasteful—'

'Not at all, of course not. I'll agree to be the guilty party and we'll work it out from there.'
'You're being great, Fergus.'

どうやらボーランドに、離婚の責任を認めてもらいたいということらしい。それにしても、この部分の会話の回りくどい丁寧さはどうだろう。参考までに原文も載せたので確認してほしいが、激しい口論になってもおかしくないところ、この二人の男は実に紳士的に事を運ぼうとしている。会話のルールに忠実にいちいち「お気の毒でした」（I'm sorry that...）などと低姿勢を示しながら、「それでですね」（The thing is...）、「……ってことかい」（Are you saying...?）、「お嫌だというなら」（If you find it distasteful—）などと、お互いに丁寧な会話につきものの躊躇や仄めかしのジェスチャーをふんだんに使っている。「そうしてもらうとほんとに助かります」（You're being great）なども、典型的なお愛想言葉と言えるだろう。こうして表向き、この離婚式めいた儀式は滞りなく進んでいくかに見える。

儀式の亀裂

しかし、二人が作法に忠実になろうとすればするほど、皮肉にもかえって細かいことが目についてくる。大筋については争点はないにもかかわらず、微妙な摩擦が生じるのである。たとえば二人で酒を飲むときのバーでの作法。まず、片方が二人分の勘定を持つ。次はもう一方が二人分を払う。ふつうはこの繰り返しとなる。ところがレアードマンはこれを怠る。ボーランドは二杯目の分も自分で払いつつ、心の中で「こいつはケチだな」と思ったりする。

「どうも」ボーランドはバーテンに言って、さらに代金を払った。
「私が払う番ですよ」レアードマンが一瞬遅く言った。
アナベラはケチはきらいだ、とボーランドは思った。自分にかかわるとなれば、だんだん気に障るようになる。時間の問題だ。最初は気にならないだけだ。(256)

「レアードマンが一瞬遅く言った。」(Lairdman protested, just a little late.) という一節の just a little late が実に利いている。ボーランドは二杯目の勘定をレアードマンが払い損ねたのが意図的なしくじりだと見ている。しかも、わざわざちょっと遅れたタイミングで「私が払う番ですよ」などと言うところがせこい。

さて。ほんとうに意図的なのかどうか、それはわからない。むしろレアードマンの吝嗇よりも、そんなことを気にするボーランドの細かさの方が浮き彫りになっているのかもしれない。少なくとも「アナベラはケチはきらいだ」というボーランドの想念から読み取れるのは、表向きすべて解決済みのはずの二人の儀式的な会見に、すでに亀裂が生まれはじめているということだ。やはりボーランドは事の進展が気にくわないのではないか。

案の定、丁寧で儀式的なやり取りのメッキが少しずつ剝げはじめる。細かい作法のアラをきっかけに、自分とは対照的に都会風のスマートさを身につけたレアードマンに、ボーランドが苛立ちを覚えずにはいられなくなる。それで、かつて学校時代にレアードマンがいじめられていたことにわざと意地悪く言及したりする。レアードマンがしらばくれても、執拗にその話題に戻ろうとする。このあたりまでくると、ボーランドの粘着的な性格がかなり目立つ。しかも、粘着的であると見られることには人一倍注意している。二重の意味でのこだわりだと言える。いじましいまでの拘泥である。

　作法の仮面の裏側には、かくも見苦しい執着が隠れていた。ある意味では、これは冠婚葬祭小説につきものの展開だと言えるだろう。冠婚葬祭の場面では、日常生活とはひと味違うようなより注意深い作法意識が必要となるが、かえってそのおかげで、ふだんは目に見えないその人の性格や暗部が表沙汰になる。形式的な作法の拘束があればこそ、人はよりその人らしくなる。冠婚葬祭小説は、まさにそうした瞬間をとらえるのである。オコナーの「花輪」もそういう作品だった。「第三者」はそこにさらにひねりを加える。ふつうなら冠婚葬祭にはおさまらないような離婚という状況をむしろ儀式として描くことで、その珍しい設定を通し作法の向こうに隠れた「人間」を垣間見させるという展開なのである。

　やがてボーランドの隠れた部分がさらに表に出てくる。別れる間際、レアードマンに対する当てつけから、彼はついに言うべきでないことを、ほんとうは口にしないつもりでいたことを言葉にしてしまう。

「あんた、子供をあの学校にやるとか言ったけど」いつの間にか自分が口にしているのがわかった。「それって、あんたとアナベラの子供ってことかい？」

　レアードマンはまるで常軌を逸した人間を見るような目で彼を見つめた。びっくりして、小さな口をあんぐりとあけている。笑おうとしているのか、顔が硬直してそう見えるだけなのか、ボーランドにはわからなかった。

「ほかに誰の子供がいるって言うんですか？」レアードマンは首を振った。まだいぶかしそうだ。握手をしようと手を差し出したが、ボーランドはそれを受けなかった。

「うん、だろうと思ったよ」

「何を言ってるんですか」

「レアードマンさん、あいつは子供ができないんだよ」

「あの、いいですか」

「医学的な事実だ。可哀想だけど、アナベラには子供はできない」

「酔ってますね。何杯も飲んだから。学校のときのことをあれこれ言うから変だなと思ったんだ。アナベラがあなたのそういうところ、ちょっと教えてくれましたよ」（263）


引用箇所冒頭の「いつの間にか自分が口にしているのがわかった」（...was what he heard himself saying）という一節からも、ボーランドがもはや自分の〝内部〟をコントロールできていないことがわかる。そのコントロールできない内部が、これまで作法で守られていた外部を侵食している。しかし、それにしても「医学的な事実だ」（That's a medical fact.）というボーランドの言葉と、それに対するレアードマンの言葉がおよそかみ合っていないところがおもしろい。レアードマンの方は、「酔ってますね」（I think you're drunk.）にしても、「アナベラがあなたのそういうところ、ちょっと教えてくれましたよ」（Annabella's told me a thing or two, you know.）にしても、少しずつ防衛的な態度になりつつあるとはいえ、あくまで丁寧で作法に則ったようなクリーシェで語ろうとする。ボーランドはその仮面を破ろうとする。アナベラがいかに嘘つきか、いかにほんとうのことを言っていないかをボーランドはこれでもかとレアードマンに突きつける。

「あんたが猫も一緒に引き受けさせられることも聞いてないだろ。子供ができないことも聞いてないだろ。あいつはひどく気分がふさぐと、ヒステリーを起こして顔面蒼白になることも聞いてないだろ。そういうときは近くにいない方がいいよ、レアードマンさん。忠告する」

「アナベラが僕に言ったのは、あなたがしらふでいられないということだ。アイルランド中の競馬場から追っ払われたともね」

「俺は競馬場なんて行かないよ。それから、こういうときでもなければ酒もほとんど飲まない。少なくとも俺たちの共通のご友人の飲む量に比べたら微々たるもんだ。ほんとだ」

「あなたはアナベラに子供をつくってやることができなかった。彼女は気の毒に思ってる。あなたを責めたりはしていない」

「あいつが他人を気の毒がったことなんか、人生で一度もない」(264)

レアードマンがボーランドと同じ土俵に乗りつつあるのがわかる。今まで言わずにいたことをボーランドが口にすると、レアードマンの方もこれまで言わなかったことを明らかにする。その結果、二人はそれぞれ別々にアナベラを語ることになる。しかし、これらの語りはお互い相容れないばらばらの断片なのではなく、むしろ不在のアナベラをめぐっての共同作業のように見えてくる。オコナーの「花輪」に見られたのと同じように、二人の視線が二等辺三角形をつくりながら一人の人物を対象とする。とりあえず私たち読者はボーランドの視線から物語をたどるわけだが、不妊のことにせよ、その他のアナベラとボーランドの生活のことにせよ、あるいはレアードマンの振る舞いにせよ、果たしてボーランドの言うことが正しいのかどうか。少なくとも、語りはボーランドの内面の声に一元化されることはない。

横目の語り

レアードマンの去った後、ボーランドはよけいなことを言ったことを後悔しつつ、あらためてアナベラに思いをはせる。彼はアナベラに未練のある自分の気持ちを抑圧してきたが、次第にそれが難しくなり、過去の場面や言葉を次々に想い出す。しかし、最後まで彼は、自分がアナベラの不妊を曝いたせいでレアードマンとの仲が破綻するに違いないとも思っている。果たしてどうなのか。

果たしてどうなのか、と思わせるのは、ボーランドの視線が二等辺三角形の一辺を形成するにすぎないからである。もう一辺が明らかにならなければ三角形は完成しない。そこがオコナーの「花輪」との違いだ。しかし、事実関係は最後まで明瞭ではないとはいえ、二人の語りがアナベラという一人の対象を語る、いや、語るだけでなく、ほとんど言祝ぐ、という点は同じである。

このような二等辺三角形の語りが儀式の要素を含みやすいという点にはあらためて注目しておきたい。「花輪」にも、単に葬儀が描かれるという以上の儀式的な要素が強くあった。トレヴァーの「第三者」と併せて読むことで見えてくるのは、二人の人間がその場にいない一人の人間について語るという状況が、きわめて緊張感に富んだ様式性を生み出すということである。語る主体とその対象、そして聞き手、という通常の語りのモデルとはひと味違う語りの場がそこには形成される。語りの現場に「もう一人の語り手」がいる。この語り手が、微妙に聞き手の役をも担いつつ、中心となる語り手と競合するかのように、対象をめぐって独自の語りを展開するのだが、そのとき、二人の語り手はお互いをたいへん気にする。だからガードを固めるかのように作法を意識し、言うべきでないことは言わず、言うべきことだけ言おうとしたりする(1)。

ここがまさに小説的な部分なのである。ロレンスを扱ったときにも触れたように、小説には一方で伏せられていたことを開示するという機能があるが、同時にそれが、言わずにおくべきことは言わずにおこうとする衝動と拮抗する。だからこそ「花輪」でも、今まで黙っていた自分の女性問題を告白しはじめたり、「第三者」で言えば、当初話題にしないつもりだったアナベラの不妊について語りはじめたりする。

モダニズム期によく見られたように、語り手を複数化するという実験は二〇世紀以降の文学作品で頻繁に行われてきた。そこにはミステリーの要素がからんだり、二〇世紀的な懐疑主義・決定不能性の思想もからんだりもする。しかし、オコナーにせよ、トレヴァーにせよ、小説形式の転覆をもくろんだわけではない。むしろ彼らの作品は徹底的に〝小説的なもの〟にとどまろうとしている。このことが示すのは、従来の伝統的な小説形式の中に、二等辺三角形の形をとる競合的な語りのモデルが内在していたということではないだろうか。

対象の不在を前提としがちな二等辺三角形の語りは、対象に対する語りのモードへの自意識を要請する。そもそも冠婚葬祭の核心をなすのは、その祭りで祝われる人物に対する敬意であり、愛である。しかし、その愛は、単純に真ごころからあふれ出るようなものではなく、競合する語りに対する意識や牽制を含んだ、つまり、〝横目〟を織りこんだ語りなのである。語りは、語る内容を伝えることを本意とするだけでなく、競争者とともに語る自分をいかに見せるかに腐心するものなのである。

こうした横目は、むろんこの章でとりあげたような冠婚葬祭小説でこそ目につくものではあるが、あるいは競争者が目に見える形で登場しない作品でもそのような暗黙の横目が働いているかもしれないと考えはじめると、小説語りの様式や儀式性についての、さらに一歩踏みこんだ議論につながるかもしれないとも思うのである。

第11章——無愛想の詩学——ウォレス・スティーヴンズ「岩」（一九五四）

方法としての不作法

本書の出発点にあったのは文学作品に見え隠れする「相手」の問題だった。日常生活の中で私たちが言葉をかわすとき、必ず「相手」というファクターがからんでくる。情報さえ伝わればいいわけではない、言いたいことを口にすれば済むわけでもない。言葉は「相手」とのかかわり合いの中ではじめて機能し、使命を全うする。しかし、私たちはつい情報のやり取りに気を取られ、「相手」との関係で生ずるニュアンスを見落としがちである。とりわけ文学作品の中では、語り手が「相手」に対しどのような態度をとっているかが作品の意味や効果に決定的な影響を持つ。語り手が政治的といってもいいような戦略的な計算を働かせることもあるし、その延長上で遠慮したり、世話を焼いたり、愛情を横溢させたりと感情的な働きかけにも力を注ぐことがある。さらに場合によっては、抑圧や隠蔽や沈黙などを通して語ることを抑止するかのような態度がとられることもある。語るという行為には、語るまいとする衝動が混入しうるのである。

このような語り手の振る舞いの根本にあるのは善意である。「相手」を喜ばすことこそが至上命題とされたソネットにせよ、作法書をその源流とした近代の小説にせよ、鍵となったのは語り手の善意の働き方であり、その表現方法であった。ただ、興味深いのは、善意が必ずしも善意の表出や横溢によって表現されるとは限らないということである。事はそれほど単純ではない。すでに一八世紀の『チェスタフィールド卿の手紙』の中でも示されていたように、善意は一見正反対に見える悪意によってこそうまく表現されることがある。ジェーン・オースティン、ルイス・キャロル、D・H・ロレンス、ウィリアム・フォークナーといった作家たちの作品から明らかになったのは、近代から現代にかけての小説語りで不機嫌、不作法、ぶっきらぼうといった因子がむしろ大きな役割を果たしてきたということである。「不作法の系譜」と呼んでもよいような潮流がそこにはあった。南不二男の「マイナス敬語」という考えを借りれば不作法も一種の敬語的な働きを持つと見なせるわけだから、このような傾向を現代なりの「丁寧」や「ポライトネス」の表れとみなすことは十分できるだろう(1)。この章でとりあげたいのは、そんな中で、不作法を詩学のレベルにまで高めたアメリカの詩人、ウォレス・スティーヴンズ(一八七九―一九五五)である。

スティーヴンズはかなりエキセントリックな詩人である。作品の数は必ずしも少なくないのに、「いったい何が言いたいのだろう?」と首をひねりたくなる作品が非常に多い。とりわけ年をとってからの作品はその傾向が強く、デビューしたての頃に書いた詩――といってもスティーヴンズはすでに四〇代だったが――のテーマを何度も焼き直し、だらだらと語り続けているように見えもする。

ロマン派以来のごく一般的な見方として、詩の執筆は表現/表出の行為ととらえられてきた。わざわざ好きこのんで詩を書くからには、何か言いたいことがあったり、あるいは少なくとも「これをしよう!」という動機があるはずだという考えである。ところがスティーヴンズの詩を読んでいると、

「これをしよう！」という動機が見えにくく、まるで、動機などとは関係ないところで書いているとも思える。これが読者に対する姿勢にも表れる。何しろ、「何が言いたいのだろう？」と考えさせるほどだから、読者に対してもどこかぶっきらぼうで投げやり、英語風に言うと rude（失礼）な態度さえある。親切でない。わからせよう、理解させようという気持ちが感じられない。これはいったいどういうことなのだろう。

スティーヴンズと自己模倣

スティーヴンズが読者に対して拒絶的な態度をとっていたことはよく知られている。たとえば詩人としてのスティーヴンズに対する好奇の視線に対して、彼は「［詩人なるものは］億万長者と同じで、人目についても、話しているのを聴かれてもいけない」（Brazeau, 306n）と言っているし、より明確には「私は個人的に過ぎないものは、必死に隠そうとしているんだ。その辺をわかってもらわなきゃ困る。ずっとそうやってきたんだから、今更やり方を変えるわけにはいかない」（*Letters of Wallace Stevens*, 413）と言ったりもしている。スティーヴンズは朗読会や講演会も開かなかったわけではないが、ある講演ではあまりに声が小さすぎて何を言っているかよく聞こえず、最前列の女性が「すいません、よく聞こえないから、もっと大きい声でしゃべって」と言ったところ、スティーヴンズはびっくりしていっそう小さい声になってしまったというようなエピソードさえある（Brazeau, 172）。一九五八年にスティーヴンズの朗読テープが発売されたときも、その朗読があまりにしゃちこばって愛想がなかったため、「これほど朗読の下手な詩人はどこを探してもいない」などという評が出たりもした(2)。恥ずかしがり屋で寡黙、というのがスティーヴンズのとりあえずの印象なのである。実際の詩作品に目をうつしても、「言いたいことなどない」と言わんばかりの内向きの態度が目につく。具体例としてちょうどいいのは、スティーヴンズ最晩年の「個別のものがたどる道」（"The Course of a Particular"）という作品である。スティーヴンズ晩年の名作のひとつとも言われる作品だが、では、何が言いたいのか？　したいことがあるのか？　という問いを投げられると答えるのが難しい。

今日　木の葉が声をあげる　風に吹かれた枝にぶらさがりながら
でも　冬の無が少しやわらぐ
まだそこら中　凍りついた日陰や形をなした雪だらけ

木の葉が声をあげる……自分は身を引いてその声を聞くだけ
それはせわしない声　誰か他の人にかかわる声
そして自分はあらゆるものの一部だと言うにしても

葛藤がある　何か抵抗がある
一部であるというのは拒絶の振る舞い
今あるこの命を与える命のことを感じる

木の葉が声をあげる　それは神聖な注意の声ではない
ぷっとタバコの煙を吐くヒーローたちからのたなびく紫煙でも　人の声でもない

それは我が身を越えることのない木の葉の声
そこには幻想もなく　意味するのは
それが耳がとらえる究極のものにすぎないこと　ものそれ自体の
ただ中にあること　そしてついに　その声は誰にも一切かかわらなくなること

Today the leaves cry, hanging on branches swept by wind,
Yet the nothingness of winter becomes a little less.
It is still full of icy shades and shapen snow.

The leaves cry ... One holds off and merely hears the cry.
It is a busy cry, concerning someone else.
And though one says that one is part of everything,

There is a conflict, there is a resistance involved;
And being part is an exertion that declines:
One feels the life of that which gives life as it is.

The leaves cry. It is not a cry of divine attention,

Nor the smoke-drift of puffed-out heroes, nor human cry.
It is the cry of leaves that do not transcend themselves,

In the absence of fantasia, without meaning more
Than they are in the final finding of the ear, in the thing
Itself, until, at last, the cry concerns no one at all.

タイトルは抽象的だが、描かれているのはふつうの冬の風景である。焦点があてられるのは葉っぱ。ただ、葉っぱがどんなふうに見えるとか、どんな形をしているといったことはそれほど重要ではないようで、「The leaves cry」というフレーズを中心に「葉っぱの声」を指示するcryとかleavesといった語ばかりが繰り返される。この「葉っぱの声」に、スティーヴンズのおなじみのテーマである「部分と全体」の話がからみあってくるあたりが、詩の芯を成す[3]。二連目から三連目の下線を引いたあたりがそれにあたる（「それはせわしない声　誰か他の人にかかわる声／そして自分はあらゆるものの一部だと言うにしても／葛藤がある　何か抵抗がある」）。部分だけれど全体には吸収されきらない、部分が部分のままでいる、とそんなことを言っている。タイトルの意味もそれでわかる。しかし、その一方で、部分や個物はそう簡単に全体から独立したり、全体を超越してしまったりしないという議論も後から出てくる。第四連の波線を引いたあたりである。このどっちつかずの感じは、いかにもスティーヴンズらしい展開と言える（「それは神聖な注意の声ではない／ぷっとタバコの煙を吐くヒーローたちからのたなびく紫煙でも　人の声でもない／それは我が身を越えることのない木の葉の声」）。

ここでは「ぷっとタバコの煙を吐くヒーローたちからのたなびく紫煙」(the smoke-drift of puffed-out heroes) などという突飛な比喩があるかと思うと、「我が身を越えることのない木の葉の声」(the cry of leaves that do not transcend themselves) という崇高な表現も出てきて、なかなか落ち着かない。どうやら内容としては「部分は全体に従属しないが、でも、部分が部分として屹立するわけでもない」というようなことを言いたいらしい。

それで、読者としても「部分は全体に従属しないけど、でも部分が全体から屹立することもないのだ」という程度の、あるのかないのかわからない結論にたどり着くわけだが、そうするとそれに続いて詩がきわめて不思議な終わり方をする(「それが耳がとらえる究極のものにすぎないこと ものそれ自体の／ただ中にあること そしてついに その声は誰にも一切かかわらなくなること」)。とくに最後の「耳がとらえる究極のもの」(in the final finding of the ear) という行の意味ありげなまどろっこしさや、「その声は誰にも一切かかわらなくなること」(the cry concerns no one at all) の唐突で暴力的なほどの冷たさはいかにも特徴的で、スティーヴンズにしか書けないフレーズだと思える。内容的には要するに葉っぱが自然に従属するわけではない、でも自然を超越するわけでもない、という曖昧な境地を描く。葉っぱの音が聴覚によって究極のとらえられ方をする、でもそれは同時に、自然の中に葉っぱの音が消滅していくということなのだ。耳による究極の発見であるような、究極の音のような即物性にまで至ると、もう聞こえないも同然なのである。とにかく、「その声は誰にも一切かかわらなくなること」というフレーズが急に出てきて詩を終わらせるこのタイミングにはどきっとさせられる。

しかし、そこでふと考えたくなる。たしかに鮮やかな作品で、印象に残るフレーズもあるし、しっかり盛り上がりどころもある。オチも意外性に満ちていて、いつもながらのスティーヴンズ節が全開だ。高齢で死ぬ直前の詩人の作品とはとても思えないほど鋭利な力がある。でも同時に、詩人はこの詩でいったい何をしたいのだろう、何か言いたいことがあるのかという疑問も浮かぶ。

そのような疑問が浮かぶのは、この詩を読むと必ずある作品を想い出すからである。スティーヴンズの作品の中でももっとも有名なもののひとつに「雪の男」（“The Snow Man”, 1923）がある。とくに「個別のものがたどる道」の二行目「でも　冬の無が少しやわらぐ」（the nothingness of winter becomes a little less.）のような一節は、自らの過去の作品を振り返る仕草ととれる。スティーヴンズはこの「個別のものがたどる道」という詩で、「雪の男」で自らが描いた極北の地点、意味の限界点のようなものの厳しさから、ちょっとこちら側に戻ってきたと考えられそうなのである。

「雪」の起源

「雪の男」（“The Snow Man”）もまた、雪に覆われた冬景色の中に設定されていた。

必要なのは冬の心だ
霜や　雪で覆われた松の枝を
見るためには

長く寒さにさらされることだ
氷を毛羽立たせたネズや

一月の遠いかすかな陽射しに　荒れた姿をさらすトウヒを目にするには

そして思わないこと
風の音にも　みじめなどとは
わずかに残った葉の音にも

それこそは大地の音
この同じ剝き出しの場所で
同じ風をたっぷりとはらんで

聞く者に向け　雪の中で耳を傾ける者へと
すると彼も　もう何ものでもなく
そこに無いものは何も見ず　ただ無さのみを目の当たりにする

One must have a mind of winter
To regard the frost and the boughs
Of the pine-trees crusted with snow;

And have been cold a long time

To behold the junipers shagged with ice,
The spruces rough in the distant glitter

Of the January sun; and not to think
Of any misery in the sound of the wind,
In the sound of a few leaves,

Which is the sound of the land
Full of the same wind
That is blowing in the same bare place

For the listener, who listens in the snow,
And, nothing himself, beholds
Nothing that is not there and the nothing that is.

いかに冬の風景を見なければならないのか、そのやり方を教えてあげよう、という押しの強い口調で詩は始まる——「必要なのは冬の心だ」。ところが、どうやって冬を見るか、その方法を細かく指定すると見えて、そのうちに不思議なことが起きる。転換点になるのは三連目である——「そして思わないこと／風の音にも　みじめなどとは／わずかに残った葉の音にも」。冬を見るためには、葉っぱの音が大事だと言うのである。でも単に葉っぱの音を聞けというのではない。葉っぱの音を聞いても、そこに「みじめ」さ（misery）を感じ取ってはいけない、という。ずいぶん回りくどい指示だが、少なくとも「個別のものがたどる道」と同じように、葉っぱの音が大事な機能を果たしているのは確かである。しかも、「それでは、葉っぱの音に耳を澄ましましょう」とこちらが聞き耳モードになると、急に迷路に入りこむ。三連目から四連目にかけての展開にはそれが表れている――「わずかに残った葉の音にも／それこそは大地の音／この同じ剝き出しの場所で／同じ風をたっぷりとはらんで」(In the sound of a few leaves, / Which is the sound of the land/ Full of the same wind/ That is blowing in the same bare place)。葉っぱの音のことを考えようとすればするほど――その音に耳を澄まそうとすればするほど――音は拡散してとらえどころがなくなる。文を追っても、自分がいったい何の音を聞こうとしていたのかがわからなくなる。その原因は、文の決着が関係詞その他を通してどんどん先延ばしされるうちに、文の中で何を追おうとしていたのか、とらえどころがなくなることにある。そして、そんな迷走の果てに、いきなり結末が訪れる――「聞く者に向け　雪の中で耳を傾ける者へと／すると彼も　もう何ものでもなく／そこに無いものは何も見ず　ただ無さのみを目の当たりにする」(For the listener, who listens in the snow, / And, nothing himself, beholds/ Nothing that is not there and the nothing that is.)。

　この詩の後半で語られるのは、葉っぱの音を聞くのが何かをつきとめるような目的的な行為ではなく、もっと受動的なものだということである。認知したり、見出したりするより、迷走し埋没するのである。そして、これが聴覚だけでなく、視覚にもあてはまるということが最後にわかる。余計なものを視界からどんどん排除していくと、ついに視覚を超越したかのように無そのものが立ち現れるからである。その地点では、無そのものを見ることができる。

というわけで、「個別のものがたどる道」と「雪の男」はまったく同じではないが、たいへん似た内容を持った詩だということがわかる。語句やイメージも流用しているし、オチの付け方もたいへん似ている。[4] しかし、ここで問題にしたいのは両者の共通性そのものではない。気になるのは、以前に書いた作品にここまで依拠した作品を書いてしまう詩人の態度である。以前書いた作品に依拠するというのは一種の自己模倣であり、場合によっては詩を書くことについての敗北宣言ともとれる。

でも、ほんとうにそうなのか。どうもスティーヴンズが単に模倣行為を敢行しているだけとは思えないのである。模倣なくしてはありえなかった何かがここでは達成されているのではないか。このことについて以下検討してみたい。

繰り返すほど言葉が減っていく

過去の作品を反復するとはどういうことだろう。もし、そこに何らかの態度表明が読めるとするなら、こんなことにならないだろうか――自分には新しく言うことはない、ただ、今まで言ってきたことを繰り返すだけだ、と。新しいことを言ったり、新しい情報を繰り出すことに対する抵抗の姿勢がそこには見える。新しいことなどない、言われるべきことはすでに言われてしまったという諦念がある。

「個別のものがたどる道」という詩の読みどころはまさにそこにある。今一度この詩を見て気づくのは、詩の大事な部分が is という be 動詞に依存しているということである。とりわけ、「自分はあらゆるものの一部」(one is part of everything)、「葛藤がある　何か抵抗がある」(There is a conflict, there is a resistance involved)、「それは神聖な注意の声ではない」(It is not a cry of divine attention)、「それは我が身を越えることのない木の葉の声」(It is the cry of leaves that do not transcend themselves) というような箇所は内容的にも大事だが、be 動詞の文で語られていることも注目に値する。こうした be 動詞の多用が示すのは、事柄が「すでにそうである状態」として語られていることである。そこには yes か no かをめぐる葛藤があるし、ちょっとした議論の盛り上がりも生まれてはいるが、肝心なのはこのように is を通して語ることで、語り手が「それはもはや自分が手を出すことのできないことだ、どうにもならないのだ」というようなあきらめを示していることである。

このあきらめと関連して、詩の口調にはあるおもしろい特徴が見られる。先ほども触れたが、この詩では「木の葉が声をあげる」(the leaves cry) という節が何度か繰り返される。リフレインのように三回ほど出てくる。この cry は動詞の形をとっており、その動詞を it で受けて名詞化するというのが、この詩のひとつのパターンになっている。別の言い方をすると、動詞 cry のアクションにこめられた思想なり観念なりを詩の中で少しずつ名詞へと落着させていく、というのが語りの目的とも読める。

しかし、実際にはどうだろう。cry という語は動詞、名詞合わせて何度も出てくるが、cry が名詞として定着し理解されて、そのことによって私たちがある深い真相に達するということは起きていないようである。むしろ、何度も出てくる cry という語そのものの催眠的な効果に飲み込まれるようにして、cry について思考停止するというのが最終的な詩の到達点であると思える。何しろ、私たちがたどり着くのは、葉っぱの声について「ああ、そうか、部分は全体に従属しないけど、でも部分が全体から屹立することもないのか」という認識にすぎないのである。何ともぱっとしない朦朧とした結論ではないだろうか。そんな結論よりも、繰り返される cry の語の方がよほど頭に残る。

この詩がいったい何をしようとしているのか見えにくいことの意味はこのあたりに見出せる。この詩は表向きにしようとしている行為、すなわち cry について考える、ということについては実に中途半端なのである。cry について語るようでいて、cry という語そのものを語り尽くす前に、その語に飲み込まれているのである。

そんな語りの成り行きからは、スティーヴンズの言葉についてのある興味深い事実が見えてくる。一般に言葉というものは繰り返せば繰り返すほど増え、豊かになっていく。だから強調したいこと、望ましいこと、実現させたいことについて、人は繰り返し言葉にし、声にする。言葉というのはそのようにたくさん口にされることによって、現実に働きかけたり、何かを生み出したりする作用を持つと期待されている。

しかし、スティーヴンズの詩ではどうだろう。言葉がいくら繰り返されても、賑やかに増殖していくという感はない。わざともたついたような、前に進まないような使われ方をしていることもあって、言葉は繰り返されればされるほど——やや比喩的な言い方をすると——減っていくように思える。それはスティーヴンズの繰り返しが豊穣さや増殖へと結びつくよりも、「回帰」を示唆しているからである。原点への回帰である。繰り返しを通し、スティーヴンズは言葉の表すものをそぎ落とし、それを一番根本にある起源の部分へと差し戻そうとしているかに見える。(5) そこでは言葉の多量さは豊穣さの相においてとらえられるのではなく、少なさや欠乏やさらには無という相においてとらえられている。スティーヴンズがこの二つの詩の舞台として冬という季節を選んだのもそのあたりと関係がありそうだ。

なぜスティーヴンズの詩は頭に入ってこないのか

このような言葉の欠乏感をもっともよく表すのがスティーヴンズ最晩年の「岩」("The Rock", 1954)という作品である。この詩はその内容を一口で説明するのが難しいが、やや強引に解釈しようとすれば、要するに①「すべては幻想であり根本にあるのは虚無だ」ということ、②「しかし、その虚無から現実を発生させるのが想像力であり詩だ」ということになる。こうまとめるとごくふつうのことに聞こえるかもしれないが、実際の詩ではこの内容を土台にして言葉のレベルでいろいろと不思議なことが起きている。

「岩」は三つのセクションからなる。「七〇年後」("Seventy Years Later")と題された最初のセクションでは、すべては時がたてば滅びるというようなことがまず語られる。すべては幻のようなものだというのである。

私たちが生きていたなどというのは幻
母たちのいる家に住み　思うまま
空気の自由を謳歌しながら身を動かしていたなんて

It is an illusion that we were ever alive,
Lived in the houses of mothers, arranged ourselves
By our own motions in a freedom of air.

まだ、それほど波乱はない。ところが、読み進めていくうちに冒頭で想定されていたのとは逆のことが言われるようになる。雲行きが大きく変わるのは四連目の最後のあたりからだ。

お昼の野原の端での出会いもまるで
つくりものみたいだ　どうしようもない土塊《つちくれ》が
別の土塊と摩訶不思議な意識の中で出会う
妙に人間らしさを際だたせつつ

両者の間に掲げられた定理——
太陽の下ならではの二つの像
太陽の描き出すそれ自体の幸福につつまれ

まるで無にも様式があるかのように
大事な前提が　ある非永遠が
永遠の寒さの中に　その幻が熱烈に求められて

ついに緑の葉が現れ高々とそびえる岩を覆う
ライラックが現れ咲き出す　まるで暗い視界が晴れるかのように

ここにきらびやかな光景があると声をあげながら　満足とともに
視界の誕生に立ち会い。

The meeting at noon at the edge of the field seems like

An invention, an embrace between one desperate clod
And another in fantastic consciousness,
In a queer assertion of humanity:

A theorem proposed between the two—
Two figures in a nature of the sun,
In the sun's design of its own happiness,

As if nothingness contained a métier,
A vital assumption, an impermanence
In its permanent cold, an illusion so desired

That the green leaves came and covered the high rock,

That the lilacs came and bloomed, like a blindness cleaned,
Exclaiming bright sight, as it was satisfied,

In a birth of sight.

現実など「つくりもの」（invention）だというのだが、この語をきっかけに言葉がどんどん展開し、むしろ「つくりもの」が望ましいことであるかのような話になってくる。

ここでも気になるのはたいへん素朴なことである。とくにスティーヴンズの後期の詩ではよくあるのだが、言葉のひとつひとつはそれほど難しくはないし、ましてや文構造が複雑で構文がとれないとか、どれがどれにかかっているか不明ということもない。でも、どうも簡単には頭に入ってこないのである。読んでいると、まるで言葉が少しずつ逃げていくように感じられる。そもそもこの部分は頭に入ってこないような仕掛けをされているのではないか――しかもかなり独特なやり方で。だとしたら、私たちはここでわかったふりをするのではなく、むしろ「どうも頭に入ってこない」という感覚をこそ体験すべきなのかもしれない。

その「仕掛け」を確認してみよう。この引用箇所は全体がひとつのセンテンスになっている。英語として破綻しているわけではないが、書かれ方が少し妙である。出だしは「…出会いもまるで／つくりものみたいだ」（The meeting ... seems like an invention）というふうに、しっかり主語・動詞・目的語のある構文だが、その後、最後の invention を言い換える形で同格が続いていく。この同格連鎖がさらに、「まるで無にも様式があるかのように」（As if nothingness contained a métier）という一節を結び目にして、「様式」métier を言い換える形の同格に受け継がれていく。

同格にしても、as if 構文の連鎖にしても、とくに後期スティーヴンズの詩のトレードマークといってもいいような特徴ではあるが、(6) スティーヴンズの場合、このような並列連鎖的な書き方がされると、語り手がこちらに何かを伝えようとする構えがゆるむように感じられる。たとえばロマン派の作品などでは、同格表現は言葉の怒濤のような勢いを表現する格好の武器として用いられる。これに対し、スティーヴンズの同格は言葉が併置されていても、ロマン派の詩のように意味が雪だるま式にふくれあがっていく「追加」や「増殖」の感覚には結びつかない。先にも触れたことだが、スティーヴンズの言葉の併置は足し算的ではない。同格になっている語同士がなぜそもそも同格にされているのかが見えにくく、同格連鎖をたどっていっても「意味が増加していく」という印象は与えられないのである。(7)

同格で言葉の勢いが増していくと、その向こうに語り手の強烈なエゴがほの見えることがある。同格を続ければ文の構造に負荷がかかるが、そうやって文章に無理をさせればさせるほど、それほどの無理をせずにはおられない語り手の個性や意志が浮かび上がるからである。ところがスティーヴンズの同格は逆で、主語や動詞が遠く置き去りにされたことで、名詞や従属節だけがゆるゆると連鎖する。そこで目立つのは、伝わっても伝わらなくてもいいというような、伝達の意志を半ば放棄するような投げやりな姿勢である。主語・動詞・目的語といういかにも「文」らしい構成が、名詞を中心にした同格連鎖にとってかわられたことで、「何かを語る」という姿勢そのものが非行為化・非主体化されてしまい、語りが誰かによる主体的な行為なのではなく、まるで言葉そのものが勝手に自発的につらなったように見えてしまうのである。

このような状況では、文の内容が私たち読者の頭に入ってこないという感覚は、やや特殊なニュアンスを持つ。問題になっているのは、意味がわからないとか難解だということよりも、意味の方向が見えづらいということである。それはつまりは、語り手の姿勢が見えないということなのである。だからこそ、どこにこちらを誘導しようとしているのかがわからない。「頭に入ってこない」という事態の原因はそこにある。第9章で『アブサロム、アブサロム！』を見たときに確認したのとちょうど同じことがここでも起きている。

フォークナーの例はともかく、少なくともスティーヴンズが「言いたいことなどない」という姿勢を取っていることの意味は、このあたりに見つけることができそうだ。スティーヴンズが「言いたいことがない」と言いながら言葉を続けていくことで狙っているのは、「私」と「あなた」の間のかかわり合いを極力消すことなのである。ロマン派の詩ではアポストロフィなどの呼びかけを通して語り手が世界を「〈私・汝〉関係」(I/thou relationship) に引き込み、自分の語りに神話的な力を与えようとしたと言われるが、スティーヴンズはまさにこの「〈私・汝〉関係」から自由になろうとしている。(8) なぜスティーヴンズはそんなことをしたいのか？　そこでひとつ考えられるのは、スティーヴンズはそうすることで語りに伴いがちな「あなたのために内容を提供する」という善意のジェスチャーを徹底的にそぎ落としたいのではないかということである。読者のためになど何もしたくない、と言わんばかりの態度である。

失語へと到達するために

何ということだろう。スティーヴンズは読者を嫌悪しているのだろうか。読者を呪っているのか。

それとも、誰かに向けて語るということが苦痛なのか。たしかにスティーヴンズ自身、自分の詩は別にわかってもらえなくてもいい、自分さえわかればいいのだという趣旨のことを言っている[9]。スティーヴンズは日常生活でもたいへん無口で、夫人とも二〇年くらいほとんど口をきいていなかったそうだし[10]、あるクラブに加入したときも、ほとんど誰とも口をきかないものだから周りの人が怪しんで、いっそやめてもらおうか、という話まで出たくらいである[11]。

でも、それですべてが説明できるわけではない。先ほど引用した箇所の最後を見ると、so that 構文を経過したのちに同格連鎖からいったん主語・動詞のある構文へと戻っていくところがある。

As if nothingness contained a métier,
A vital assumption, an impermanence
In its permanent cold, an illusion so desired

That the green leaves came and covered the high rock,
That the lilacs came and bloomed, like a blindness cleaned,
Exclaiming bright sight, as it was satisfied,

In a birth of sight. The blooming and the musk
Were being alive, an incessant being alive,
A particular of being, that gross universe.

これは「岩」の中でももっとも美しい部分のひとつだろう。岩を覆う緑のイメージを通し、幻に過ぎない現実が、しかし、いくら幻に過ぎなくてもたいへん愛おしいものでありうることを語っている。そしてそんな幻を生み出しうる想像力を、喜びとともに想起している。そんな中で、最後の部分でふたたび同格連鎖がはじまるところに注目してみよう。ここでは being とか alive といった語が何度も繰り返されている（「花盛りとジャコウの香りは／生きていた　絶え間のない生きるという状態で／存在の個別のあり方で　あの繁茂した世界として」"The blooming and the musk/ Were being alive, an incessant being alive,/ A particular of being, that gross universe."）。この部分の繰り返しは〝その一瞬限りの命〟の価値を強調するとともに詩をひとつの盛り上がりに持っていくわけだが、同時に大事なのは、繰り返しによって語り手が、その直前までの展開と伸び広がりの感覚にブレーキをかけていることでもある。まるで言葉の限界点に達して、ほとんど失語状態に陥ったかのように。ここでの繰り返しは、言葉がもはや出てこないがゆえの繰り返しなのである。新しい言葉はもうない、同じ言葉を繰り返すしかない。それは欠如と喪失を示唆する繰り返しであり、その先にあるのはもはや言葉のゼロ地点のようなものである。

こんなことが起きるのも語り手がここで、being という原初的な概念に手を伸ばし、大本の一点にたどり着こうとしているためである。大本の一点に至るためにはどんどん取り払い、削除し、捨てる必要がある。それを身をもって実行する必要があった。そういうジェスチャーをスティーヴンズは詩の中で行おうとしているのである。だから、語り手と読者とは疎遠になる必要があった。そもそも語り手と読者（もしくは聞き手）の友好的な関係は、語り手がどんどん読者に言葉を与える、その贈与のジェスチャーによって保証されてきた。しかし、スティーヴンズはここでは贈与どころか、剝奪しようとしている。剝ぎ取り、奪い、捨てようとする。だから語り手は聞き手と縁を切るかのような姿勢を取るのである。文学の語りは長らく語り手と聞き手との間の、贈与を足がかりにした「愛」のしがらみにとらわれてきたが、そのようなしがらみを捨て去ることでこそ達することのできる境地にスティーヴンズは至ろうとしたのである。

なぜ読者を愛さないのか

「岩」のふたつ目のセクションの冒頭は一見、読者に対する働きかけが顕示されているようにも見える。

> 岩を葉で覆えば済むわけではない
> 治癒の必要がある　土地の治癒で
>
> It is not enough to cover the rock with leaves.
> We must be cured of it by a cure of the ground

こうしなくちゃならない、と、まるで聞き手に強力に働きかけてくるかのようだ。一種の愛のジェスチャーである。しかし、その先を続けて見ていくと、cure とか ground といった言葉が何度も出てくる。

もしくは私たち自身の治癒で　それはすなわち
土地の治癒　忘却を超えた治癒
それでもなお葉は　もし蕾をつけるなら
花を咲かせるなら　実をつけるなら

そしてもし私たちが摘み立ての葉の
最初の色を口にするなら　葉も土地の治癒となるかもしれない
葉の虚構は詩をあらわす象徴

至福が形なすもの
そして象徴とは人

Or a cure of ourselves, that is equal to a cure

Of the ground, a cure beyond forgetfulness.
And yet the leaves, if they broke into bud,
If they broke into bloom, if they bore fruit,

And if we ate the incipient colorings
Of their fresh culls might be a cure of the ground.
The fiction of the leaves is the icon

Of the poem, the figuration of blessedness,
And the icon is the man.

何を言っても同じ言葉に戻ってきてしまう。ひたすら回帰するのである。cureという語がトートロジーのように何度も出てきたり、if節が繰り返されることで、何を言っても同じ型に差し戻されるという感覚が強調され、やがて語りは「多量さがたどり着く先は欠如にほかならない」という認識に達する。多量さとは無でもある、という境地である。

この豊穣の中で　詩は岩から意味を生み出す
そこにはさまざまな動きや像があふれ
岩の不毛さは幾千のものへと変貌し

もはや不毛さなどない　これが葉の治癒
土地の治癒　私たちの治癒
人の言葉は象徴でもあり人でもある

In this plenty, the poem makes meanings of the rock,
Of such mixed motion and such imagery
That its barrenness becomes a thousand things

And so exists no more. This is the cure
Of leaves and of the ground and of ourselves.
His words are both the icon and the man.

icon とか man といったひどく原理的で根源的なキーワードに回帰していく語りを見ていると、この語り手が示そうとしているのが、どこにもたどり着かない、同じ場所に戻ってくるような状態のことだとわかってくる。そこで際だっているのは、どんなに言葉をつらね、語りを進行させてはいても、言葉を捨てることにもっとも重きを置こうとする態度である。単語を捨て、構文を捨て、読み手との関係性を捨てる。スティーヴンズの詩はそんな言葉の使い方の中で生み出されている。

そう考えてくると、スティーヴンズという詩人が「言いたいことなどない」と言わんばかりの振舞いをするのももっともなことに思えてくる。スティーヴンズの詩は、言葉を増やすことの中に生ずるのではなく、むしろ極限まで言葉を減らしていく過程の中に生み出されるのだから。そうすることでスティーヴンズはおそらく、言葉を浄化しようとしているのではないかと思う。何かを言うためのものではなく、何かを言わないためにこそ語る。何を言っても言葉が元の地点に戻ってきてしまう、最初の一歩、最初の一言に立ち返ってしまう。したがって、今までに書いた詩を自己模倣するかのように繰り返すのも、ごく自然なことなのである。今まで書いた言葉を繰り返し語ることで、それらを捨て、浄化するのである。

そうやって否定し、削除し、捨てることで、原点にある元の言葉は今までにない輝きを発する。スティーヴンズの詩はまさにこの奇跡的な輝きのためにこそあるといっても過言ではないだろう。語り手と読者はわずらわしい協力関係やら誘惑やら教育性やらといった「愛」に満ちたかかわり合いをどんどん捨て去ったあげく、たいへん身軽になる。そして、はじめて会う者同士ならではの、まぶしいような驚きにひたる。私たちはスティーヴンズの詩を読むときには、詩をはじめて読んだかのような感動をおぼえることができる。言葉とはじめて出会ったような、まるで見たことのないものと遭遇したかのような、そんな感覚を与えることのできる数少ない詩人のひとりでスティーヴンズはあるのだ。

注

第1章

（1）引用は『英語教育史資料　第3巻　英語教科書の変遷』（九）よりとった。

（2）初期近代ヨーロッパの会話術の変遷を俯瞰するには、たとえばバーク（Burke, Chapter 4）、ミラー（Miller）などが便利である。

（3）礼節書、作法書の具体的な分析を行ったものとしてはカレ（Carré）などがある。

（4）このあたりの事情についてはブライソン（Bryson, Chapter 2）に詳しい。

（5）以下の用例はすべて *Oxford English Dictionary* 第二版よりとった。*Gesta Romanorum* は古典からの引用を集成した書物。著者不詳。

（6）このあたりの事情はブライソン（Bryson, Chapter 5）に詳しい。

（7）エリアスは一三世紀から一八世紀にかけてのヨーロッパで、鼻をかむとかつばを吐くといった行為が抑制されていく過程を、各時代の作法書を手がかりに具体的に追っている（Elias, 143-60）。

第2章

（1）一七五五年二月にジョンソンからチェスタフィールド卿に宛てた手紙には次のような辛辣な一節があった。

The notice which you have been pleased to take of my labours, had it been early, had been kind; but it has been delayed till I am indifferent, and cannot enjoy it; till I am solitary, and cannot impart it; till I am known, and do not want it.（Boswell, 185）

（2）メイヨーは残された手紙の原稿や出版過程を詳細に検分したうえで、「チェスタフィールド卿がユージニアのことを知らなかったなどということはありえない。編者であったユージニア自身が『手紙』から自身の痕跡を慎重に消し去ったのだ」という趣旨の結論を導き出している（Mayo, 57）。

（3）こうした出版事情についてはオックスフォード版に付されたロバーツ（Roberts）の"Introduction"に詳しい。

（4）以降、とくに注記がない場合は『チェスタフィールド卿の手紙』からの引用はオックスフォード版に基づき、その頁番号を記す。

（5）内容のせいもあって、現在に至るまで『チェスタフィールド卿の手紙』を肯定的に論ずる研究者は少ないが、数少ない擁護者のひとりのプレン（Pullen）は、チェスタフィールド卿がロック以来の「外観」と「現実」の相克の問題に関心を持ち続けていたのだと指摘している。卿は「外観」が多くを決めてしまう社会のあり方に問題意識を持ちつつも、その中で生きていくために、仕方なく自分なりの処世術を磨き上げていったとの見方である。

（6）この一節はオックスフォード版未収録のため、一七七四年版（第二巻）に基づき、その頁数を記した。

（7）プレンは、そうした風潮をチェスタフィールド卿が蔓延させたわけでは決してなく、時代が彼にそうさせた、一八世紀とはそういう時代だったのだと主張している（Pullen, 515）。

（8）このあたりの事情についてはデイヴィッドソン（Davidson, Chapter 2）参照。

（9）一九世紀初頭のジョージ・ブランメルにしても、一九世紀末のオスカー・ワイルドにしても、「ダンディズム」のことさらな標榜は、しばしば取り澄ました「偽善性」に対する反発に根ざしており、そのせいもあって、神経を逆なでするような派手な露悪性を伴うことが多かった。これが『チェスタフィールド卿の手紙』の中にしばしば見られる「目立つな」との指南と好対照を成しているのは興味深いだろう。ダンディズムについては山田勝の一連の著作が参考になる。

第3章

（1）オースティン作品における描写の欠如については、不十分な照明の下で創作を続けたことに起因する、作家の視力の低下を原因としてあげる見方もある（Hodge, 66-67）。

（2） オースティン批評でも、二〇世紀に入るとこうした「個人対社会」の枠組みに沿った議論が力を得るようになる。そこで提示されるのは、最終的には伝統的な価値観に回帰してしまう諷刺喜劇作家としてのオースティンではなく、因習や伝統の中でひそかに孤立し、既存の価値の転覆をはかるような、危険な作家としてのオースティンだった。マッツィーノはこのような読みを支えたのがフォルマリズムとヒューマニズムに基づいた批評であり、とりわけマーヴィン・マドリックの『ジェーン・オースティン――防衛と発見としてのアイロニー』（1952）の果たした役割は大きかったとしている（Mazzeno, 70）。たしかに、ホッジ（Hodge）の『ジェーン・オースティンの二重生活』（*The Double Life of Jane Austen*）にも典型的に見られるように、表向きは社会と折り合いをつけつつも、根深いところで軋轢に苦しむ孤独な芸術家というオースティン像は、二〇世紀の後半以降頻繁に描かれてきたものである。ただ、興味深いのは、ホルパリンのようにオースティンのアイロニーの攻撃性に注目する論者でも、最終的にはオースティンのバランス感覚や「精神の健康さ」（Halperin, 79）といった日常的な感覚に立ち戻るということでもある。オースティンの作品に社会との葛藤を読み込もうとする批評は、概して小説というジャンルそのものに対する信頼感にあふれ、オースティンを理想化されたモデルとして活用しようとする傾向があるのかもしれない。

（3） 当然ながらこのような構文のパターンは、いかにも一八世紀的な、前半と後半でバランスをとるような均衡的シンタクスの名残りともみなせるもので、たとえばノーマン・ペイジはオースティンの構文の特徴を精査したうえで、後期の作品に向かうにつれオースティンが均衡的な構文から脱皮していったとしているが（Page, 90-113）、本章ではむしろそうした構文への作家のこだわりに注目する。

（4） サウザムは『高慢と偏見』を含むオースティンのいくつかの作品が、元々書簡体小説として構想され、推敲の過程で現在のような、いわば凝縮した形になっていったという説を唱えている。多弁や饒舌と、研ぎ澄まされた鋭い言葉との拮抗は、あるいはそのような創作過程とも関連づけられるかもしれない（Southam, 45-62）。なお、Dominique Enright. *The Wit and Wisdom of Jane Austen: Quotes from Her Novels, Letters and Diaries*

(London: Fourth Estate, 1996) というような本を見てもわかるように、オースティンは短く鋭いコメントに多くをこめるのを得意としていた。

(5) 父親が「興味ないものなあ」などと言ったのは、ダーシーとエリザベスが婚約するという噂が耳にはいってきて、それがあまりに現実的でないと思ったからである。父親はてっきりエリザベスがいまだにダーシーを嫌っており、ダーシーの方でもエリザベスにはまったく関心がないと信じ込んでいるのである。

第4章

(1) このあたりの問題についてはA・リチャードソン (A. Richardson) 参照。

(2) この「ノンセンス詩人としてのルイス・キャロルとT・S・エリオット」は、*The Field of Nonsense* (1952) より後、一九五八年に出版されたものだが、高山宏訳の『ノンセンスの領域』(河出書房新社、一九八〇) には付録としておさめられている。

(3) エリオットの初期の作品を集めた *Inventions of the March Hare* に付されたリックス (Ricks) による前書き (6-8) 参照。

インタールード1

(1) その文学的出発の地点にさかのぼると、若き乱歩は当時流行の「大人の文学」の代名詞たる自然主義系の作家にほとんど興味をもてないでいた。

花袋の『蒲団』に始まる日本自然主義文学は、いろいろ読んでいたが、どうもこの自然主義小説というものが、私には面白くなかった。ひどく性的な小説という印象を受けたばかりで、こういう性生活の日記の如きものには私は興味が持てなかった。あのころ、純文学は面白くないものだという考えが浸みこんだのであろう、私は段々文壇の小説を見向かなくなり、文壇のことには全く無智になってしまっていた。(『探偵小説四十年(上)』、二〇)

澁澤龍彦は「人形嗜好、メカニズム愛好、扮装癖、覗き趣味、ユートピア願望」といった江戸川乱歩の作品の傾向を指して「文学的インファンティリズム（幼児型性格）」と呼んでいるが（二四七）、乱歩自身が「私の娯楽雑誌に書く大人ものは、筋も子供っぽいし、文章もやさしいものが多かったから」などと言っていることにも表れているように、「子供っぽさ」は作家の自意識にしっかり組み込まれている。その大本にはおそらく自然主義に対する反発もあった。

乱歩が日常生活では必ずしも子供の相手を得意としていなかったと長男の平井隆太郎は証言している。「父は子供の扱いが下手でした。小さい子供をあやすのをみたことはほとんどありません。子供が嫌いだったわけでもなさそうですが、子供の扱いは奇妙に不器用でした」（『うつし世の乱歩』、二二）。

（2） 外山の言葉を借りれば「近代文学の作品は読者を拒んでいる」のであり、「作者の声は読者に向って高らかに発せられるのではなくて、いわばひとりごとのつぶやきに似たものになっている」。外山が強調するのは、作者と読者との間の「遠さ」である。つぶやく語り手と、それを立ち聞きする、もしくは覗き見する読者というイメージがその読者論の土台にはある。

したがって、演劇における「のぞき見」の観客に相当するのが近代文学の近代読者である。つまり、文学作品が、直接に話しかけていない読者である。文学作品が、直接に話しかけ、呼びかけている読者を第一次的読者と言うならば、近代読者は、第二次的読者である。（『近代読者論』、一八）

こうした点は、すでに第二部から第三部にかけて見てきた語り手の〝無愛想〟の問題とも大いにからむ。

（3） 谷川恵一は国木田独歩の「正直者」の語り口をとらえて、次のように問う。

「見たところ成程私《わたくし》は正直な人物らしく思はれるでせう。たゞ正直なばかりでなく、人並み変《ちが》つた偏物《へんぶつ》らしくも見えるでせう」……。はたしてこんなことばづかいで他人行儀に自己について語ることがほんとうに当時行われたのだろうかという実証的にはもっとも至極な疑問は、これは実際に語られたことばの記録ではなく作家によって虚構のなかにつむぎだされたことばであるという一事によってたちどころに中和させられてしまうけれども、そして、読者のほとんどはこれから先もこうした語りを自分の耳で聞く機会にはついにめぐりあわないだろうと予想しうるのだけれども、それでも万がいちどこかでだれかがこうした「身の上話」をきりださないものでもない、というばくぜんとした現実感らしきものをこの男の語りが発散していることは否定できない。（二三三—二三四）

ここで谷川の言う「ばくぜんとした現実感」なるものこそがおそらく、小説世界の受容にあたってもっとも重要なファクターのひとつとなる。それと名指すことはできなくとも、間違いなく私たちはこの「ばくぜんとした現実感」をたよりに小説世界に足を踏み入れる。

第5章

本章は二〇一〇年日本英文学会九州支部大会・シンポジウム「どう読むか、イギリス恋愛詩」（一〇月三〇日（土）九州大学・箱崎キャンパス）における報告「シェイクスピアの恋愛術——『コピペする語り手』の演出をめぐって」を基に改稿を施したものである。シンポジウム参加の機会を与えてくださった日本英文学会九州支部およびシンポジウムでご一緒し有益なコメントをくださった村里好俊先生、後藤美映先生、池田栄一先生にあらためて感謝申し上げたい。

（1）たとえばフェルパリン（Felperin）は、ソネット五五番においてシェイクスピアが古典の模倣を通して古典そのものに近づこうとしているのか、それとも、語りの「今、ここ」を語るperformativeな面を優先しているのかといった問題を掘り下げている。フェルパリンは脱構築的な方法意識の強い批評家で、ミメティックに語られたものも永遠にミメーシスを成就しつづけることはできないという面を強調し、詩の言葉の本務は別のところにあるとしている。

Poetic language, as displaced presence seeking to maintain through similarity the place it once occupied through contiguity, to close the gap of its displacement from centrality, by becoming the self-authorizing object of its own representation, thus takes on a newer metaphoric and old metonymic aspect, which are blurred together under the concept of mimesis.（111）

この具体例としてフェルパリンがあげるのが五五番の三つ目の四行連句から最後のカプレットへの移行のところで、この部分はなかなかおもしろい読みになっている。

And if such a project of performative reappropriation is indeed at work in the poem, is it entirely fanciful to read the transition from its third quatrain—in which the beloved is envisioned as about to "pace forth" and "find room"—to its closing couplet—in which a last judgement of Christian resurrection is proleptically invoked—as enacting the change of state promised at the outset, the release of the beloved from imprisonment in the tomb of history into the liberty of textuality?（121）

フェルパリンのこのような議論を踏まえつつも、この議論では「常識」を利用する語り手の違和感のようなものに注目したいと思っている。

（2）ヴェンドラー（Vendler）は次のように言う。

Shakespeare's sonnets, with their unequaled idiomatic language-contours (written, after all, by a master in dramatic speech who shaped that speech into what C. S. Lewis called their lyric *cantabile*, are preeminently utterances for us to utter as ours. It is indispensable, then, if we are to be made to want to enter the lyric script, that the voice offered for our use be "believable" to us, resembling a "real voice" coming from a "real mind" like our own.（*The Art of Shakespeare's Sonnets*, 18）

ヴェンドラーが「信じることのできるような」（believable）とか「ほんものの声」（real voice）といった、ナイーブにさえ聞こえるような言い方を使って提示しているのは、J・S・ミルによる例の poetry is overheard（詩は漏れ聞くものだ）という評言に対するアンチテーゼだと言える。シェイクスピアのソネットにはそれくらいの個人性を読み取ることができる、それほどの潜在力があるのだとヴェンドラーは言うのである。

（3）一四六番の空所については、四つ折り判で採用されていた "My sinfull earth" を誤植とみなす論者が多く、その結果、さまざまな説が乱れ飛んできたという経緯がある。ケリガン（Kerrigan, 439）には "Foiled by", "Spoiled by", "Soiled by", "Swayed by" など、これまで出された多数の候補が列挙されている。

（4） シェイクスピアにおける言葉の乱れや裂け目に注目した批評は数多くある。たとえばファインマン（Fineman）はソネットの言葉の裂け目に注目し、まさにこの裂け目こそが言葉の言葉らしさ（物質性）を際だたせて、通常のなめらかな言葉では語り得ない何かの表現に結びついているのだと指摘している。ファインマンはとくに、青年への語りかけになっている一二六番までのソネットと比べると、「黒い女」に向けられたそれ以降の作品ではこのような言及の崩壊が際だっていて、とりわけいわゆる一三五番などのような"Will sonnets"ではこうした傾向が強まっているとしている。

For what is most remarkable about the poet's self-denomination in the dark lady sonnets is that when the poet so loudly, almost obsessively, announces his name—a name that only designates the poet and operates as a name when its reiterated pronouncing separates it off from any ordinary meaning—precisely then does the poet say about his alienated person what is only indirectly expressed in the sonnets addressed to the young man. (292)

上記と似たような視点として、ステイプルトン（Stapleton）によるものもあげられる。ステイプルトンはいわゆるthe dark lady sonnetsの語り手に、一様に自分の言っていることを自ら否定するような傾向があるとしたうえで（"Will's self-excoriation underlies virtually every sonnet in the subsequence." [218]）、一四八番の語り手のふらふらした語り口に注目している。

With questions of sonnet order and numbering aside, the perspective that the narrator attempts to gain shifts so rapidly that it becomes difficult for us to ascertain what he thinks. Perhaps love causes this befuddlement, or the ardor that the beloved kindles in him, or his constantly changing mind. (219)

ステイプルトンは、ほんとうにchangeableで誠実さがないのは、「黒い女」ではなく彼女をなじっている語り手の方だと指摘したうえで（Since he habitually "misuse[s]" or misrepresents her, false-eyed Will seems to be the changeable one, not the lady. [221]）、しかし、彼はそれを最後の部分で認める、つまり嘘つきになりおおせることにこそ彼の「誠実さ」があるとしている（229）。

（5）なお、「内か外か問題」への今ひとつのアプローチとして、〝身代わり体験〟（vicarious experience）という概念に立脚したウィリアム・フレッシュ（William Flesch）の議論もある。フレッシュは次のように言う。Any Shakespearean character could rightly say, with Iago, "I am not what I am." We can conclude, therefore, that vicarious experience is primordial, since our experience of ourselves in the world of relation to others is irreducibly vicarious. (398) フレッシュはこのような「人がいかに〝身代わり体験〟を通して経験を共有するか」という問題意識を土台にソネットを読み直し、ソネットではむしろシェイクスピアは〝身代わり体験〟の向こう側に到達しようとしているのではないかという議論を展開する。

> The limitations to overcoming the radical separations between people are the limitations imposed by subjectivity and by the fact that propositions cannot reach subjectivity itself, when what we share with others is the representable or propositional world. This is to share an enormous amount, and Shakespeare is the playwright of the most enormous social vision. But in the sonnets he brings himself to the limits of being able to speak of himself or of another in their subjectivity. The painfulness of the great sonnets finds an explanation, one consonant with his lifelong literary vocation as a playwright, in the somewhat less well-known sonnets I have for the most part been analyzing here: sonnets in which Shakespeare considers more analytically what can and what cannot be genuinely communicated between real people, no matter how intimate they are. (400)

共有可能な「経験」の向こう側の共有不可能な「経験」に達しようとする試みとしてソネットを読むという点ではこれは筆者の議論とも通ずる視点である。そこには、「外」の言葉としては決して語られ得ない「内」への意識がある。

なお、対立する二項の逆転もシェイクスピア作品ではおなじみである。たとえばカラス（Kalas）は一二六番の「砂時計」のイメージを分析しながら、この逆転構造について語っている。

第6章

本章は二〇一一年五月二一日に北九州市で行われた日本ナサニエル・ホーソーン協会全国大会シンポジウム「アメリカン・ルネッサンス研究の新潮流」での報告原稿に加筆修正を施したものである。報告の機会を与えてくださったホーソーン協会と、シンポジウムに参加し刺激的なコメントをくださった西谷拓哉、高橋勤、加藤雄二、藤村希の各氏に感謝申し上げたい。また、この報告は西谷拓哉・成田雅彦編『アメリカン・ルネッサンス——批評の新生』（開文社、二〇一三）に収録された。編集の労を執ってくださったお二人にあらためて感謝したい。

第7章

（1）この翻訳をとりあげたのは、翻訳技術に問題があると考えたわけではないことを念のため確認しておく。

（2）ブラウンとレヴィンソンの著書は、ポライトネスを対人関係における距離の取り方の問題として普遍的にとらえようとする試みである。『言語』の特集や滝浦なども参照。

（3）英国における礼節書の出版事情や文学作品との関係についてはArmstrong, Carré, Brysonなど参照。

（4）The success of Silas Marner, that charming minor masterpiece, is conditioned by the absence of personal immediacy; it is a success of reminiscent and enchanted recreation: Silas Marner has in it, in its solid way, something of the fairy tale.（Leavis, 24）

（5）エリオットの教条主義についてはほとんどの評者が何らかの形で触れているが、たとえばラファエル（Raphael, 63）など参照。エリオットは引用しやすい作家としてアンソロジーに収められることも多いが、これもドグマ性と関係しているかもしれない。エリオットとアンソロジーとの関係についてはプライス（Price, 106–107）参照。

（6）作法書における「丁寧」（politeness）と「偽装」（dissimulation）や「偽善」（hypocrisy）の関係についてはデイヴィッドソン（Davidson: Introduction, Chapter 1）に詳しい：Manners—the social constraints that check the dictates of individual desire—represent a subtle but pervasive hypocrisy, a form of discipline that exacts certain penalties but also promises social and moral rewards.（Davidson, 8）

（7）　一六世紀にイタリア語から翻訳された三大礼節書の一つ『ギャラティーオ』の次のような一節は、相手を気持ちよくさせることが礼節の根幹にあることを示している：since good manners depend upon consideration of other people's wishes instead of our own pleasure, if we can establish which things most people like, and which they dislike, we shall easily discover what to do and what to avoid in their company.（24）　その一方、礼節書の後継としての作法書では、方法論の一貫として偽善に近いものが称揚されたりもする：The how-to aspect of the conduct book encourages openness about hypocrisy, insofar as hypocrisy offers a "good enough" approximation of virtue.（Davidson, 7）　すでに第1章で見たように、一七世紀にフランス語から翻訳されて大いに人気を呼んだ作法書『礼節の決まり』（一六七一）では、珍しいものを見せられてもやたらと興奮するな、とか、ゲームに勝っても喜びの感情を表しすぎるな、とか、自分のことや身内のことを人前でしゃべるな、といったアドバイスがされ、さまざまなレベルでの控えめさ、抑制、偽装が推奨されている。

一八世紀にポライトネスが女性の重要な徳目ととらえらるようになった事情はアームストロング（Armstrong）にも詳しい。女性の慈善行為は社会的な認知ともからんでくる。なお、大石は、女性が公共圏に参入しようとするにあたって、慈善行為を通してポライトネスや感受性の理念を体現することが重要だったという事情について詳細に論じている。

（8）　ショーは『サイラス・マーナー』を、わけのわからない心理をいかに描くかという試みの過程として読んでいる（Shaw, 227）。なお、日本語の敬語において、「自分が行動し、相手が決定権をもつ」というフィクションが措定されることについては、蒲谷・川口・坂本（一二〇—一三〇）参照。

インタールード2

（1）　賢治の中で創作と宗教活動とが結びつくきっかけとなった出来事としては次のようなことが知られている。

賢治は大正十（一九二一）年の一月（二十四歳のとき）、家出上京し、信仰する法華経の当時の事務的な中心地・国柱会本部があった鶯谷の中央事務所を訪ね、そこで応対した高知尾智耀《ちよう》に〝法華文学の創作〟をすすめられたという。これが、宮沢賢治が、童話を制作するキッカケになったといわれている。いわば賢治のその創作のモチーフには、童話（「書くこと」）による〝法華文学〟の布教活動ということがあった。（吉田文憲『宮沢賢治――幻の郵便脚夫を求めて』、一〇―一一）

個々の作品にどのような形で法華経の考えが示されているかを明らかにしようとした研究書としては、たとえば分銅惇作『宮沢賢治の文学と法華経』などがある。

第8章

（1）ロレンス研究の近年の動向については、武藤浩史『『チャタレー夫人の恋人』と身体知』に便利な概観がある（二六―四一）。武藤はロレンスの示したファシズム的な傾向に目を向ける必要は確認しつつも、これまでの批評で十分に注目されてこなかったロレンス特有の身体感覚に注意を向けることも大事だとしている。

（2）もともとブースは『小説のレトリック』（Booth, 81）の中では、いわゆる「含意された作者」（implied author）があちこちに顔を覗かせるこのようなロレンスの書き方を稚拙さのあらわれと見なしていたが、後にやや肯定的な見方をとるようになった。

（3）この荒っぽさは我々が慣れ親しんだ小説の約束事に対する「平手打ち」だとジョージ・レヴィンは形容している（...the whole narrative strategy of the novel seems an almost deliberate slap at our conventions of reading. [Levine, 235]）。

（4）If a woman conceals her affection with the same skill from the object of it, she may lose the opportunity of fixing him; and it will then be but poor consolation to believe the world equally in the dark. There is so much of gratitude or vanity in almost every attachment, that it is not safe to leave any to itself. We can all begin freely—a slight preference is natural enough; but there are very few of us who have heart enough to be really in love without encouragement.（Austen, 23-24）

（5） サンダースはメラーズについて次のように言っている。The gamekeeper emerges as a Lawrentian spokesman, theorizing and dogmatizing about love.（Sanders, 181）

（6） ピーターセンでは次のように言及されている。Van de Velde taught the world that it was perfectly appropriate to perform the genital kiss as a means of precoital arousal, but that one must stop short of orgasm or, oh God, “the hell gate of the realm of sexual perversion” would open and devour the souls of all involved.（Petersen, 198）

第9章

（1） ピーター・ブルックスはこの点について、聞いている方が思わず「え！ ちょっと待ってどういうことだ？」という気持になるような、物語り作法からの逸脱があると指摘している（Brooks, 249）。

（2） デイヴィッド・ミンターはこうした『アブサロム、アブサロム！』の特徴について、ひとつの話題をめぐっておしゃべり（talking）がおしゃべりを生み、延々と談義ばかりがつづき肝心の答えは出ないような言語状況だと言っている（Minter, 98）。脱構築が盛んだった頃、そうした語りの特質を「無限のシニフィアンの戯れ」というふうに形容するのが流行ったのが思い出される。たとえばマシューズ参照（Matthews, 115-61）。より素朴には、さまざまな語り手がサトペンについて各々の意見を表明し、まとまらないのが『アブサロム、アブサロム！』という作品だという見方になるかもしれない（Kartiganer, 69-106など）。

（3） バーノンは、『行け、モーセ』を「崇高」の観点から論じる中で、フォークナーの作品における「崇高」を扱った研究がほとんどないと言っている（Vernon, 67）。たしかにフォークナーのゴシック的要素についてはしばしば言及がある一方、フォークナーの闇や深みを「崇高」と結びつけて論じたものは少ないようである。

（4） カーはこのようなサトペンの神経質なこだわりが、他者に対する無神経さと表裏一体だと指摘している（Kerr, 34）。まさに『高慢と偏見』のコリンズである。

（5）「図式的に整理すれば、サトペンの物語は、小説前半においては叙事詩的であり、後半において小説的になるのである」と言う諏訪部も、サトペンについては崇高から矮小へというベクトルを読み取っていると思われる（三四〇）。

（6）『アブサロム、アブサロム！』のゴシック性を指摘した多数の論考を、その論点ごとに整理したものとしてはカーのものがある（Kerr, 29-52）。

（7）藤平はクエンティン、ミスター・コンプソン、ローザの間の「言葉の感染力」の問題に触れている（第二章）。

第10章

（1）ここでまず想起されるのはフロイト理論を基にしたジラールの「欲望の三角形」のモデルだろう。ジラールは、物語における対象への欲望がしばしば「ライバル」との争いから引き起こされる三角関係に動機づけられていることを強調した。

また、あわせて興味深いのは最近注目を集めつつある「共視」のモデルである。母親が子供の視線を導く形で「共に見る」ことが情操的に大きな意味を持つということに注目した研究は学際的な形で進んでいる。北山修編『共視論——母子像の心理学』参照。拙著『文学を〈凝視する〉』第一四章でもこの問題を扱った。

第11章

本章は、日本アメリカ文学会第五〇回全国大会（二〇一一年一〇月八日、関西大学）において行った研究発表「言いたいことのない詩人——ウォレス・スティーヴンズの後期作品」を基にしつつ、大幅な改稿を加えたものである。

（1）南は「マイナス敬語」という概念を立て、たとえば「…しやがる」とか「…してけつかる」といった「軽卑表現」「卑罵表現」や、「おれさまが…してつかわす」といった尊大な言い方なども、方向性が違うだけで一種の「敬語」のうちに数えられるとしている。

（2） 評は以下のとおり。"The release by Caedomn of Wallace Stevens must be more an act of piety than of commerce, for it would be hard to think of a poet whose work is less effective on records than that of Stevens."（Thomas Lask. "Poetry of Wallace Stevens," *New York Times* [February 9, 1958]）

しかし、その一方で、スティーヴンズの朗読についてはその極端なゆっくりさや長い間の取り方が生み出す深み、内面性、荘重さなどを評価する声も多い。シェイマス・ヒーニーはまるでその母音のひとつひとつが大聖堂に響き渡るかのようだと評している。スティーヴンズの朗読についてのさまざまな反応についてはホフマン（Hoffman, 106-09）を参照。

（3） このテーマは詩集『世界の部分』（*Part of a World*）あたりからよく見られるようになるもので、とくに「青いギターの男」（"The Man with a Blue Guitar"）という詩の中には繰り返し出てくる。

（4） たとえばビーヴィス（Bevis）は両者の言葉に、共通して「否定」という側面が強くあることに注目する。

> Like "The Snow Man," this poem is a model of poetic closure, and it too closes with the listener detached from any misery in the wind, in a state of "final" perception.
>
> The speaker has worked past a theory of unity to a practice of merely hearing. He has progressed in the poem beyond thought（"says"）, beyond imagination（"fantasia"）, and beyond feeling（"concern"）, to some ultimate perception, a "final finding of the ear," which "at last" issues in negation: "no one at all." There is enough ultimacy, noetic quality, and negation here to make the critic stop and think, as William James said of ecstatic reports.（55-56）

二つの詩に共通して東洋的、もしくは仏教的な無の境地を見ようとする批評は多いが、中でもチエン（Qian）は、「個別のものがたどる道」の方が「雪の男」よりもはるかに洗練された詩であると主張していて注目に値する。「雪の男」の impersonality は「個別のものがたどる道」のそれに比べるとずっと柔軟だったとするリッツ（Litz, 293）の読みに対しチエンは、後期の詩の強みは瞑想的な impersonality にこだわることよりも、瞑想が想像力の中に解放されていくことにあると言っている。

An Intense impersonal stance, though vital, in my view, is not Stevens' greatest achievement in the meditative mode. In his final years, I would argue, Stevens was able to enact within the limited space of a short lyric something like a debate between meditative sublimity and imaginative sublimity.（169）

（5）　そういう意味ではJ・ヒリス・ミラー（J. Hillis Miller）が「岩」の批評を書くにあたって、徹底して言葉の語源にこだわったことには意味がある。

（6）「秋のオーロラ」（"Auroras of Autumn"）とか「ニュー・ヘイヴンのふつうの夕べ」（"Ordinary Evening at New Haven"）といった後期の代表作では同格がたいへん重要な役割を果たしている。

（7）　たとえばJ・ヒリス・ミラーはそのあたりを「紋中紋」（mise en abyme）という紋章学の用語で説明している（Miller, 32）。これはフランス語で"placing into infinity"を意味しているが、要するに絵柄の中心の部分に、ふたたび絵柄全体のミニチュアが現れて、永遠に絵柄が縮小再生産されていくようなパターンのことを指している。二つの鏡を向かい合わせにして立ったときの効果と同じである。

ミラーは「岩」がいろいろな意味で、この無限に後退していく紋中紋のイメージでとらえられると言っている。まずひとつ目にミラーがあげるのは次のような点である。

The poem repeatedly takes some apparently simple word, a word not noticeably technical or tricky（"found," "exclaiming," "ground," or "cure"）and plays with each word in turn, placing it in a context of surrounding words so that it gives way beneath its multiplying contradictory meanings and reveals a chasm below, a chasm which the word, for example the word "cure," cures in all senses of the word.（34）

さらにミラーは同格や併置の問題もとりあげる。

There are other ways, however, in which "The Rock" is a *mise en abyme*. One is the sequence of phrases in apposition. This is a constant feature of Stevens' poetic procedure: "The blooming and the musk/ Were being alive, an incessant being alive,/ A particular of being, that gross universe."; "They bud the whitest eye, the pallidest sprout,/ New senses in the engenderings of sense,/ The desire to be at the end of distances./ The body quickened and the mind in root."（34）

そしてミラーはこれをとらえて The relation among the elements in such a series is undecidable, abyssed.（34）と言う。というのもそもそもこれらの要素がどうして併置されているのかが見えにくいからである。

Since the phrases often have the same syntactical pattern and are objects of the same verb（most often the verb "to be"）, it seems as if they must be equivalents of one another, or at least figures for one another, but can "eye," "sprout," "senses," "desire," "body," and "mind" really be equivalent?...Perhaps each new phrase cancels the previous one? Sometimes the parallel in syntax is misleading, as when the phrase "that gross universe" is placed in apposition with the subsidiary word "being" in the phrase before, rather than with the apparently parallel word "particular." The sequence plays with various incongruent senses and grammatical functions of the word "being."（34）

このあたり、まったくそのとおりで、ここからミラーの導きだすラビリンスとか、決定不可能とか、不在の中心といった見方も魅力的であり、スティーヴンズの詩を読むにあたってもたいへん有用なのだが、拙論ではこのような論点を踏まえた上で、少し違う議論に進みたい。

（8）　このあたりについてはジョナサン・カラーのアポストロフィ論が参考になる。Culler, *The Pursuit of Signs* 参照。

（9）　スティーヴンズの次のような発言が同僚に記憶されている。"...[I]t isn't necessary for you or anybody else to understand my poetry. I understand it; that's all that's necessary."（Charles O'Dowd; Brazeau, 43）

（10）　夫婦の不仲の原因は双方にあったとも言える。以下、主な証言をブレイゾーの著作から引用する。

"She was odd. In what people would call today a suburban community, mainly professional people, she dressed in an extremely odd way."（Robert Halloran and Elizabeth Halloran Chickering; Brazeau, 238）

"I always had the impression that he and his wife were not very well suited to each other and were certainly not very compatible. I'm speaking strictly from hearsay that his wife had some emotional problems.

He never discussed it. That certainly was the general impression. Just knowing him, I think he would be a pretty difficult man to live with in a domestic situation. If his wife had any neurotic tendencies to start with, living with him for a few years might accentuate [them]." (Clifford Burdge, Jr.; Brazeau, 28)
"Never in my life when I've taken him home [did he] invite me in the house and say, 'Come in and have a drink.' I don't know if he dared 'cause the rumors around [were] that he and his wife used to fight like cats and dogs." (Arthur Polley; Brazeau, 65)
"I never heard [Mr. and Mrs. Stevens] snap at each other. I just never heard them talk much to each other. Unless they were afraid of being overheard, all this time I was there I very seldom heard them speak." (Josephine M.; Brazeau, 235)
なお、スティーヴンズも、自分のこのような性向については十分理解していた。
"I detest 'company' and do not fear any protest of selfishness for saying so. People say one is selfish for not sharing one's good things—a naively selfish thing in them. The devil take all of that tribe. It is like being accused of egoism. Well, what if one be an egoist—one pays the penalty." (from his dairy, April 9, 1906; Holly Stevens, 163-64)
"I do not get on well with my equals, not at all with my superiors. Ergo, I have no friends." ("Excerpts from Letters of Wallace Stevens from 1904—" [Notebook, in Elsie Stevens' hand, in Huntington Library], 43; Lensing, 49)
"I want to keep everybody at arm's length in Hartford where I want nothing but the office and home as home" (Copy of a letter to Norman Holmes Pearson, April 21, 1952, Huntington Library; Brazeau, 114)

(11) "'He never joins in conversation, and he just sits there and looks at us and listens.' This man was delegated to try to bow Stevens out of the club." (Anthony Sigmans; Brazeau, 75)

おわりに

教員なので当然だが、人前で話す機会は少なくない。でも、いつも難しいな、と思う。人と話すのは誰もがすることである。人前で話すというのは、ちょっとちがう。人と話すときには、明確に相手がいる。つまり、誰に向ってしゃべっているのかが明確である。そこでは、何のために、何を語るのかがわかっている。しかも、相手もしゃべる。反応があるのだ。それに応じてこちらも方向を変えられるし、やり直したり、いっそやめてしまうことも可能だ。

ところが人前になるとこれがうまくいかない。一対一のときならちゃんと反応してくれた人も、大勢の中に埋もれると途端に寡黙になる。能面のように表情のない顔で、「この人はいったいどうしてしゃべっているの?」と言わんばかり。不思議そうにこちらを眺めている。

でも、たぶん問題はこちらにあるのだ。おそらくうまく人前でしゃべるためには、まるで人前でないかのように、つまり人と話すかのように語ることが大事なのだろう。そうすれば聞いている人も、「この人はいったいどうしてしゃべっているの?」という顔にはならなくなる。それどころではないから。何しろ、今、ここで、自分が、語りかけられているのだから。

語りは、「相手」がいてはじめて成立するものである。会話だけではない。たとえパソコンに向って仕上げる原稿でも、その向こうには読み手が想像されている。読み手にどのように働きかけたいのかを何となく意識しながら、書き手は言葉を選んでいく。思い浮かべた相手の、その顔色が変わったように思えると、やり方を変更したりもする。どう説得しよう、どう反論しよう、どう宥め、すかし、誉め、けなし……といろいろ相手とのやり取りを想定しながら、語りは進められる。

　語りの現場では、何やらわからないが、いろいろなことが起きているようだ。その実情をみきわめるには、言葉を完成したメッセージや装飾品と見るだけでは十分ではない。語りとは、相手とのやり取りの中で生まれる流動的な装置なのである。それをきちんと受けとめるには、そうしたやり取りに生ずる揺れやぶつかり合いに敏感になる必要がある。太宰治の研究家・髙塚雅は「語りの場」という概念を立て、文学テクストを読む際に、語り手と語りの受け手との間でかわされる応答に注目するというやり方を提示してみるが、こうしたアプローチは欧米でも新批評以来、ダイアローグ概念など経由して、さまざまな形で試みられてきた。

　本書でもそうした視点から主に英語圏の語りの中でいったいどのようなことが起きているのかを考えたわけである。そうした読解を行う際の柱となったのが「愛」や「善意」という概念だった。語るという行為は相手に対する働きかけである。一方でそれは聞き手や読み手に対する働きかけであり、他方では特定の対象や登場人物に対する働きかけとなる。そこには、相手を何とかしよう、相手に向かっていこうという姿勢が見える。相手に対する心のベクトルがすでに形成されているのである。するとどうなるか。

　冒頭の例に戻ってこのことを考えてみよう。

　人前で話すのは容易ではない。だから、人と話す。これがうまくいったとしよう。おもしろいことが起きる。その場に、何だかよくわからないエネルギーの塊みたいなものが生ずるのである。おそらく発端にあったのは、語り手から出る何かである。これに反応して、聞き手からも何かが出る。その両者がうまくからむと、熱をおびはじめる。液状のものがだんだんに凝固し、クリーム状になる。手でさわると、べとっとくっつく。舐めると、甘い……。

もちろん、これは比喩である。しかし、このような比喩を用いて語りたくなるような不思議な現象が、語りを通して起きる。このとき語り手から出た「何か」とはいったい何だろう。一種の熱波のようなものではないかと私は思う。聴衆に向っていく心意気のようなもの。聴衆を個々の人として認め、それに何らかの形で働きかけようとする力である。私はあなたたちにこうして働きかけ語りかけることで、あなたたちが得をしたり、より心地よくなったり、より幸福になったりするように仕向けているのだ、とそんな前提がそこにはある。多くの語りは、このような「善意の文法」に則って実践されているのではないだろうか。

しかし、善意は一方では貨幣のようにやり取りされる側面があるとはいえ、他方、それは表象でもある。情念もからむ。ニュアンスも入る。きわめて微妙な読み取りや解釈がそこには必要になってくる。そもそも貨幣にしても、決して意味が一義的に決まるわけではない。状況に応じて、一円や一ポンドの価値は変わる。言葉であればなおさらだ。だから、人はどうやって自分の一円や一単語に意味を注ぎこむかをめぐって神経をすり減らすのだ。

文学作品の中で、愛の語りが単に愛の表明ではすまなくなってくるのもそのためだ。愛を語るためにすねたり、攻撃したりすることもある。もっと濃厚な何か、悪意がからむことさえある。無愛想や不作法、冷淡さなども愛の語りの一環としてしてありうるだろう。それに加えて、制度や作法の拘束も働く。ジェーン・オースティンを扱った際に確認したように、小説の中では「語ってしまおう」「全部教えてあげよう」という、いわば語り手の読者に対する善意に満ちた「開示」の衝動と、「語るべきでないことは語らないまま済まさねばならない」というような「秘匿」の作法（むろんその根にあるのも善意）とが拮抗することがある。

＊

このような作法と言葉の関係について、最後に簡単にまとめておこう。本書では礼節という概念が頻繁に出てきたし、英文学において礼節が果たした役割についてもある程度概観したが、そもそも「礼」とは何なのだろう。ヨーロッパの礼節と日本の礼節との違いはいったいどの辺にあるのか。

日本ではとかく「礼」が話題になる。最近の若者は礼儀を知らない、無礼だ、と言った小言はいつの時代にも聞かれてきた。学校でも「礼」の規範は重視されてきた。他方、海外に行くと、日本的な礼儀作法にはあまりお目にかからないような気がする。さまざまな国籍の人が集まった場で、日本人同士だとわかると急にお辞儀をしてしまったり、敬語になったりするという経験は誰もがあるだろう。日本人は何と「礼」を重んずる国民なのだろう。でも、何か変だ、とも思う。

実は、礼法は必ずしも日本独特なものとは言えない。たしかに江戸時代以前の封建的な社会では、身分制を補強する装置として礼法があった。身分の違いを、相手との接し方で――振る舞いや言葉遣いを通して――表現した。そういう意味では礼法には「伝統」とか「固有の文化」といったニュアンスがつきまといがちだ。しかし、そうした礼節の決まりはヨーロッパやその他の文化にも見られるものだ。

むしろ気になることがあるとしたら、近代から現代にかけてかつてのような身分による縛りがもはや失われたにもかかわらず、日本で礼法がしぶとく生き延びたということである。具体的に言うと、「あいさつ」の励行や日常生活の「作法」は、明治期以降、公教育の場などで積極的に広められたものなのである。

その一つの説明としてあげられるのが、幕藩体制下の多様性からの移行の必要だった。よく知られているように、明治以前の封建社会では、人々は地域ごとに異なる方言を話しており、話し言葉ではお互いを理解することさえ困難だった。そのため、中央集権化にあたって標準語の必要性が強く意識される。しかし、人工的な標準語の導入によってたちまちコミュニケーションが円滑になるわけではない。約束事を共有していない異文化に属する人間同士がうまくやり取りをするためには、相手の言葉の意味がわかるだけでは十分ではない。とくに難しいのは、相手と自分との間にどのような関係性を前提とすべきなのか、その距離感がわからないことであった。

そのため、何らかのシステムの構築が必要となった。これは同じシステムでも、システムを共有していない人間同士が相手と円滑なコミュニケーションをとることを可能にするようなシステムでなければならない。滝浦真人はこの点に注目し、あいまいな距離感にある人間同士をうまく関係させる近代の「あいさつ」や「敬語」がそこから発達したのではないかと説明している（v-xv）。

一般に日本的な「あいさつ」や「敬語」は過剰に形式張っているとされることが多い。海外に出てみると、たしかに日本の礼は独特にも思えるし、無駄に煩瑣だと感じられもする。しかし、こうして「形式」に縛られることで、「安心」を得られるという利点がある。

このコミュニケーションには一つにはメリットがある。それは、言葉に印づけられるべき意味が目に見える形を持っているため、話す側も聞く側も、それを確認していれば、伝えるべきことが伝わる(伝わった)はずとの安心感を抱けることである。「いただきます」や「ごちそうさま」は、言わなければ叱られるが、言っておけば叱られずにすむだろう。敬語も、使わなければ礼儀知らずと言われるかもしれないが、使っておけば間違えてもあまり非難はされない。どちらも、言っておけば〝安心〟という効果が共通している。こうしたコミュニケーションの型は、同じく明治時代から盛んに広められた日常生活の「作法」もまた型に忠実であることとよく似ている。(x)

このように型に依存したコミュニケーションの方法は「安心のコミュニケーション」と呼ばれる。型に寄り添うことで、その分、束縛は強くなるが、自ら微妙な判断を下して相手との関係をコントロールする必要はない。そういう意味では便利なのである。ヨーロッパの言語でもかつてはこうした型がなかったわけではなく、近代初期には、中世以来の伝統が失われつつあったこともあり、そうした型について指南する書物も多く出回った。しかし、日本のように近代から現代への移行期に、あらためて作法の型が国家的な規模で見直されたという例は少ないだろう。

やがてヨーロッパの言語では型の束縛は弱まっていく。他方、異なる文化圏に属する人間が出会う場はむしろ増えた。そのため、日本的な「あいさつ」や「敬語」への依存とは別の形で、距離感を表現する方法が編み出される。そのあたりに着目したのがブラウンとレヴィンソンによるポライトネス理論だった。「ポライトネス」は直訳すれば「丁寧さ」となるので、まるで敬語の研究のように思われがちだが、ポライトネス理論はむしろ日本的な「敬語」とは一線を画する、距離感の表現の方法に注目したものである。術語としては「配慮」と訳されることが多い。

ブラウンとレヴィンソンは、たとえば相手との距離の接近を示すために、人は「質問する」「自分が借りを負うことを明言する」といった「ストラテジー」に訴えるのだとする。そして、相手も、そのようなストラテジーを認知することで発信されたシグナルを受け止める。滝浦はこのようなポライトネスのストラテジーへの依存が強い言語を「ポライトネス型」と呼び、日本的な「敬語型」の言語と区別してみせる。

対人関係専用の手段が発達している敬語型の言語では、人間関係の複雑性は敬語の体系によって大きく減じられ、安定的かつ明示的に表現される。（中略）これに対し、専用の手段を持たないポライトネス型の言語では、表現される人間関係の不確定性が相対的に大きく、それも他の機能の語用論的転用（またはその慣習的定着）によって暗示的に行われる。（二一三）

つまり、ポライトネス型では明確な「型」に依存しないだけに、やりとりの方法は不確定にはなる。しかし、その分、表現の手段は多くなり、システムとしてはひらかれたものとなる。異なる文化圏の人間がやりとりをするときには、ポライトネス型のほうが融通が利きやすい。

近代小説は、異なる文化圏に属する人間が出会ったときに生ずるさまざまな葛藤を描き出すのを得意としてきた。ジェーン・オースティンやジョージ・エリオットの作品にも見られるように、英国小説の最大のテーマの一つは、階級を越えた恋愛や結婚だった。そこで焦点化されたのは、ポライトネス型のコミュニケーションが支配的となる中で、人間関係がどのように構築されるかという問題だった。相手との距離感をどう表出するかだけではなく、相手のストラテジーをどのように読み取るかも大事になる。そこがまさに小説の読み所ともなってきた。登場人物同士や、ときには語り手と登場人物との間で、読み取られるべきシグナルが発せられる。人々はそれを読み過ごしたり、誤読したり、あるいはきちんと見抜いたりする。『高慢と偏見』のエリザベスや『七破風の屋敷』の語り手は、まさにそうした〝読みの人〟として機能していた。私たち読者もまた、彼らのそうした読解作業を読むのである。

従って小説というジャンルでは、つねに「解釈」という手続きが必要になる。ポライトネスは、参加者に解釈する能力が欠けていては機能しない。その場その場で参加者は相手の意図を読み取り、また相手にも自分の意図を読み取らせる必要がある。小説はそうした意図の読み合いを描出するだけではなく、それ自体、ストラテジー表明の装置として機能するのである。つまり、小説が意図を読み取らせたり、また読み取ったりする主体となる。小説というメディアそれ自体が、「配慮《ポライトネス》」の意識を織りこむことで、相手との距離をはかっているのである。

作家や語り手は、読者や登場人物とのあいまいな距離感をときに縮めたり、ときに拡げたりしながら、近代人がたえず直面せざるをえない距離の不安定さを、まるごと作品として表現してしまう。私たちが小説を読んでつい何か言いたくなったり、むずむずした曰く言いがたいものを内にかかえたり、しかし、なかなかうまくそれを言葉にできなかったりするのは、小説のストラテジーがうまく機能している証拠だと言っても過言ではない。そこでは「読まねば」「解釈せねば」という衝動がむくむくと内から沸き起こっているのである。

今、話を小説に限定してまとめたが、詩を含めた文学全般についても同じようなことは指摘できる。シェイクスピアのソネットやウォレス・スティーヴンズの詩作品に時代を超えて見られるのは、距離の不安定さを語りがどう乗り越えるかという葛藤だった。本書では扱う余裕はなかったが、ロマン派の詩の典型的な舞台が、他者との出遭いの場として設定されていることも想い出される。近代から現代にかけての文学作品が焦点をあてたのは、まさに「距離」の問題だったのである。本書ではそのあたりを詳しく見てきたわけである。

＊

本書の基になったのは、注でも記したように三つの学会報告と一冊の論集、そして二〇一一年四月から二〇一三年三月にかけて「WEB英語青年」に「善意と文学」というタイトルで行った連載である。発表の機会を与えてくださった日本英文学会九州支部、日本ホーソーン協会、日本アメリカ文学会、および論集への論考掲載にあたってお世話になった編者の西谷拓哉さん、成田雅彦さんに感謝したい。

「WEB英語青年」での連載については、当時の編集長の星野龍さんが「ポライトネスとからめて何か書いてみませんか」と声をかけてくださったのがきっかけだった。私が礼節や作法書と英文学との関係に興味を持っていることを知った上で、絶妙のタイミングで声をかけてくださったことにあらためて御礼を申し上げたい。

一冊の本にまとめるにあたっては東京大学出版会の小暮明さんにお世話になった。その際、小暮さんのアドバイスに基づいて章分けを整理し直し、二章ほど連載になかったものも加えた。小暮さんにお世話になるのは三度目になる。今回もタイトルでは苦労したが、以前に比べると少しだけ苦労は減ったかもしれない。深く御礼申し上げる。

二〇一五年七月

阿部　公彦

善意と悪意の英文学史
語り手は読者をどのように愛してきたか

2015年 9 月 15日　初　版

［検印廃止］

著　者　阿部公彦《あべまさひこ》

発行所　一般財団法人　東京大学出版会

代表者　古田元夫

153-0041 東京都目黒区駒場4-5-29
http://www.utp.or.jp/
電話　03-6407-1069　Fax 03-6407-1991
振替　00160-6-59964

組　版　有限会社プログレス
印刷所　株式会社ヒライ
製本所　牧製本印刷株式会社

ISBN 978-4-13-080106-5　Printed in Japan

著者略歴

阿部公彦（あべ まさひこ）
1966年　横浜市生まれ
1992年　東京大学大学院修士課程修了
1997年　ケンブリッジ大学大学院博士号取得
2001年より東京大学大学院人文社会系研究科・文学部准教授
専　攻　英米文学

主要著書

『モダンの近似値——スティーヴンズ・大江・アヴァンギャルド』（2001年，松柏社）
『即興文学のつくり方』（2004年，松柏社）
『英詩のわかり方』（2007年，研究社）
『スローモーション考——残像に秘められた文化』（2008年，南雲堂）
『英語文章読本』（2010年，研究社）
『小説的思考のススメ——「気になる部分」だらけの日本文学』（2012年，東京大学出版会）
『文学を〈凝視する〉』（2012年，岩波書店，サントリー学芸賞受賞）
『詩的思考のめざめ——心と言葉にほんとうは起きていること』（2014年，東京大学出版会）
『英語的思考を読む——英語文章読本 II』（2014年，研究社）

主要訳書

『しみじみ読むイギリス・アイルランド文学』（編訳，2007年，松柏社）
『フランク・オコナー短篇集』（2008年，岩波文庫）
バーナード・マラマッド『魔法の樽　他十二篇』（2013年，岩波文庫）
ディナ・フリード『ひと皿の小説案内——主人公たちが食べた50の食事』（監修・訳，2015年，マール社）

文　献

第 1 章

Burke, Peter. *The Art of Conversation* (Ithaca, NY: Cornell U.P., 1993)

Bryson, Anna. *From Courtesy to Civility: Changing Codes of Conduct in Early Modern England* (Oxford: Clarendon, 1998)

Carré, Jacques. *The Crisis of Courtesy: Studies in the Conduct-Book in Britain, 1600–1900* (New York: E. J. Brill, 1994)

Casa, Della. *Galateo or The Book of Manners*, trans. by R. S. Pine-Coffin (Harmondsworth: Penguin, 1958)

Courtin, Antoine de. *The Rules of Civility, or, Certain Ways of Deportment Observed in France amongst All Persons of Quality upon Several Occasions*. Newly revised and much enlarged (London: J. Martyn and John Starkey, 1678)

Elias, Norbert. *The Civilizing Process: The History of Manners*, trans. by Edmund Jephcott (Oxford: Basil Blackwell, 1994)

Miller, Stephen. *Conversation: A History of a Declining Art* (New Haven: Yale U.P., 2006)

大村喜吉・髙梨健吉・出来成訓編『英語教育史資料　第 3 巻　英語教科書の変遷』(東京法令出版，1980)

第 2 章

『チェスタフィールド卿の手紙』からの引用は，比較的入手しやすい Oxford Classics 版 (Lord Chesterfield. *Letters*, ed. by David Roberts [London: Oxford U.P., 1992]) を基にして拙訳し，頁を記したが，この版に未収録の「肉切りエピソード」については以下の版から採った．

Stanhope, Philip Dormer. *Letters*, written by the Late Right Honourable Philip Dormer Stanhope, Earl of Chesterfield, to His Son. Ed. by Eugenia Stanhope. 2nd ed. 4 vols. (London: J. Dodsley, 1774)

Boswell, James. *Life of Johnson*, ed. by R. W. Chapman (Oxford: Oxford U.P.,

1998/1980)
Davidson, Jenny. *Hypocrisy and the Politics of Politeness: Manners and Morals from Locke to Austen* (Cambridge: Cambridge U.P., 2004)
Pullen, Charles. "Lord Chesterfield and Eighteenth-Century Appearance and Reality," *Studies in English Literature, 1500-1900*, 8.3 (Summer 1968), 501-15.
Roberts, David. "Introduction" in Lord Chesterfield. *Letters*, ix-xxiii.
Mayo, Christopher. "Manners and Manuscripts: The Editorial Manufacture of Lord Chesterfield in Letters to His Son," *The Papers of the Bibliographical Society of America*, 99.1 (2005), 37-69.
山田勝『ダンディズム——貴族趣味と近代文明批判』(日本放送出版協会, 1989)
———『ブランメル閣下の華麗なダンディ術——英國流ダンディズムの美学』(展望社, 2001)

第3章

『高慢と偏見』のテクストは，以下のケンブリッジ版を使用した．*Pride and Prejudice* (The Cambridge Edition of the Works of Jane Austen), ed. by Pat Rogers (Cambridge: Cambridge U.P., 2009)

Brontë, Charlotte. *The Letters of Charlotte Brontë*, vol.2 1848-51, ed. by Margaret Smith (Oxford: Oxford U.P., 2000)
Chesterfield, Lord. *Letters*, ed. by David Roberts (London: Oxford U.P., 1992)
Harding, D. W. "Regulated Hatred: An Aspect of the Work of Jane Austen," *Scrutiny* 8 (1939-40), 346-62./in Monica Lawlor (ed.). *Regulated Hatred and Other Essays on Jane Austen* (London: Athlone P., 1998)
Hodge, Jane Aiken. *The Double Life of Jane Austen* (London: Hodder and Stoughton, 1972)
Halperin, John. *The Life of Jane Austen* (Sussex: Harvester P., 1984)
Mazzeno, Laurence W. *Jane Austen: Two Centuries of Criticism* (Rochester, NY: Camden House, 2011)
Page, Norman. *The Language of Jane Austen* (Oxford: Basil Blackwell, 1972)
Southam, B. C. *Jane Austen's Literary Manuscripts: A Study of the Novelist's Development through the Surviving Papers*. New ed. (London: Athlone P., 2001/ 1964)

Tandon, Bharat. *Jane Austen and the Morality of Conversation* (London: Anthem Press, 2003)

第4章

『不思議の国のアリス』のテクストは，Lewis Carroll. *The Annotated Alice: Alice's Adventures in Wonderland and Through the Looking-Glass*, ed. by Martin Gardner (Harmondsworth: Penguin, 1970/1965) を用いた．

Eliot, T. S. *Inventions of the March Hare: Poems 1909-1917*, ed. by Christopher Ricks (New York: Harcourt and Brace, 1998)
Logan, Peter Melville. *Nerves and Narrative: A Cultural History of Hysteria in 19th-Century British Prose* (Berkeley: U. of California P., 1997)
Richardson, Alan. "The Politics of Childhood: Wordsworth, Blake, and Catechistic Method," *English Literary History*, 56 (1989), 853-68.
Woolf, Jenny. *The Mystery of Lewis Carroll: Understanding the Author of Alice's Adventures in Wonderland* (London: Haus, 2010)
高橋康也『ノンセンス大全』(晶文社，1977)
高山宏『アリス狩り』新版（青土社，2008)

インタールード1

江戸川乱歩『怪人二十面相』(江戸川乱歩全集　第10巻『大暗室』)(光文社，2003)
――『探偵小説四十年（上)』(江戸川乱歩全集　第28巻)(光文社，2006)
尾崎秀樹『思い出の少年倶楽部時代――なつかしの名作博覧会』(講談社，1997)
河原和枝『子ども観の近代――『赤い鳥』と「童心」の理想』(中央公論新社，2007/1998)
澁澤龍彦『新編　ビブリオテカ澁澤龍彦　偏愛的作家論』(白水社，1987)
谷川恵一『歴史の文体　小説のすがた――明治期における言説の再編成』(平凡社，2008)
外山滋比古『外山滋比古著作集2　近代読者論』(みすず書房，2002)
平井隆太郎『うつし世の乱歩――父・江戸川乱歩の想い出』(河出書房新社，2006)

第5章

ソネットのテクストは *The Sonnets and A Lover's Complaint*, ed. by John Kerrigan (London: Penguin, 2000) による.

Booth, Stephen. "Commentaries on the Sonnets" (from *Shakespeare's Sonnets* [New Haven: Yale U. P., 1977]; Harold Bloom (ed.). *Shakespeare's Sonnets*, 47-74)

Felperin, Howard. "Toward a Poststructuralist Practice: A Reading of Shakespeare's Sonnets" in *A Companion to Shakespeare's Sonnets*, ed. by Michael Schoenfeldt (Oxford: Blackwell, 2007), 383-401.

Fineman, Joel. *Shakespeare's Perjured Eye: The Invention of Poetic Subjectivity in the Sonnets* (Berkeley: U. of California P., 1986)

Flesch, William. "Personal Identity and Vicarious Experience in Shakespeare's Sonnets" (Michael Schoenfeldt (ed.) *A Companion to Shakespeare's Sonnets* [Oxford: Blackwell, 2007], 383-401)

Kalas, Rayna. "Fickle Glass" (Michael Schoenfeldt (ed.) *A Companion to Shakespeare's Sonnets* [Oxford: Blackwell, 2007], 261-276)

Stapleton, M. L. "'My False Eyes': The Dark Lady and Self-Knowledge," *Studies in Philology*, 90.2 (Spring 1993), 213-30.

Vendler, Helen. *The Art of Shakespeare's Sonnets* (Cambridge, MA: Belknap, 1997)

第6章

『七破風の屋敷』からの引用については, *The House of Seven Gables* (*The Centenary Edition of the Works of Nathaniel Hawthorne*, William Charvat, Roy Harvey Pearce, and Claude M. Simpson [gen. eds.], vol. 2 [Columbus: Ohio State U.P., 1965]) に基づき, 拙訳 (一部は原文も) を付して原著の頁を示した. 翻訳に際しては大橋健三郎訳 (『筑摩世界文學体系三五　ホーソーン, マーク・トウェイン』(大橋健三郎, 石川欣一, 中野好夫訳)) 等を参照している.

Davis, Clark. *Hawthorne's Shyness: Ethics, Politics, and the Question of Engagement* (Baltimore: Johns Hopkins U.P., 2005)

James, Henry. *Hawthorne* (Ithaca, NY: Great Seal Books, 1956 /1879)

第7章

『サイラス・マーナー』のテクストは，George Eliot. *Silas Marner* (London: Penguin, 1996) に基づく．

Armstrong, Nancy and Leonard Tennenhouse (eds.). *The Ideology of Conduct* (New York and London: Methuen, 1987)

Brown, Penelope and Stephen C. Levinson. *Politeness: some universals in language usage* (Cambridge: Cambridge U. P., 1987)

Bryson, Anna. *From Courtesy to Civility: Changing Codes of Conduct in Early Modern England* (Oxford: Clarendon P., 1998)

Carré, Jacques (ed.). *The Crisis of Courtesy: Studies in the Conduct-Book in Britain, 1600–1900* (E. J. Brill: Leiden, 1994)

Courtin, Antoine de. *The Rules of Civility; or, Certain Ways of Deportment observed amongst all Persons of Quality upon several Occasions* (London: R. Chiswell, 1685)

Davidson, Jenny. *Hypocrisy and the Politics of Politeness: Manners and Morals from Locke to Austen* (Cambridge: Cambridge U. P., 2004)

Della Casa, Giovanni. *Galateo*, trans. by R. S. Pine-Coffin (1558; Harmondsworth: Penguin, 1958)

Johnson, Samuel. *Johnson on the English Language*, ed. by Gwin J. Kolb and Robert Demaria, Jr. (New Haven and London: Yale U. P., 2005)

Leavis, F. R. "The Early Phase" in *George Eliot*, ed. by Harold Bloom (New York: Chelsea House, 1986), 9–26.

Miller, J. Hillis. *The Ethics of Reading : Kant, de Man, Eliot, Trollope, James, and Benjamin* (New York: Columbia U. P., 1987)

Price, Leah. *The Anthology and the Rise of the Novel from Richardson to George Eliot* (Cambridge, UK: Cambridge U. P., 2000)

Raphael, Linda S. *Narrative Skepticism : Moral Agency and Representations of Consciousness in Fiction* (Madison: Fairleigh Dickinson U. P., 2001)

Shaw, Harry E. *Narrating Reality : Austen, Scott, Eliot* (Ithaca, NY: Cornell U. P., 1999)

Stanhope, Philip Dormer. *Lord Chesterfield's Letter*, ed. by David Roberts (Oxford: Oxford U. P., 1992)

Swift, Jonathan. *A Proposal for Correcting the ENGLISH TONGUE, Polite*

Conversation, Etc.（Oxford: Blackwell, 1957）
江戸川乱歩『怪人二十面相』（江戸川乱歩全集　第 10 巻『大暗室』）（光文社，2003）
大石和欣「優柔で，不安な女性の慈善――Mary Wollstonecraft の *Mary* とその背景」（「英文學研究」八三（2006，11 月））
蒲谷宏・川口義一・坂本惠『敬語表現』（大修館書店，1998）
『言語　特集：ポライトネスの言語学』1997 年 6 月号（大修館書店）
滝浦真人『日本の敬語論――ポライトネス理論からの再検討』（大修館書店，2005）
チョーサー『完訳カンタベリー物語』（全三巻）桝井迪夫訳（岩波書店，1995）
マンスフィールド，キャサリン『マンスフィールド短編集』安藤一郎訳（新潮社，1957）
吉田良夫『英国女性作家の世界』（大阪教育図書，2004）

インタールード 2

『銀河鉄道の夜』からの引用は筑摩文庫版の『宮沢賢治全集 7』に基づいたが，表記については新漢字・新かなづかいを使用した．

天沢退二郎『《宮沢賢治》のさらなる彼方を求めて』（筑摩書房，2009）
柄谷行人『探求 I』（講談社，2009/1992）
北山修（編）『共視論――母子像の心理学』（講談社，2005）
千葉一幹『『銀河鉄道の夜』しあわせさがし』（みすず書房，2005）
分銅惇作『宮沢賢治の文学と法華経』（水書坊，1987）
見田宗介『宮沢賢治――存在の祭りの中へ』（岩波書店，1991）
村瀬学『「銀河鉄道の夜」とは何か』（大和書房，1994）
吉田文憲『宮沢賢治――幻の郵便脚夫を求めて』（大修館書店，2009）

第 8 章

『チャタレー夫人の恋人』および「『チャタレー夫人の恋人』について」からの引用は D. H. Lawrence. *Lady Chatterley's Lover*. ed. by Michael Squires（Cambridge, UK: Cambridge U. P., 1993）に基づく．前者については武藤浩史訳『チャタレー夫人の恋人』（ちくま文庫，2004）等の既訳を参考にしつつ拙訳を付し，原文の頁番号を記した．必要に応じて原文も併記してある．

Austen, Jane. *Pride and Prejudice*, ed. by Pat Rogers (Cambridge: Cambridge U. P., 2009)
Booth, Wayne C. "Confessions of a Lukewarm Lawrentian," in *The Challenge of D. H. Lawrence*, ed. by Michael Squires and Keith Cushman (Madison: U. of Wisconsin P., 1990), 9–27.
———. *The Rhetoric of Fiction* (Chicago: U. of Chicago P., 1961)
Elias, Norbert. *Civilizing Process: The History of Manners*, trans. by Edmund Jephcott (Oxford: Blackwell, 1978)
Kinsey, Alfred C., Wardell B. Pomeroy, Clyde E. Martin. *Sexual Behaviour in the Human Male* (Bloomington, IN: Indiana U. P., 1975/1948)
Levine, George. "Lady Chatterley's Lover," in Harold Bloom (ed.) *D. H. Lawrence*. (New York: Chelsea House, 1986), 233–37.
Petersen, James R. *The Century of Sex: Playboy's History of the Sexual Revolution: 1900–1999*, ed. with a Foreword by Hugh M. Hefner (New York: Grove P., 1999)
Sanders, Scott. *D. H. Lawrence: The World of the Major Novels* (New York: Viking P., 1974)
武藤浩史『『チャタレー夫人の恋人』と身体知——精読から生の動きの学びへ』（筑摩書房，2010）

第9章

『アブサロム，アブサロム！』からの引用は William Faulkner. *Absalom, Absalom!: The Corrected Text* (New York: Random House, 1986) に基づく．『アブサロム，アブサロム！』の研究書については，日本ウィリアム・フォークナー協会による労作『フォークナー事典』（松柏社，2007）の『アブサロム，アブサロム！』の項に詳細な文献リストと批評史概観が載せられているので参考になる．なお，引用部には藤平育子『アブサロム，アブサロム！』（上・下，岩波文庫，2011）等の既訳を参照しつつ拙訳を付し，必要に応じて原文を併記した．頁番号は原文のものである．

Brooks, Peter. "Incredulous Narration: Absalom, Absalom!", *Comparative Literature*, 34.3 (Summer 1982), 247–68.
Kartiganer, Donald M. *The Fragile Thread: The Meaning of Form in Faulkner's Novels* (Amherst, MA: U. of Massachusetts P., 1979)

Kerr, Elizabeth M. *William Faulkner's Gothic Domain* (Port Washington, NY: Kennikat P., 1979)
Minter, David. *Faulkner's Questioning Narratives: Fiction of His Major Phase, 1929-42* (Chicago: U. of Illinois P., 2004)
Matthews, John T. *The Play of Faulkner's Language* (Ithaca, NY: Cornell U. P., 1982)
Vernon, Zackary. "'Being Myriad, One': Melville and the Ecological Sublime in Faulkner's *Go Down, Moses*," *Studies in the Novel*, 46.1 (Spring 2014), 63-82.
諏訪部浩一『ウィリアム・フォークナーの詩学――1930-1936』(松柏社, 2008)
藤平育子『フォークナーのアメリカ幻想――『アブサロム, アブサロム!』の真実』(研究社, 2008)

第10章

オコナーとトレヴァーからの引用についてはそれぞれ Frank O'Connor. *My Oedipus Complex and Other Stories*, ed. by Julian Barnes (London: Penguin, 2005); William Trevor, *William Trevor: The Collected Stories* (London: Penguin, 1993) に基づき, それぞれ拙訳を付した. 頁番号はいずれも原著のものである. なお, オコナーについては拙訳『フランク・オコナー短篇集』(岩波書店, 2008) をほぼそのまま使い, トレヴァーについては栩木伸明訳『アイルランド・ストーリーズ』(国書刊行会, 2010) を参考にさせていただいた.

阿部公彦『文学を〈凝視する〉』(岩波書店, 2012)
北山修 (編)『共視論――母子像の心理学』(講談社選書メチエ, 2005)
ルネ・ジラール, 古田幸男訳『欲望の現象学』(法政大学出版局, 2010)

第11章

ウォレス・スティーヴンズのテクストは, Wallace Stevens. *Collected Poetry and Prose*, ed. by Frank Kermode and Joan Richardson (New York: Library of America, 1997) に基づく.

Bevis, William W. *Mind of Winter: Wallace Stevens, Meditation, and Literature* (Pittsburgh: U. of Pittsburgh P., 1988)
Brazeau, Peter. *Parts of a World: Wallace Stevens Remembered; An Oral Biography* (New York: Random House, 1983)

Culler, Jonathan. *The Pursuit of Signs: Semiotics, Literature, Deconstruction* (Ithaca, NY: Cornell U. P., 1981)
Lask, Thomas. "Poetry of Wallace Stevens," *New York Times* (February 9. 1958)
Litz, A. Walton. *Introspective Voyager: The Poetic Development of Wallace Stevens* (Oxford: Oxford U. P., 1972)
Lensing, George. *Wallace Stevens: A Poet's Growth* (Baton Rouge: Louisiana State U. P., 1986)
Miller, J. Hillis. "Stevens' Rock and Criticism as Cure," in Harold Bloom (ed.) *Wallace Stevens* (New York: Chelsea House, 1985), 27-49.
Hoffman, Tyler. "Wallace Stevens and the Spoken Word," *Wallace Stevens Journal*, 33.1 (Spring 2009), 97-110.
Stevens, Holly. *Souvenirs and Prophecies: The Young Wallace Stevens* (New York: Knopf, 1977)
———. *Letters of Wallace Stevens*, sel. and ed. by Holly Stevens (Berkeley: U. of California P., 1996)
Qian, Zhaoming. "Late Stevens, Nothingness, and the Orient," *Wallace Stevens Journal*, 25.2 (Fall 2001), 164-72.
南不二男『敬語』(岩波書店, 1987)

おわりに

滝浦真人『日本語は親しさを伝えられるか(そうだったんだ、日本語!)』(岩波書店, 2013)
ブラウン, ペネロピ/レヴィンソン, スティーヴン・C『ポライトネス——言語使用における, ある普遍現象』(研究社, 2011)